輾轉紅蓮

（增訂新版）

廖輝英——著

人生迢遞蓮花紅

——寫在《輾轉紅蓮》新版前

廖輝英

已打印好的大字新版《輾轉紅蓮》書稿，整整攤在電腦桌前四、五天，我陸陸續續校對兼重讀，就像每次重讀自己的舊著一般，總有睽違故友再次重逢、無以名狀的激動，無法平靜而一氣呵成的將思念和疼惜，迅速轉換成昔時正一字字書寫它時的那種熱戀夾雜著苦澀、悲欣交集的生產之痛！

翻開最後應該是版權頁的地方，記註著作者完成書寫的一刻和地點：一九九三年六月的臺北。那一刻，我想不會是蟬鳴惑亂午後不太清明的心境——意思是不應該是白日時光；而會是天將破曉時的未曦前？還是夜已深沉，連這一帶夜店櫛比鱗次、醉語無度放浪、擾人無法墜入永夜的三點前都已踱步而過？嘿！我暗笑一聲，那正是我習慣獨對稿紙或電腦螢幕的時候，煢煢一將，身陷萬紙千字陣中，不知何時會破陣而出？是休憩？或繼續奮戰？

而那也是我經常把長篇小說寫到最後，體現壯志——「最後一筆，始終完美」的時候。

一九九三那一年，我的人生發生什麼事？正值壯年，除了寫作大業，其餘日常都非常例行的循序漸進。那個年歲的我，應該還有許多春秋大夢；那時的嬌兒小女也才十歲五歲，隨時都能把他們攬在懷裡香香親親；每天叫喚媽媽的聲音如玉音入耳，鼓舞著我努力工作。丈夫者，每天放牛吃草，彼此都有空間。老父老母，一星期裡，我會在寫稿喘氣休息時，步行五十分鐘回家看望老人家，坐個一小時再步行回家迎接孩子。

我的真實人生波濤不起，筆下人生卻轟隆洶湧。

《輾轉紅蓮》這老臺灣四部曲中的首部曲，就誕生在一個小說家創作力最旺盛的時候。

那本書，光是寫作時間就花了一年多；在那之前的大約七、八年，我已經和父親開始斷斷續續從事相關田調工作。父親雖是工程師，實則文史素養非常豐厚；加上他英日文俱佳，中文通順，又曾因工作到過很多國家，人生經驗寬廣深厚。我開始寫作之後數年，爸爸並未特別言明要我做什麼，但他常和我說起從前他的長輩和鄰里之間發生的許多人和事，通常不會有特定名字，故事也不是曲折精采；反倒是從前我未出生前所發生的事件、社會經濟狀態等等，講得特別清楚。當時家庭工作兩頭燒的我，腦子與生活都很忙亂，並不特別在意父親的用心，只是帶點應酬的陪伴著老人家。

多年以後，我腦中的「許蓮花」逐漸成形，連書名「輾轉紅蓮」都具體映現眼前，我才開始擬寫作計畫，也才一步步發現好多史料和對我猶如史前史般的背景，沒有哪一個是「船到橋頭自然直」的會自動送上門來。我不斷的回娘家找爸爸探問，當年才堪堪七十歲的父親，勤快的為我到處查訪耆老或找尋資料；父女倆由先生開車送我們全省走透透，多次回到那早已連房地都轉手多次的南蛇出沒之地、也是豐原媽祖廟後的父系祖宅大地；也到梧棲中棲路的拯蒼醫院外公行醫處彳亍，心裡悶悶的看著現在連探頭都無法詢問的源出之地。當然也看人養鰻，問了養和賣的諸多細節；尋訪更早之前開大貨卡的老司機；到烏日小時候住了幾年的「疑似」光日路……

《輾轉紅蓮》就在寫寫停停、苦苦查證但卻酣暢淋漓書寫交雜中寫峻。於一九九三年七月出版。

書出版之後，很快賣掉電視版權，公視準備當做開臺大戲而積極籌拍；並且在之後十多年間，不斷重播，還發行DVD，我自己陸陸續續買了幾套送朋友。今年八月，接到新竹IC之音的聯絡，表達要將拙著《油蔴菜籽》和《輾轉紅蓮》改編成廣播劇播出。回顧起來，這二十多年來，其實很多識與不識的人，都曾不約而同告訴我：《輾轉紅蓮》太令人感動了！他們太喜歡了！有人還特別買DVD送給他們年邁的父母欣賞。

二十幾年來，真實人生也輾轉發生了許多事。先父先母同於三年前往生。兩位老人家都享嵩壽。如果有什麼遺憾的話，應該是名為孝順的我，從未在父母生前明確的告訴他們說：感謝您們養成我，讓我寫出許多動人的作品，成為這樣的作家。能夠向父母請益，是多麼幸福的事！

二〇一五年九月十五日於臺北

輾轉紅蓮

1

日頭赤焰焰，草鞋底下，每一步路一踩，彷彿就將燙炙炙的熱氣烙在腳心，一路貫達腦門，讓人不住的如在火上烘烤般，跳進跳出，活像大戲裡的丑角。

劉茂生右肩上一根扁擔，身前身後各一個木製高櫃子，玻璃櫥門望內看，拉拉雜雜擠滿他叫賣的什物。汗水自額頂髮際頻往下流，滿臉滿腮的斑駁亂爬，劉茂生右手拉下腰際掛著的大汗巾，胡亂在臉上拭了兩把；左手則拿著那支博浪鼓，有一搭沒一搭的搖晃著：「鼕鼕——鼕鼕——鼕——鼕——」

他清清喉嚨，在搖鼓聲浪的配合下，扯著聲音叫賣：

「胭脂——白粉——針線——」

他今天走的路線是「牛埔仔」的大街小巷。天氣太熱，走不了遠路，否則滬尾的大屯山麓許多鄉間，像百力戛腳鄉，或港仔墘、社子等地，都是他常去的地方，三不五時，十天半月的，總要輪流去走一趟。

這大半年來，不知是年紀的關係，還是心情的緣故，他倒是把平常常去的「商圈」給冷淡掉了，原來十天半月跑一趟，現在則二十天，甚至一個月才輪一遭，管不得那些三姑六婆嘀咕嘮叨，只要有人說：

「這麼久才來，缺白線沒得用，光等就等白了頭髮。」

劉茂生的回答一定毫不留情：

「阿貴嬸啊，多買點放著吧，線不爛不臭，多買也不會壞，別買那一點點。」

「哎呀，你這人怎麼說這樣，買著放，要屯錢，我怎會不知？我這點阿婆錢，沒那麼寬裕，你多跑一趟，勤快點來吧！有生意給你做，還擺這麼纏頭的樣子。」

「阿貴嬸，你不知，攀山越嶺，靠的是我兩條腿，走到貴寶地，賣一束線，不夠我吃一碗茶啊。」

劉茂生說的也是實情。

山腳仔村，每一處都沒幾戶人家，每一次去，也不一定都會有生意可做。他的博浪鼓一搖，只要手上不是有放不開的工作，當地人大多會聞鼓而至，聚集到他的攤箱旁，翻這搗那，看的人居大多數，真正付錢買的沒幾個，而且成交的全是幾分錢的小貨色。

所以有一陣子，劉茂生不挑木箱籠叫賣，而改用揹的容器，貨雖少，卻輕便，專賣偏遠山區。

這一日，他破例走牛埔仔這一條路線，除了日頭豔、天氣熱之外，最主要是近日來總覺意興闌珊，什麼事都提不起勁。

按理講，三十三歲正是人生盛年，他自小練過一兩年拳腳；少年混跡，靠雙拳打天下，體力應該沒有問題，實在不該這麼早就「衰老」的呀。

不，他不是衰老，他只是覺得「古井不生波」的平靜日子開始令人不耐而漸失生機。

娶妻生子之後數年，他洗心革面，開始這種「賣搖鼓」的販夫生涯，一點一滴賺取蠅頭小利。說不上養家活口什麼責任不責任的，而是浪蕩日子終究有個盡頭。選擇這行業，圖的是小小的五湖四海任他縱橫走罷了。

走，也有意興闌珊的時候。

這天，劉茂生就是如此心緒紛亂的行經豬屠口，之後，過了幾條街，博浪鼓搖得一陣緊似一陣，用以代替他的叫賣。

不知不覺間來到牛埔仔附近，口乾舌燥加上燠熱難當，劉茂生一方面暗自嘀咕今日生意奇差，偏偏在人家午休時刻來到此地；一方面則忖度著哪裡可以容他擱下擔子，喝碗茶或果個腹。

忽聽那裡有個婦人蒼沉的聲音喚他：

「賣搖鼓的——搖鼓的——」

「嘿——」

劉茂生長長應了一聲，旋即將擔子慢慢平放在路邊，四處找尋叫喚他的顧客。

那一帶巷弄雜亂突梯，他停擔的地方，前前後後便有好幾條巷弄。劉茂生一時不知叫他的婦人究竟在何處，博浪鼓只得又搖它一搖。

「這裡啦，賣搖鼓的！」

劉茂生放眼循聲看去，只見柴扉開處，立著個五十開外的婦人，梳一個鋏剪眉髮式，臉上厚厚還施著脂粉，正立在一丈左右的巷子口對他招手。

劉茂生乍見那婦人，只覺納悶，怎麼年紀一大把了，還如此濃豔的妝扮？

想歸想，他還是一言不發，彎下身子挑起擔子，往婦人立的門戶走去。

婦人等他走近，覷著擔子的玻璃門往內蒐尋，一邊拿嘴問劉茂生：

「有髮簪沒有？要好看一點的。」

在等劉茂生拿貨出來看的時候，婦人又回頭往屋裡喊：

「阿婉，妳要胭脂，出來看吧！」

劉茂生自木箱中拿出幾支簪子，站起身轉回頭要遞給婦人，眼光一抬，正看見一個髮梢微微外翹的年輕婦人，眉眼含春的倚門往這邊觀望。兩人四目相交，年輕婦人似笑未笑，眼睛一瞟，裊裊婷婷往他的擔子走過來。

劉茂生呆呆立在那兒，那婦人方才的一瞟，似乎把他魂兒全攝去了，他全身麻麻的，幾乎連移動一下都有困難。

年輕婦人挨近擔子，發話問他，聲音膩膩軟軟的，聽得劉茂生一顆心都酥了起來。

「我要看胭脂，還要一把好梳的梳子。」

劉茂生直楞楞瞪著那叫阿婉的婦人，她個頭中等，細身骨，肌理豐腴，身上那件高領三直扣的旗袍，鬆鬆裹著她那韻味十足的肢體，看起來十分動人。她的眉毛拔得細細的，高高挑起，眼睛不太大，美在那如水的眼神；鼻梁、嘴形皆甚普通，稱不上美。劉茂生癡癡望著她，忽然明白：這婦人的美，不在五官，而在那舉手投足和眉眼流轉之間。

「賣搖鼓的，中了邪還是怎的，我們阿婉要胭脂呀！」

「喔——是，是，我來拿！」劉茂生如夢初醒，趕緊回身去拿貨品。

「大概天太熱了，被晒昏啦——請他家裡面坐吧。」說話的是年紀大的婦人。

「阿娘，莫非是您晒昏了頭？」那叫阿婉的婦道人家膩膩頂了一句：「他哪花得起？」

一句話把劉茂生過往的野性全挑了起來。這什麼話！自己如今雖淪為挑什貨叫賣，人稱賣搖鼓的，但當初還在地方上混時，雖不呼風喚雨，至少是個角色沒有疑問。莫說男人看他是條龍，女人對他，也都另眼相看；想不到今天竟在一個自己看了愜意的女子面前被看低！伊娘咄，我劉茂生從前可不是做這種營生的人！我可也是——

「賣搖鼓的！我要細一點的香粉，有沒有啦？太粗的，我可不要！」

「有——有新竹香粉，好不好？」

劉茂生巴結的把粉櫃子裡所有的好粉全拿出來，就像掏出自己的心肝給人家看鮮不鮮、好不好一般，只有巴結承望的份。

那叫阿婉的女子，把劉茂生所拿出來的胭脂白粉，一盒盒、一塊塊拿出來看了又看、嗅了又嗅，似乎很難有一個令她滿意似的，久久還無法挑中。

「還有沒有呢？這一盒比較細，不過碰壞了一角，你看，破了這一邊，那都快半盒損毀掉了——」阿婉摩挲著白粉的包裝紙盒，猶豫起來。

「如果妳要的話，我明日再來一趟。」劉茂生話一出口，自己也吃了一驚，這太有違他平素的作風了。

阿婉抬眼睨了他一眼，這下子倒是笑了笑。

那五十多歲、阿婉喚做阿娘的婦人，這時也開口說了話：

「為一盒粉叫你來一趟，我們不好意思，賺沒幾文錢。」

「沒關係，我也不靠這穿衣吃飯！」

「哦——」那年紀大的婦人，一聽劉茂生這話，長長「哦」了一聲，換上另一副表情看他，閒閒但饒有興味的看著他：「這話怎樣說？莫非你賣搖鼓在迌迌？」劉茂生不防她問得直接，臉上一熱，有點支吾起來：

「有些家業，因為兄弟沒有分產，我一時不知做什麼好，姑且賣賣什貨叫搖鼓，不會讓人批評是吃閒飯。」

那有年紀的婦人看著他點點頭，說道：

「這倒也是——喏，我今日就先買這髮網和簪子。如果方便，明日還請你多跑一趟，帶些新貨來。」

「是，是。」劉茂生忙不迭稱是。

「阿娘，我那白粉只剩一小塊，塗不順手哩。」阿婉仍沒放下那盒其實只缺一小角的白粉，帶點撒嬌的說道：「原來不說今天要挽面？下午沒客——」

「算了，這賣搖鼓的既說明日再來，咱們就不差這半日。」

「話是這麼說，阿娘也知道我性子急，等不得呢。」

劉茂生一旁急急便說：

「妳如果不嫌棄，這盒缺了角的，妳先拿去用，明日我再送盒新的來。」

上年紀的婦人忙說：

「哪用得到兩盒？不要！不要！」

「沒關係，這盒算我送的。」

「那怎麼好？第一次交易就叫你送，總有些不妥吧？」

「沒關係，做主顧嘛！」

「這倒也是，主顧客，總要有個開始。」上年紀的婦人此時才露出難得一見的笑容，指指阿婉，說道：「是我女兒。要什麼東西，一點也等不得，像個孩子一樣。」

阿婉掩著嘴笑了笑，拿眼瞟瞟劉茂生，說道：

「我看你還真不是靠這穿衣吃飯的，來了大半日，不賺反賠！看明日你敢不敢來？」

劉茂生見她神態語氣間有些佻撻，也大起膽子，笑說：

「怎麼不敢？這裡又無虎豹吃人！」

「好了！好了！妳進去吧！」那做母親的婦人，忙把女兒往屋子裡推，上衣襟裡掏著，拿著兩個角子遞給劉茂生，說道：「今日讓你蝕本了。」

「哪裡話，哪裡話！」

劉茂生目送阿婉母女一前一後進了屋子，心裡頗為不能多盤桓久些而悵惘。

那阿婉，看年紀也有二十五、六歲，難道不曾嫁人？依舊跟著她阿娘同住？尋常人家，家境不好的，哪有閒情閒錢，胭脂花粉抹得香噴噴的，穿金戴銀妝扮入時？如果說是有錢富戶，看起來又不像——

劉茂生呆了一會兒，尋思未果，挑起擔子，只得邁步離開。

但經這一折騰，他卻無心叫賣了。手中的博浪鼓不曾晃動，那叫阿婉的女子身影，竟至揮之不去。

伊娘咄！又不是沒見過女人！和他那童養媳婦蓮花送做堆前，他在家鄉新莊仔是出了名的迌迌人，什麼場面沒見過，更別說是女人了。可就沒哪一個像這阿婉一樣，如此合他的意，如此叫他心癢難搔。

「喂！大目仔！你怎麼在這裡？」

劉茂生失魂落魄，冷不防有人用力拍他肩頭，而且出聲喚他的綽號。他吃這一嚇，抬頭一看，卻是從前新莊的街坊鄰居長腳杉。

「是你，長腳杉，怎會在這裡？」劉茂生放下擔子，反問了一句。

「說起來話頭長，我在我母舅的茶行裡幫忙，就在稻埕那裡，一丁目附近啦。」長腳杉好奇的打量著劉茂生：「我來這裡六、七年了，怎麼都沒有遇上你？」

「我是第一次來。」劉茂生有些靦腆，販什貨以後，他特別怕遇見從前少年時代的熟人，落魄啊！想想自己古早時多麼威風！

「真是！我們也七、八年沒見了吧？」

「是是。」劉茂生身子一矮，準備挑起擔子走路，卻被長腳杉按住：

「急什麼？老厝邊，多麼難得！這七、八年你都不曾回去？」

劉茂生搖搖頭，渾身不對勁。

「該回去看看啦，回去準沒事啦。你知道嗎？」長腳杉詭異的瞅著他。

「什麼？」

「你真不知道呀？被你砍殺兩刀的金水，躺了一個月全好啦！他家裡把他送到神戶他叔仔那裡學生意，聽說在那裡娶了日本婆仔，也七、八年沒回來過。」

「喔——我全不知。」

「所以，我說你回家去沒關係啦。金水他家，當年也不曾告官，沒通緝啦！咱臺灣人的事，能化解的就化解，不必告到四腳狗那裡。」

劉茂生聽了這些話，心湖激盪起來。

原來那該死的金水沒事，人還去了日本。害他躲到圓山仔不敢回去，幾年來過這種落魄日子。失算了！真是失算了！

「我兄哥、阿嫂，人都健在？」

「還算健康。出來近十年，問這話不嫌太遲？」長腳杉話鋒一轉，又問：「生意好吧？」

「過得去。」

「這一帶生意怎麼樣？好不好做？」

「才剛來，賣了一家。」劉茂生指指前面巷子：「這種乞丐生意，哪談得上好壞。」

「月銀老娼那裡？」

「叫阿婉的。」劉茂生搖搖頭：「不叫月銀。」

「哈！四四不是十六！」長腳杉大腿一拍，笑得前仰後合：「月銀是老娼頭，阿婉是她的搖錢樹。」

「可是——」劉茂生結巴著說不出話來：「看不出來——」

「怎麼會？阿婉那招搖樣子。」長腳杉說：「也不是窯子，她們就立個門戶，知情的識途老馬才會找著去。」

「原來如此！」

「知道了吧！煙花查某，買胭脂花粉出手較捨得。」

「也不會。」劉茂生說：「婦道人家，總愛占點小便宜。」

「月銀老娼，出了名的攢錢鬼。阿婉十多歲就開苞賺了，現在怕不三十啦，還不給她找個歸宿。再過兩三年，人老珠黃，給人做小或做黑市，只怕都難。」

「有三十嗎？看不出來，還挺粉嫩的。」

「煙花女子，不做粗活，不用拖磨，看起來是年輕些。」長腳杉搖搖頭：「月銀這老娼也狠，不是她親生的，就要阿婉一直賺下去，榨乾為止。」

劉茂生未料阿婉是個私娼，但這事實倒使他的心活絡起來。他問著長腳杉：

「什麼行情？」

長腳杉略想了想：

「當初聽說要十元一度春宵，這兩年生意清淡，人也老了，大約落價了吧？怎麼樣，大目仔想去嘗嘗？」

「什麼話？我不過問問——走啦——」

長腳杉自後喊話：

「你不回新莊仔去看看？」

「要回去！要回去！」劉茂生回頭眉開眼笑的喊回去：「沒早遇見你，也不必等到今天！」

說罷，挑著什貨擔，如飛去了。

2

由牛埔仔一路飛步回圓山仔，劉茂生把搖鼓一插，不讓它「鼕鼕」作響，是執意不做買賣的意思。

今日一日，只有半天不到的工夫，發生了這許多事，好像過去七、八年間牛車拖步死水一般的日子，都是為了等待今天這半日的來臨而忍耐著。

老天有眼，居然也讓他等到了這天。

八年前，為了獅陣的事，分屬兩個獅陣團的茂生和金水起了衝突。兩人同為新莊仔上遊手好閒的不良子弟，家裡也都有一些產業，所以各自看對方不順眼，互毆掛彩，茂生順手拿起鐮刀，撲向金水，一刀劃傷後者的肩背，另一刀割了金水的肚腹。只見金水摀著肚腹，鮮血自指間始而滲出，終致汨汨奔流。

茂生呆呆瞪著金水。

只聽身旁群情譁然，有人大叫：

「殺死人了！殺死人了！」

「大目仔殺人啦！」

茂生此時才如夢初醒，把鐮刀一丟，拔腿就跑，連他哥哥家也沒回，當下就跑離了新莊仔。逃出新莊仔，他不敢回家，在外面躲藏了好幾天，方才偷偷摸摸乘夜潛回自家去。他那小時便當養女被他爹娘買進來的媳婦許蓮花警覺，不等他敲第二回門便出來應門，一邊注意四下，一邊急急將之迎進自家屋子，這才忍不住小聲埋怨：

「你還敢回來！金水他兄弟和母舅全來了，大夥嚷著要你的命……大兄前日也來，叫你避一避，說最好把家搬了，不要被找到……」

劉茂生默默摸著凳子坐了。蓮花非常小心，不敢點燈，只有裡側臥房一盞小燈映照出來的亮光，讓客廳有點能見度。依稀裡看得見茂生逃亡的狼狽和倉皇。

「也不是少年，幹麼火氣那麼旺——」

「少囉嗦！我回來聽妳教訓不成！」

蓮花很快閉嘴，長久被壓制的小媳婦習性，令她養成了逆來順受的脾氣。她起身，準備倒杯水給丈夫解渴。

「等一下！」茂生煩躁的喝住她：「話沒講完，妳去哪裡？」

蓮花乖乖站在原地，低著頭等丈夫發落。

「我大哥有無提及金水的傷勢？」

「金水的傷勢很嚴重，不知能不能救活，只說——醫生盡量在救，大哥說，只怕——」

蓮花把話嚥了回去，抬眼看了一下丈夫。

「只怕什麼？妳講話還分段分批的呀！」

「大哥是說，只怕要賣掉一塊田賠金水他們。」

那時期，所有的消息就只有這些。不等他大哥劉茂林再來遞消息，劉茂生在兩日內，乘夜和家小搬離暫棲的六館，遠遠躲到圓山仔去，不想圓山仔一住，整整就是八年。

茂生只有茂林一個哥哥，倒有五個姊姊，因為是么兒，又係老來子，所以自小就得寵，到了十餘歲已經管束不住了。

說來他也並非極惡，只是不學無術、血氣方剛，加上好勇鬥狠。

從小，他就翻翻滾滾，不肯斯文處世，所以父親讓他跟了個師傅學拳腳功夫。茂生沒定性，又不肯吃苦，學了一年多逐漸荒殆，最後索性棄學。

他在十八歲那年上頭和童養媳許蓮花圓房，過了一年，他父親就過世；再過三年，母親也跟著謝世。

從此，家裡經濟大權就落到茂林手中。

劉家在新莊仔開了家商行，賣布匹、什貨，另有兩畝良田，算是有點根基，不過也並非大富大貴，可堪浪擲。所以茂林管家，不像父母在世時對茂生那般供應；茂生又是揮霍慣了，為此經常和他兄嫂鬧意氣，吵著要分家。甚至不惜和妻小搬離新莊舊宅，逼他哥哥分炊分產。

不過，沒等茂林點頭，就發生了金水那件事。

茂生不學無術，好勇鬥狠，可惜真正遇事，並不是具有膽識的人。像金水那件事，在衝動下動手，事後畏罪潛逃，一躲七、八年，根本不敢去探個究竟。如果不是這一日正巧給長腳杉遇上，他還不知這些「後事」呢。

乖乖！為了潛逃，八年來，他可是吃足了苦頭。不說再也不像往日那般，不做事就有錢花，為了養家活口，他只得收起紈袴子弟的習性，斷斷續續謀了些營生。

他曾在料館街附近搬運過木材，也在暗藏春色的貸座敷和料理屋，做過拉客的三七仔。可以說，他是拉下了往日劉家少東的臉皮在掙扎度日。

手搖博浪鼓賣什貨的販夫生涯，也不過開始於這兩三年。改行的原因是受不了被老闆吆喝的日子，不再看人臉色，也不想再死守一地過一成不變的日子。

他住的圓山仔靠近八卦潭，離他曾經工作的六館或料館街都遠，所以茂生從來便是三、五天或長至七、八天才回家一次的。不知是不是因為年紀太輕，所以蓮花在送做堆五年後的二十三歲，肚皮仍無一點跡象。

當時他雖吵著要分家，但尚未賭氣搬離茂林當家的大宅。依從個長輩的攛掇，收了個六歲的養女，取名叫秀子，主要是看秀子能不能招弟或招妹。

才收養了秀子，不出幾個月，茂生便賭氣將妻小搬了出去，出一招險棋要逼他大哥分家。

不想人算不如天算，沒兩個月，又發生金水事件，只得亡命到人生地不熟的圓山仔。

五年不曾生育，舒服日子裡偏偏不曾育個一男半女；等搬出去住，繼而又避居圓山仔，日子開始顛沛流離，他又逼得大部分時間在外工作，蓮花卻偏在此時生了個兒子，不出五年，又來了次子。結果，家裡一下子便是五口人吃飯，差點將他的肩膀壓垮。

磨難日子過到谷底，真以為再也過不下去了。秀子十四歲，可以幫襯著做點事，長子進財六歲，次子進丁兩歲，認真說起來，仍在嗷嗷待哺。而他賣什貨，不像別人認份加認真，自然所得有限。在這情況下，茂生有時故意出遠門，遠到大屯山或草山麓去販賣，十天半月才回家一次，為的就是不想看蓮花對他苦著臉或伸手要錢。

天無絕人之路，金水既不曾夭逝或殘廢，他茂林兄長一定早在八年前就賠償了金水家了事，他這會兒倒是可以大大方方的回去看看了。

既然回得了家，他大哥也不好再堅持不分產了。畢竟他有子有女，得有本錢做生意呀。否則一家五口吃什麼？

劉茂生越想越得意，越得意腳下就益加輕快起來。

饒是如此，由牛埔仔走到圓山仔八卦潭，足足也走了兩個時辰。等進了家門，一路來那種好興致，早被又飢又渴又乏給沖淡掉。

驚天動地的進了門，才剛坐到板凳上，就見進財、進丁兩兄弟自屋後探出身子來，兩個小孩都各自拖著兩管鼻涕，傻不楞登瞪著滿臉通紅的劉茂生。

茂生今天心情算好，努努嘴，問兒子：

「看什麼？不會叫阿爸！」

見久久沒有其他動靜，茂生忍不住就扯開喉嚨大叫：

「死人啦——拿碗茶來！」

過了會兒，他那十四歲的養女秀子瑟瑟縮縮閃出來，嘀咕了句：

「阿爸——我去倒水。」

秀子轉身進屋裡去，不久捧出一個粗碗裝的冷水。

茂生大口吞下，忽又「呸」的吐出，罵道：

「這什麼味道？像牛屎！」

秀子縮回壁角，囁囁嚅嚅說道：

「就是平常喝的水，煮過的。」

蓮花不知何時掩了出來，聲調不高，卻帶著無比的勇氣：

「再不拿錢出來，真的全家都得喝尿了。」

「伊娘吔，我一回來，妳就向我討債，欠修理是不是？」

蓮花抿著嘴，終於又勇敢的說：

「我和秀子是沒關係，餐餐番薯也能度日，只是進財、進丁……小可憐模樣，兩個孩子都咳了好久，一直好不了，和沒得吃也有關係。」

茂生乜斜著眼看了下進財和進丁，竟不曾發作，反而浮起詭異的笑容，說道：

「要吃要穿，哪怕沒有？妳別忘了新莊仔那份產業，我有一半的權利！」

蓮花幽怨的白了丈夫一眼，冷冷回道：

「這什麼年頭啦，還說這種乾過癮的話，自己不氣，倒是氣死別人了！」

「這可不是乾過癮的話，我明後天便回新莊仔去。」

蓮花認為丈夫盡說些無聊話過乾癮，覺得無趣已極。可她多說非僅無益，反會遭他打罵，所以她二話不肯多說，扭過身子，踮著她那纏過又放掉的腳，準備走回廚房去。

茂生忽在背後喚她：

「喂，蓮花，過來！」

那聲音帶點兒開心和狎弄，不似平日一般蠻橫，蓮花因之緩緩回頭，充滿了好奇。

「我跟妳說真的，明後天我要回新莊仔去，大大方方找個白日回家。妳知道是怎麼回事？金水沒死，人在日本。換句話說，我不曾殺死人，沒事！金水家也不曾去告官……嘿嘿，懂了吧？明後天開始，我就不必再去賣這什麼小什貨了。這七、八年來沒分的家產，夠我大哥多吃了好多利息，準定得補償我一個夠，這些年的苦不能白熬！」

蓮花聽了半信半疑，問道：

「誰告訴你這些？」

「下午在牛埔仔遇到長腳杉，記不記得？他在幫他舅仔做茶葉，說金水去日本多年，早就生根落戶。」

「如果是事實，那就太謝天謝地了，最起碼我們可以堂堂正正做人，不必再藏頭藏尾過日子，這比分家產更重要，否則對子孫怎麼交代得過去？」

茂生得意的哈哈大笑，說：

「光明正大過日子和分家產，同樣重要。總之，我劉茂生明日起要伸腳出手，不必像龜孫子了。」

那夜入睡前，劉茂生早已盤算妥當：沒錢走無路，凡事不外乎一個錢字，錢字領頭，方才做得了事，走哪裡皆有去處，身上光光，口袋空空，再英雄也不濟事。

所以，他雖和牛埔仔巷內老娼月銀約好，明日將給阿婉送盒白粉和胭脂去。但約是約，去不去得成又是另一回事，至少他口袋裡得有些錢，至少他得有套新衫褲穿出去，至少他得有能力坐到阿婉家客廳，睡到阿婉那張床上去。否則，光送盒白粉、胭脂去有什麼用？

他可不想再挑著扁擔木匣去叫賣！他要讓月銀老娼和阿婉知道，他劉茂生事實是有家業根基的人！

也因此，明日第一要務是回新莊仔去亮相，再找他兄哥要錢、分產。

這一次，他兄哥可沒有理由再不分產了！他早過三十，也有了兩個兒子，他可是得養家活口做個買賣。

這理由再正當不過。劉茂生想到這，不由得笑了起來。

阿婉那裡自然要去，不過得等他弄到錢才是。

想到這兒，那女人水波一般流轉的眼眸，就在他心湖裡蕩開了些許微波。昔日那種心癢難搔的感覺又回到心頭，茂生伸手摸了過去，沉甸甸壓在蓮花胸前。

睡夢中的蓮花似醒未醒，含糊問了聲：

「做什麼？」

「做什麼？尪找某，丈夫找妻子，只要踢踢腳趾就知道。妳居然問我要做什麼。」

說話間，他索性翻身壓到蓮花身上，動手去扯她腰間的褲帶。

黑暗中，蓮花總算醒了，她雙手抗拒著丈夫粗手粗腳的需索，嘴裡忍不住壓著聲音說：

「秀子那麼大了，一點動靜就醒，早告訴你不行的！」

茂生被阻，一百個不甘心，但興致也就冷卻了下來。他恨恨摔了蓮花的手，罵道：

「伊娘吔，這也不行，那也不行，明日我另外找女人，妳可別叫天天不靈，呼地地不應！」

蓮花見他發火，委委屈屈解釋道：

「就這麼個房間，給小孩醒來撞見，難道好看？有本事弄個大一點的房子，你要如何翻筋斗，全隨你！」

「伊娘吔，照妳這麼講，窮人都不能行房？妳在騙猜是不是？妳沒看，人越窮，孩子生得越多，一窩一窩像豬仔一樣！」

蓮花不響。忤了茂生的意，多話常常只有惡果。但她心裡不住嘀咕：找女人？那又不是新鮮事，你嚇誰啊？茂生自少年時代便喜歡鬼混，賭、嫖、吃、喝，兼且鬧事，若非自幼她到家當童養媳，不然誰肯嫁他？

也怪自己命苦，自懂事起，沒過一天好日子。她婆婆在世時，雖不曾動手打她，罵倒是無一日不行之，粗口野舌的，盡得他們海口人的真傳。挨罵、做事，反正她早已認命，做人童養媳婦，生來就是得勞苦工作。

茂生年紀不大，就已在外浪蕩，她本來寄望他另外說一門親事，自己就可了脫這樁姻緣，另尋出路。誰知茂生儘管浪蕩，對她又從沒正眼瞧過，但逢到長輩提到圓房的事，他居然又不反對。

蓮花一直到婚後好幾年才明白這個道理，茂生娶她，原來自有計較：他是把妻小與外面的路柳牆花分得清楚，也唯有娶蓮花這種童養媳，才會乖乖任他胡作非為。說不定也是因為，茂生玩歸玩，卻一直沒遇上什麼令他神魂顛倒、不惜毀婚的女子吧！

蓮花生來就有些富態，尤其渾圓的臀部，一直是長輩們認定宜男的表徵，她又逆來順受，不多言，不花稍，茂生的媽便常拿話勸茂生說：「家有賢妻，夫不罹禍。娶妻是娶賢德堅定的為上，娶某做婊或娶婊為某，都是大丈夫不為的事。」

蓮花是以賢德而由童養媳再進而成正式妻室的。由赤貧之家賣入有些資產的劉家，大家都認為是蓮花命好，否則怎能嫁到這樣的夫婿？

茂生兄長茂林的妻室，是大稻埕的順天茶行千金，莫說人品，光嫁妝就很令人刮目相看。劉家所以會招童養媳進來，長大順理成章嫁給茂生，主要是聽信一位算命仙的話，說如此才可令茂生成材、守住家業，免淪為敗家子。

蓮花是赤貧佃農，幸而幼時即生得端莊溫婉，才會被劉家主母一眼相中。但嫁給茂生之後，也沒過什麼好日子。剛開始幾年不曾搬出去住，從前未婚配時做的事，非但一樣不少，入了夜還得應付牛一般猛壯的茂生，倒比婚前更加吃力。後來茂生賭氣搬出去住，不多久發生茂生殺傷金水的事，自此斷了經濟來源，日子更加不易過。

這段期間，蓮花也想過做點什麼事來補貼家用，她聽人講大稻埕方面，茶行一間毗連一間，忙碌時亟缺女工，一個月賺個十來元不成問題，至少不會讓進財、進丁兩個孩子捱餓。

但每當提起，即刻被茂生大聲喝斥：

「妳以為我養不起一家大小？還是要別人來笑我？錢賺得少，妳做女人量度著過，還不是婦道人家的職責？居然想強出頭去拋頭露面！妳以為妳多能幹，一個月能賺多少錢？妳這婦道人家，完全不知輕重！」

「稻埕茶行請的全是女工，也沒人以為不可——更無人會認為彼等的丈夫不中用、沒出息——」

「妳給我閉嘴！」茂生暴喝一聲：「別以為我父母不在就沒了規矩！男天女地，這是不變的乾坤，妳好生給我記著，我說的話，一就是一，不可再辯！」

蓮花至此便打消出外工作的念頭，繼續過著青黃不接的零落日子，吞忍著命運給她的凌遲。

現在，在事隔八年之後，居然聽說被殺的金水沒事，還在日本娶妻生子落了戶，她丈夫自然就免除了殺人罪嫌，也能夠回老家新莊仔去向他哥哥要點家產。

蓮花的心情是半寬慰半不定。寬慰的是，此去無須再勒緊腰帶，有一餐沒一餐的捱餓受苦，卻又不免猜疑，茂生一旦再有錢，仍會像過去一般那樣浪蕩嗎？

經過了八年，由少不更事歷經許多磨難，茂生的確亦吃了不少苦，從前茶來伸手，飯來張口，這些年，卻挑起一家之主的責任，雖然挑得不三不四，沒個體統，但畢竟全家都指望著他吃穿，閃也閃不掉呀。這種苦，他幾曾吃過？竟然一吃就是八年整，也夠他消受的了！

八年間，沒錢沒路去，茂生的確收斂不少，吃喝嫖賭一律被迫戒除，生活正常不少。現在，又有地方可以伸手拿錢，不知他經過這些，是否懂得計較和安排，不再涉足那些行徑行業，讓作妻小的她，過幾天安定日子？

想歸想，自然沒敢對茂生提起。

第二天茂生睡到日上三竿，稀飯早已盛好等涼，他卻直喊「熱、熱、熱，怎麼入口？」當年紈袴少爺的神情依稀又見。蓮花擔著心事伺候他穿上「最好的衣裳」，送他出門。

劉茂生就這樣懷著興奮的心情，往暌別八年的老家大步去了。

茂生自幼魁壯，練過拳腳、生性好動，八年來又過的是販夫行腳，身體和腳勁都好，走到新莊仔，用了他不到四小時的時間。

七、八年間，街面市景變化不多，倒是有些晚輩看著臉生，茂生這才感覺時間真是不留情，人像過河卒子，只有一路往前。

他家舊宅門面，幾年不見，大不相同，幾乎擴展了一倍大的店面，若不是那個「劉興旺記」的招牌斗大醒目，他還以為換了人家呢。

茂生遠遠看著，不由得全身便像火般燒了起來，他哥哥把他該有的那份拿去消受了！這八年之間，他過得豬狗不如的日子，而他哥哥相形之下，卻越過越好了！當初他如何吵，他哥哥都不肯分家，怪茂林卻有那個福氣，白白享了這多年的福！如果他不是遇到長腳杉，那真是石沉大海，永遠也見不得天日了。他該得的那份，準是落入他哥哥之手！而他呢，依舊亡命在天涯，回也回不得！

「喂，不是大目仔嗎？劉家那個么兒子茂生？」

劉茂生一望，原來是街坊「林水源茶莊」的老頭子林水源本人。幾年不見，老頭子似乎不見老，只是乾瘦了些。茂生嘻嘻一笑，開朗的打起招呼：

「水源伯，八年不見，您還是老康健啊！」

「嘿，你這個夭壽子啊！還好金水沒死，猶能娶妻生子，要不然，看你還能在新莊仔露臉？」

「是啊，我福氣大，金水也不差！」茂生嘻皮笑臉回答。

「你怎麼知道回來？誰通的消息？」

茂生又咧嘴一笑，說道：

「城隍爺託的夢，叫我回來。」

林水源一聽，不禁笑罵：

「死囡仔！沒一句正經話！」

茂生笑笑要走，又被林水源叫住：

「幸好你這多年不見。你兄哥生意越做越大，現在已是新莊仔有數的布緞什貨行，不但守成，也有開創。你一回來，我看茂林可頭大了。」

「怎麼會？家產本來各半，這八年讓他白白運用，也該輪到我了。譬如向人借的錢，總有歸還的一天吧。」

林水源咳了一聲，語重心長的說道：

「合者是福，兄哥倆同心協力做下去吧。」

茂生笑笑，說道：

「多年未回，我先往家裡去轉轉，改日再來聽水源伯開講。」

林水源揮揮手，任他自去。

茂生來到「劉興旺記」店前，只見他哥哥坐在裡頭，店頭上有三名夥計在招呼客人，另一名年紀輕點的，正在收拾客人看過的布匹。

一見茂生跨入，前頭一名夥計很自然就出聲招呼：

「坐啊！客人要什麼？」

「我找頭家！」茂生朗聲說道。

不等夥計回答，茂生便直趨店內，朝茂林走去。

茂林早已聞聲抬頭，正要起身，一看迎面而來的茂生，整個人僵住了。

「兄哥，是我，茂生。」茂生出聲招呼，一面拿眼環顧店面：「生意真是越做越大了。」

「是你——」茂林終於有了反應：「怎的突然回來了？」

茂生冷冷笑了幾聲，說道：

「不願意看到我回來？」

「什麼話？自己親弟弟……當年我叫人把六館附近全找遍了……哪裡知道你躲到哪個角落……」

茂生搖搖頭，悻悻然回道：

「我怎麼知道，當年聽你來傳的話，叫我要躲，還說金水傷勢嚴重。害我以為他沒命了，自己成了殺人兇手，哪裡敢回來？」

「當年情況確是如此。還好陳家一開始便打定主意不報官，要不然即使金水沒死，你也得吃幾年免費飯。」茂林起身，招手喚來店內的給事仔（意即工人）：「阿吉仔，給茂生倒杯茶。對了，就是我常跟你們提起的，唯一的小弟。」

一聽是頭家的弟弟，阿吉仔即刻巴結的對茂生點頭致意：

「少頭家！您坐，我去倒茶。」

八年來櫛風沐雨，備嘗人情冷暖的茂生，此刻真是感慨良多。「少頭家」？可不是，自己不正應該好好端坐這裡，聽人家這樣左一句右一句的稱頌巴結嗎？

「嫂嫂和姪兒們都好吧？」茂生坐定，忽然想起該問候那些親戚。

「都一樣，過日子嘛。」茂林這八年間胖了些，氣色倒是挺好：「興文公學校放學，我讓他去跟前街的楊老師學漢文，這會兒還沒回來。興善讀師範，住學寮。碧嬌幾年前出嫁，嫁到稻埕去，都生了個兒子啦。」

茂林娶妻金鳳，是大稻埕茶行的千金。他們婚後生了兩男兩女，依序是碧嬌、碧如，再來則是兒子興善和興文。扳指算算，長女碧嬌應該是二十二歲了，也難怪早就嫁人生子。

「都被這些孩子催老了。」茂林嘆了口氣，想起什麼，問道：「蓮花好吧？這幾年有沒有生養？」

「兩個男孩，一個六歲，一個四歲。」

「那真是天保佑，本來以為她不能生。」茂林誠心實意的展顏而笑。

「不能生也不是什麼大事。」茂生無所謂的說道：「大丈夫三妻四妾本來就是尋常，她不能生，自然有別人會生。」

茂林沉默了一下，打量弟弟的情況，應該也不可能太有發展的樣子，但口氣聽起來又是另一回事。他因之改口問起來弟弟歸來的前因後果，以及八年來的生活狀況。

茂生潦草交代了事，談到生活狀況，順口便謅了起來：

「本來和人做點買賣，不想船沉了，所有投在上面的錢，包括自己和借來的，全部泡了湯，所以現在連過日子都有問題，人家催著要債呀。」

兄弟相知，茂林早就預料是「要錢」這回事，因此也不心驚。只問：

「過午了，你中飯沒吃吧！進屋裡去，我叫裡面準備。」

茂生聽他哥哥將話岔開，怕事情又要大費周章，索性便話中有話說了一大段：

「一餐飯沒吃事小，一個人沒飯吃也是小事，怕的是餐餐沒有著落，一家大小都在捱餓。」

茂林悶聲不響，久久才問了句話：

「你當真混得這麼慘？」

一句話挑起了茂生的新愁舊怨，他忍不住就傾洩而出：

「兄哥，我這幾年不比你。你有屋有店有錢，全是阿爸當年打下的根基，連我的這一份，都一起借給你將本求利，你看你現在這間店，遠比當年要大一倍，沒有根基和本錢怎能如此順利？」

茂林一張國字臉由白轉赤，一下子又轉回白色，他壓制著脾性，說道：

「茂生，做人說話要本良心，得有分寸。八年前，你殺傷金水，人家來叫罵打殺，全由我一個人抵擋了賠錢算帳，用掉我多少資金？你以為金水被殺，陳家當真那麼好打發？我告訴你，當年賠的那筆錢，很夠買半爿店面。真要認真計較，你以為阿爸留下那些資產，夠你如此揮霍嗎？」

茂生聽著刺耳，聲音不覺也提高許多：

「照你如此講，今天這個局面，全是兄哥自己打拚出來的。阿爸留下的家業，都被我一個人敗光？」

「話不是這麼講——」

「料你也不敢如此講，這樣講是天理難容的。」茂生理直氣壯的頂撞這大他十多歲的哥哥。

「茂生，你也三十三了，再也不能像往日那樣胡作非為。俗語說，富不過三代，阿爸這點資產，如果不是我勤勤懇懇、努力打拚，會有今天這個局面？但萬般生意皆和做人一樣，一個勤外加一個儉字，除此沒有什麼訣竅。我是要告訴你，我們家這點資產，禁不起你那般揮霍。要是八年前分家給你，保不準你現在也一樣赤條條，半點不剩。」

「這是說不準的事。說不定靠那些資金，反把生意做得有聲有色也不一定。」

茂林「哼」了一聲，臉色難看。

「兄哥，我知道要把手中有的，拱手拿給別人，就像割肉一樣難捨和痛苦。但我不是乞丐，我是阿爸的兒子，我有權利分財產。」

「你自年少時便吵著分產。可以！你自己算算，從以前到如今，你花掉、賠掉的有多少？還有多少剩下的給你？」

茂生笑了笑，不疾不徐反問他哥哥：

「兄哥，這八年你們一家大小吃的、穿的、住的、用的、讀書的、陪嫁的，統統算起來又是多少？這八年，我可一個子兒也沒得用、不曾用，而是辛苦自力更生的！這不是大家扯平了？」

茂林被茂生一席話搶白得一時無言以對，心中懊惱已極。他就是欠這個弟弟的債。從小惹是生非，連殺人也幹得出來。家中那幾分薄產，覬覦了那麼久，非把它花光不甘心似的。回來就爭產。

「大哥你放心，我不是一回家就來分產，但——我現在欠人一屁股債，需要償還——」

茂林劈頭就罵：

「是啊！你就是凡事要人擦屁股、做善後，十年前如此，十年後也如此！到底要到什麼時候，你才會不給家人造成負擔？」

茂生倒是十分鎮定冷靜。他瞅著哥哥這間大店面，一個字一個字慢慢的說：

「只要把家產公平分成兩份，我拿了自己該得的那份，自然乖乖走路。以後即使我沒飯吃了，也不會來找哥哥。這樣子，我們豈不兩人都十分方便？」

茂林聽了，只思索了一下下，便說：

「好！這話是你自己說的，不要後悔。」

「不會後悔。不過，」茂生皮笑肉不笑，冷冷說道：「財產可要分得公平，像一些現金啦，我不知道的首飾、地契啦，哥哥千萬要憑天良。」

茂林一肚子火，但在店面上不方便發作，只忿忿的說：

「你就是吃裡扒外，恨不得將家裡掏光，拿到外面揮霍給別人。」

「我是你弟弟，大哥編派我，對你面子也過不去嘛。」茂生倒不以為忤，還帶點嘻皮笑臉。

茂林按捺下性子，換了口氣，苦口婆心說道：

「茂生，我們是親兄弟，我不會昧著天良吞你的錢。不分產的原因，是怕你沒兩年便敗光所有。我看你現在，八年不見，性子依舊，經歷了許多世事，應該也吃不少苦，不知為什麼沒學會好好過日子？我是不放心——」

「大哥，你沒管我，看不到我的時候，我自己也過了八年。我早已三十三，你該改變看法，信任我的一切才是。」

「我是很想如此。」

茂生笑笑，又說：

「我看，這麼大一間店，姪子、姪女的事，加上房產地契，夠你操心的，我的事，你就不用管了吧。」

「也好——」茂林下了決心：「但分產也不是這麼輕易說分就分，我要整理一下，找個公證人，另外也得將姊妹們請回來，大家蓋個空印。」

「姊姊們回來蓋個印，應該的。至於公證人，我看可免。我們家的事，找個外人來幹什麼？」

「有公證人，免得日後你又來煩我、吵我，說我不公道。」

「大哥，其實分產這件事，公不公道全在你一顆心上，如果你要存私心，那些現金、首飾不報，誰又知道？找公證人，又有什麼用？」

茂林一張臉又漲成豬肝色，他說：

「談到現金、首飾，諒我不分也沒人敢講話，你知道當初你嫂嫂陪嫁的有多少？那是大家都清楚的事。」

茂生不響，這話不假，而且爭也爭不來，他索性不吵。

「這樣吧，當初阿爸留多少下來，就一分為二，各人拿一份。這八年我賺的這些，是我的本事，不干你的份。從前你花掉、賠給陳金水的那些，我也不追究。」

茂生想想，終於說：

「我覺得有一點不公允，但我不爭。只要阿姊們沒話說，我就同意。」

「好！下個月初二你再來，我把一切準備好。」

茂生不想事情如此順利，倒也不太費什麼周章。他頓了頓，又涎著臉說：

「到下個月初二還有大半個月，眼前我日子卻過不下去。大哥先借我三百塊錢救救急吧。」

「三百？」茂林兩眼一瞪，忍不住提高聲量：「普通人家，一個月只用得了三十元左右，你一下子要拿三百元，你以為我挖到金礦呀？」

「大哥，八年間我沒拿你半毛錢，現在要個三百，你就叫了？只不過是在府上生活費用的幾個月而已。」

最後一句話，壓住了茂林的話。他想想，茂生說得也是，要爭不在這裡，小處吃點虧，大處暗損，才是正經。

茂林因之點點頭，嚴肅的放話給弟弟：

「你可要記得，分產以後，各人淘米各人下鍋，誰也管不著誰，凡事都要自理了。」

「那是當然。」

茂林二話不再多說，自抽屜裡點數了大小票子共三百元，放到桌上去。

「喏，你點點看。」

「不用了，我信得過大哥。」茂生笑嘻嘻將票子搋到口袋裡，站起身子，說：「我到後面去向嫂子問個安，順便叨擾一餐飯。」

茂林鐵青著臉，揮了揮手。

茂生往裡屋走去了，邊走邊說：

「這屋子住得可舒適，道地福州衫蓋的梁柱，一等一的呀。」

茂林坐著，大口吐氣，似乎要將一肚子怨氣快快吐掉似的。

3

距離第一次到牛埔仔叫賣剛好十天。這日午後，劉茂生叫了人力車，堪堪來到那日月銀喚他的巷口停住，茂生口袋裡摸出五分錢給車夫，隨即跨下車座。

他拉拉一身光鮮的新衣裳，把背脊挺得直直的，昔日的威風似乎又給拉了回來。

他慢慢走到月銀老娼那戶房子，在木門上重重敲了幾下。

「誰呀？」一聽聲音，料定是年紀稍大的婦人，劉茂生索性冒了個險，指名道姓喚了個親親熱熱宛如熟客似的：

「月銀姨，是我呀。」

裡面沉默了一會兒，隨即聽到木屐聲，劈里啪啦走來應門。

門開處，月銀流得一絲不亂的鉸剪眉和螺髻，髮髻混合式，紫色底黃色小碎衣的大襟衫，臉上細細雕琢了粉白胭紅。看到劉茂生，先是楞了一楞，半天才恍然大悟，指著茂生的臉，說道：

「你是那個——哎呀，看我這記性！」

「月銀姨，我幫阿婉姑娘帶了胭脂花粉來。真失禮，足足晚了八、九天，實在是家中有些要事，得不著空來。」

月銀瞪著茂生半天，又聽他提及胭脂花粉，這才有了記憶，兩手一拍，歡天喜地的叫著說：

「你不是那個賣搖鼓的嗎？」

茂生略低了低頭，含笑說：

「是的，月銀姨，我姓劉。阿婉得空嗎？」

「唷，一開口便問我們阿婉，難道，」月銀睨著劉茂生，似笑未笑的問道：「除了胭脂花粉，你可還帶了什麼？你知道我這兒的規矩？」

茂生笑意更深，忙忙就說：

「我都打聽清楚了。」

「哦——」月銀瞅著他，邊側著身子讓他進門，邊說了句：「你倒是有心人呀。」

茂生等她關好門，在她的前引下進到客廳。

客廳裝潢也平常，一張四角大木桌，六張木製太師椅，雖然不新，但看出雕工甚細，不是劣品。廳堂迎面是兩幅字畫，大約也有三五年歷史了，並不是照管得很好，紙面上有些暗汙陳漬。

茂生大略看入眼，心下了然：阿婉可能風光過，但這幾年只怕不行了，生意顯然清淡，大約也缺幾個有錢又有恩義肯捧場的恩客。

如此一想，他心裡就非常篤定。

月銀示意茂生就座，這才揚聲對裡面喊：

「春嬌，給客人沏茶！」

茂生把手中的包袱放在四角桌上，小心翼翼將結打開，原來裡面有各色胭脂花粉、髮簪，還有一條花色繽紛的絹製絲巾。

月銀眼睛一亮，歡聲說：

「哎呀，這麼多東西，都是你平時賣的嗎？」

茂生把臉一正，回道：

「月銀姨，我不是早說過，賣搖鼓是我這兩年不得已才做的營生，我家是新莊仔有名的劉興旺店東，到新莊仔打聽，無人不知無人不曉，足足有兩坎店面呀。」

月銀聽得半信半疑，問道：

「那麼有根柢的人家，怎麼讓你出來賣搖鼓？」

「唉，我自己不好，和家兄鬧意氣，一怒之下，搬了出來——」

「那現在呢？」

「家族長輩出面協調，要我們兄弟兩個乾脆把家業分一分，不能只讓我哥哥一家霸住。所以，如果事情順利的話，分家就是這幾個月的事了。我原來和月銀姨約好次日要來，就為了這個事給耽誤了。」

「當然是正事要緊，正事要緊。」月銀笑容滿面，親自把春嬌端上來的茶接住，遞給茂生，說道：

「快喝口茶，這麼大熱天，走到這兒來一定熱壞了。」

「也不，我坐人力車來，沒怎麼覺得熱。」

月銀一聽，怎麼這賣搖鼓的，前後兩次，境遇竟有天壤之別？短短十日之間，變化未免太大，到底是誑人的，還是確有其事？

但她世面見多了，滄海桑田、柳暗花明，什麼事是不可能的？來者是客，只要上門時有錢，其他的，她不必去管。

只是這兩年，阿婉年過三十，恩客漸少，從前常來的，現在不是到別處找新鮮刺激的，就是年齒有了，慢慢少走花街柳巷，自然絕跡於此。

阿婉並非明張豔幟，也不設在綠燈風化區，所以客人絕少生客或過路客，皆是熟門熟路的老客人。也因此，新客源有限，舊客戶萎縮，逐漸門庭冷落，再自然不過了。

月銀原指望這兩年間，將阿婉「人盡其才」用到朱顏漸老，好歹尋一個殷實人家，續絃也可，嫁過去，自己也有個養老去處。不想日子一天天過去，生意一落千丈，再也沒個合適人選可以令她著力殷勤了。

為此，阿婉言語間對她便生怨懟。

阿婉十五歲開苞，到了十七歲那年有了身孕。月銀狠心，買了藥硬讓她服下，把兩個多月的身孕打下，從此不曾再受過胎。

娼門裡有個迷信說法，謂妓女在執業三年內如果不曾生養，終其一生，便不會生育，不知這是真有其事，還是無稽的說法。但阿婉自十七歲那年墮過胎之後，十餘年間，真的再無生養。

年輕貌美生意好時，誰也無暇想及這些往後的事情；但一旦門庭冷落，自然而然就想到了種種煩人的事。

阿婉並非月銀親生，隔層肚皮，很多事便無法同心。所以自逼近三十，母女倆便常有心病，阿婉自嘆身世，更是鬧些脾氣、不飲不食的。

那月銀也難免嘀咕：她何嘗願意如此？可是，她怎知阿婉還能賺吃多久？人什麼時候太陽落山走下坡，又不像自然界那樣有個準，她哪裡能掐得準呢？她何嘗不願阿婉嫁個好歸宿，自己跟過去有福有份的？

「阿婉姑娘——」

劉茂生一聲問訊，打斷了月銀老娼的思想，她回到對眼前這生客的打量，嘴裡卻閒閒的回道：

「阿婉在睡哩。她應酬的客人多，需要多休息點。」

這話是在暗示茂生，阿婉生意甚好；再者也故意磨他等一等。

「當然，當然。」茂生是何等人，少年時候早嫻熟歡場種種，此刻他一邊笑應著，一邊自口袋摸出了事先點數好的二十塊錢，輕輕放到四角桌上，對月銀說道：「這些，權請月銀姨收下，只怕要叨擾兩餐飯了。」

月銀原來虛應著他，本也怕他口袋裡無錢，這時見茂生出手闊綽，那鈔票遠超過阿婉的夜度資，最少不會遇上诅诅人了，保本無虞。因此，她馬上堆滿笑容，說道：

「劉先生真明理，人又四海，果然是有根柢人家出身的。那我就貪財了。」

月銀將錢收起，微微提高嗓門，對裡面喚道：

「春嬌，端一碗冰糖蓮子湯來給劉先生潤潤口。」

「不勞煩啦，月銀姨。」

月銀起身，笑對劉茂生道：

「你坐坐，我去催催阿婉。」

「那就勞煩月銀姨了。」

月銀轉到阿婉房裡，後者人是醒著的，手上點著一支紅茉莉（RED JASMINE）的香菸，紙製的菸嘴加在菸頭上，有一搭沒一搭抽著。

月銀埋怨著：

「一張開眼就抽菸，妳抽得這麼凶，一嘴牙黑烏烏的，好看嗎？」

阿婉看都沒看月銀一眼，愛理不理的抖了抖菸灰，絲毫沒有起身的意思。

月銀換了個口吻，有點低聲下氣的味道：

「有客哩，換件衣裳出去吧。是生客，總不好叫人直接到房間，那也顯得我們太沒貴氣，又不是一、兩塊錢的娼寮。」

阿婉冷哼一聲，倒是說話了：

「有差別嗎？橫豎不都在賣？」

一股氣衝了上來，待要發作，想想還是不妥，有客在廳上坐等，自己人先吵了起來，豈不壞了人家情致？有誰尋歡卻尋楣頭？

月銀因之放下身段，陪上笑臉，一屁股擠上阿婉的榻上，右手一搭，就那麼圈住阿婉，好聲好氣的說道：

「好女兒，這就是上回那個大眼的賣什貨的搖鼓人。妳先別急，這人可真是有根柢的，這回來，簇新短衫加長褲，胭脂白粉，外加含笑簪、春仔花簪好幾支，都是送妳的。」

阿婉聽了，依舊冷笑：

「阿娘，簪子妳有用，我這燙起來的短髮有什麼用？妳誑誰呀？」

「好吧！就算簪子是給我用的，那他拿出來的二十元，妳可有份了！」

阿婉看她養母一眼，冷淡的嘆道：

「趁吃、趁吃，煙花女人是無了時呀。」

「我也沒要妳一輩子趁吃。」月銀無可奈何的催道：「妳也別在有客上門時故意折騰我，平日阿娘難道虧待過妳？要吃、要穿、要用，阿娘可有二話？」

阿婉一言不發，捻熄了菸，跨下床來，衣櫃裡撈出一件七分寬袖的淡紅紫短衫，低圓領上一對盤扣，襟上也有一對盤扣，鬆鬆的罩在身上；下身又是一條同色膝下裙子。

穿好了衣服，坐到鏡臺前勻臉、抹粉。

「怎的不穿旗袍？」月銀張望著衣櫃問道：「那件蓮藕色新做的，樣式時髦，上身很合身，我覺得挺好看的。」

阿婉嗤之以鼻，回道：

「他什麼人？我那麼慎重？」

「話不是這麼說，俗語說，人不可貌相，這姓劉的，據說是新莊仔劉興旺記的少東，前兩年和他兄哥鬧意氣，所以自己出來販什貨；現在要分家產了，兩人各半，家產是很可觀的。說不定是個肥客，可以倚賴終身的。」

「阿娘，不是每個男人都是一片牆，可以依靠的。」阿婉將梳子一丟，站起身子，前後照看一下。

「那自然是。」月銀一笑，說道：「但總是可以期待呀。」

「是呀，不也期待到了今天？」阿婉又冷冷射了一箭，轉身往客廳緩緩走去。

月銀急急在後交代著：

「妳可別對客人冷言冷語的。」

阿婉沒答，逕自往外去了。

月銀也踮著那纏小又放過的解放雙腳，急急追了出去，趕上清婉，放著聲音對客廳喊話：

「劉先生，我們家阿婉出來啦。」

那詹清婉款款來到客廳，只見劉茂生傞高一個身影，巍巍立在廳堂太師倚前，好一個軒昂的漢子！

茂生原生得體面，高頭大馬一張稍長的國字臉，兩隻眼睛輪廓分明，眼皮雙得清清楚楚。他那全然的男兒相，因為浸淫過風月，倒把原來的粗鹵莽撞沖淡揉勻了許多，變得另有一番玩家的風流，尤其是那雙男人少有的眼。

此番，他穿了件直扣米棉布短衫，黑色長褲，口袋裡有些錢，從前的風流倜儻不知不覺就回來了七、八分，自信更是不招自來。

那詹清婉印象裡賣搖鼓的漢子，魁偉茁壯，卻是一身汗漓漓的狼狽相；完全不似眼前站著那風流自賞的玩家狎客，唯一相似的，唯有那雙會吃人的大眼。

清婉做這行當十餘載，哪一種男人沒見過？但像劉茂生這種兼具老鳥世故和菜鳥清純的混雜眼神，倒是第一次遇見。她心下一動，不知不覺停了步子。

「阿婉姑娘，打擾了。」茂生輕輕一揖，眼光始終沒有離開過清婉。

那清婉午覺未睡，臉上有種慵困的嬌懶；身上那襲大褂衫，不挺合腰，看來又像居家，倒卻把阿婉老大不小的年紀給逼退了幾歲。

茂生看她，比那日少掉一層風塵，不那麼煙視媚行，竟有幾分鄰家美少婦的風情。他的心，不期然被重重牽引了一下。

那一廂，阿婉癡立不過小半分鐘，就被她養母月銀輕輕自後推了一推，不由自主就往前挪移步子，心神自然也回了來，出於本能，她職業性的嫵媚全展綻出來，自己來到茂生對面另一張太師椅上，欲坐未坐，右手輕巧擺了個「請」的手勢，軟軟說道：

「劉先生，請坐。」

坐定之後，阿婉一邊看了看劉茂生帶來的東西，一邊用狎弄的語氣問他：

「不是說次日要來？怎拖到今天才上門？」

茂生也機伶，答道：

「次日就來，進得了阿婉大姊的大門？」

阿婉燦然自得一笑，回道：

「那倒也是——喏，這條圍巾，倒是好看得很。」

她用手指挑起那不規則圖案的絹製圍巾，滿意的端詳著。

茂生忙說：

「是神戶那邊過來的，我有個遠房舅舅在日本，不時幫我們批些物品，在新莊仔的店頭販售。」
「我聽說你是個頭家子，這話可真？」
「阿婉大姊跟前，不敢有假話，確實有兩爿大店面。分了家，至少有一爿是我的，其他田產約莫還有一些，無須我再像從前那般辛苦在外奔波。」
「這樣說來，該叫劉頭家了？」
「阿婉大姊如果不嫌棄，就叫我茂生好了。」
阿婉不言，睨他一眼，笑了笑。
月銀此刻趕緊插了一句話：
「劉先生該餓了吧，我叫春嬌弄了飯菜，我們晚餐早點上，劉先生辦完事好回去。」
茂生佯裝不悅，問道：
「怎麼才來，月銀姨就攆我回去？是不歡迎我嗎？」
月銀堆下笑臉，說道：
「有錢頭家，誰家裡不是等著頭家娘？您初來乍到的，我們怎好霸住您不放？如果讓頭家娘動了怒，以後不准您上門，那我們才冤呢。所以嘛——」
「這不勞您操心，月銀姨。」茂生顯得意氣揚揚：「我家那個童養媳，只有聽話的份，不敢造反，二十年都如此。」
「喔——」清婉拖長聲音，很感興趣的問道：「頭家子，大可找個門當戶對的人家配婚姻，怎麼娶童養媳呢？」

茂生有些靦腆，說道：

「我阿娘聽信算命的話，自小就養了她的……她也還算好，任我翻筋斗，沒有二話。」

「這樣聽來，賢夫婦的感情可真好。」

「談什麼感情？不過是過生活而已。」

那阿婉聽了這席話，心中忽有領悟。男人來這種地方，很少亮出妻室；即使不巧談到，也都裝成一副大丈夫不懼內的勇猛形象。可惜真遇到事情，很少人會不以家庭為重的。

這叫劉茂生的，難說不是如此。不過，究竟如何，自己倒可試探試探。

晚餐很早開了出來，豆干炒肉片、一尾小馬頭魚、蒸蛋、冬瓜湯，春嬌還拿了酒甕去量了半甕酒回來。

詹清婉和月銀姨都是好酒量，一小杯接著一小杯，自斟自酌，還不忘對劉茂生勸酒，茂生原也能喝，加上多年為貧所錮，好不容易有了幾個錢，又兼身旁有個自己看著賞心悅目的女人，豈有不放懷暢飲的道理？

一席飯吃了兩個多時辰，喝到後來，三人都帶著濃厚的酒意，月銀會唱一點亂彈戲曲，是當年在藝旦間用來娛客的，「退休」這二、三十年，因逐漸少唱，詞兒已忘掉大半，此時唱兩句漏三句，三個人倒在有酒助興的狀況下，益發高興，因為唱不齊全，就不嚴肅，彼此原來的生疏，在這又酒又歌亦曲的廝混下，逐漸消失。

等到阿婉和茂生雙雙扶醉進房時，兩人已經互相攙摟著沒有規矩了。

茂生由著自己靠在詹清婉軟而溫潤的身軀上，讓她攙引著進了臥房。

茂生什麼都不曾入眼，醉眼迷離之中，阿婉床上那一長掛五顏六色、下飾流蘇的床幃，倒是特別醒目。

茂生未等近床，頭一側，就想親吻阿婉，阿婉靈巧的閃開，拿話激他：

「這麼急吼吼的，難不成草草完事要趕回家去？」

「家？」茂生嗤之以鼻：「我這裡住下，住個十天半月……除非妳攆我走！」

「當真?!」阿婉睇著眼：「這話可是你自己說的，沒有逼你，求你，纏你……」

「大丈夫男子漢，說話算話。」

阿婉將他扶到床上，冷不防摔了一跤，跌到他身上去。茂生借勢箍住她，一口酒氣直往她臉上呵：

「回家幹什麼?家裡哪個那比得上妳！」

阿婉推開他，撐起身子，笑道：

「聽著心裡就舒服——聽聽甚好。」

「來！過來！」茂生醉態可掬，伸著雙手要阿婉過去。

阿婉逗他，偏偏站得遠遠的，說道：

「叫春嬌捧洗腳水來！沒洗腳，不准上我的床。」

「妳倒講究規矩。」

「那當然，否則哪留得到今天伺候你！」阿婉看出他心癢難搔，益發百般逗弄著他。或許是大船入港，如今不同以往，花無百日好，自己如果不懂得算計未來，誰來替她打算？

這大目仔劉茂生，論人才有人才，論錢財嘛，拖住他一段時日便見分曉！說不定真是她詹清婉後半輩子的靠山。她如何能不計較。

如此一想，清婉不覺抖擻起精神，對外揚聲叫道：

「春嬌，捧水來！」

這才款款回過身來，伸手去解領上那一對盤扣，邊解邊睨著茂生，說道：

「我呢，先伺候你洗腳。」

茂生坐在那裡，像坐在雲端，浮浮的直要飄飄欲仙。眼瞳裡那個女子，眉眼含春，一顰一笑，舉手投足都撩人心思。

他看著，看著，索性把心一橫：罷了！自己就任她擺布吧。

4

劉茂生在花繁葉茂加鳥鳴的春夢中悠悠醒來，一張眼，入目就是繡有龍鳳和麒麟八仙的五彩床幃。他楞了楞，略略回思，才想起身在何處。

這房是典型的光廳暗房設計，阿婉的閨房暈暗，若不是有門邊那盞油燈照亮，只怕伸手不見五指。

不知幾時了？茂生左右照看一會兒，看不到天色，自然無從知道時辰。這年頭，官廳供電時間是從傍晚六點到次晨六點，阿婉家沒有富到自裝電錶，當然只有在上述這段時間才有電燈照明。

茂生揣測，此時莫說早過清晨六點，只怕已快近午了。因為以往宿醉醒來，總是一顆頭痛得欲裂，今早此刻，卻是沒事，不知是睡足了，抑或在阿婉的溫柔情懷裡，得到久未得償的放肆與發洩，一下子紓解掉久鬱而感到特別的暢快和舒服。

想到這裡，他的唇角又漾起笑意，伸了個懶腰，正躊躇要自行下床，還是放聲喊人來招呼，忽然就聽到阿婉那可人的聲音適時響起，原來像有心靈相通似的，她正在此時踏入房內探看。

「呵，醒了呀，頭家！我還以為要睡個一瞑一日呢。昨晚上，真讓你那麼累呀？」

阿婉說到最後一句時，臉上堆起曖昧的笑意。茂生一看，心頭癢癢，腹下又升起一股熱，涎著臉說：

「我累？那可早哩！昨晚若非用酒灌我，還饒得了妳在此耍弄嘴皮，老鼠追貓！」

「這倒像真的哩，我倒要見識見識！今晚可還敢住下？」

阿婉扭著腰，款款行近，卻又不肯靠近茂生身邊，隔著他欺身不到的地方，笑睨著床上新恩客。

劉茂生只見她穿著一身墨綠飛翠竹的旗袍，無袖低領，落出那淡妝的佻俏臉蛋和兩截雪白的雙臂，說不出的好風情。

「過來！站那麼遠幹麼？」茂生不由自主就將聲音放得軟軟的，兩眼盡是柔情和笑意，看到那朝秦暮楚，送往迎來早慣了的詹清婉眼裡，若非老神在在，把持得住，幾幾乎就要被它給化了、融了。

她略一定神，輕啟塗得朱紅的雙唇，再次追問：

「我問你哪！今晚可還住下？還是……要回去跟你老婆陪不是，捶大腿、泡小腳？」

「什麼話?!」茂生兩眼一挑，由不得就生出英雄氣概，朗著聲音說道：「昨晚可不說得好好的？除非是妳攆我，否則我是不走的，把妳包定了。」

那阿婉雖在肚裡揣測這大目仔劉茂生的背景底細到底有多深厚，但娼門居久，早已有不露聲色的本事，她含笑斜立，自己想好了進退準則，這才又開口：

「劉先生，您雖是頭家子，可別看輕了我阿婉。包我？如果這些年，我這麼將就委屈，怕不早就入了哪家的門啦！還留得到今天伺候你。」

「嘿！我可不敢看低妳，阿婉！妳也知道，自那日一見，我就愜意，把妳放在心口上，只想讓妳伺候我一個人，不要妳再送往迎來的，所以才想將妳包下。沒有侮慢的意思。」

「是啊，我想也是，碰到了一個有情有義又有良心的人，是我的福氣。不過，」阿婉故意低了低頭，說道：「你有情意，我也不能沒有天良，但是，阿娘卻是在做生意，開門步步要錢，我若順她，怕花了你的錢，若護你呢？她又不准……」

茂生一聽，全懂了，即刻接口：

「那不成問題，我不教妳為難。喏，等會兒自會到妳娘跟前進貢。」

「我一睜眼就跟你提錢，只怕你要以為娼門只知有錢，不懂恩義，其實……」

「阿婉，妳身不由己，我全知道，不必解釋，我絕對不會令妳為難的。」

那詹清婉揣摩著劉茂生對她十分有意，又不免想到自己猶如飄零落花，年過三十倒找不到一個落腳棲身的歸宿，半是做戲半是真實，不由悲悲切切情腸百轉，眼眶一紅，淚珠兒漾掛下來，她伸手抽出塞在旗袍斜襟上的手絹兒，在眼眶上按了一按，低低帶著哭聲說道：

「沒有人天生犯賤要做婊，何況是下港人稱呼為臺北婊的……但是，命歹有什麼辦法……現在這阿娘不是親生的……」

劉茂生見阿婉自傷身世啜泣起來，那模樣益發教人愛憐。女人就是要如此才惹人疼惜，宜嚬宜笑，能嗔能喜，像水一樣偶有漣漪和浪濤，增加一些情趣。如果是蓮花就不行了。要說蓮花長得不美，那是昧天良的話，但美不一定討喜，怎麼說呢？一句話，蓮花太老實了，規規矩矩，一成不變，哪像眼前這詹清婉，不會讓你覺得冷清和無聊。

劉茂生再也坐不住了，他跨下床，大步一跨就挨近阿婉身旁，兩手一摟，把阿婉抱進懷裡，一壁親她摩她，一壁出言安慰：

「妳別傷心，一切我都知道。等我分了家產——」

講到這裡，劉茂生忽然警覺的住了口。

伊娘吔！花叢裡也不是沒待過，怎麼此番如此孟浪？才不過宿過一眠的煙花女子，怎麼就跟她提家產、誇海口？難不成自己還要向她做什麼承諾不成？伊娘吔！真是越活越倒退了！

那阿婉何等精靈，一聽劉茂生臨時住口，八九不離十，馬上明白。她推著茂生的胸膛，欲要掙脫，嘴上忿忿便說：

「談什麼有情有義都是假的！此刻家產未分，就已經怕我們沾到你什麼了。萬一家產拿到手，還會認得我叫碗或盤嗎？你呀，放手吧，少在這兒假情假意了，衣服穿好，早早回家去當人家的頭家吧，我們可沒這個福分留你。」

「唉，妳說什麼話嘛！我住口，不過是家產未分到，等一下說我吹牛皮，——妳也曉得，我大哥大我十來歲，家父早逝，家產一直由他掌管。這八年我賭氣在外，他更是大權獨攬。現在突然要分產了，他自然心疼，百般的刁難拖延——我是怕，不像我想得那麼容易呀！現在話說早了，吹大了，屆時不被妳訕笑？」

阿婉聽了，忍不住問了一聲：

「這樣說來，怕分不到？」

「那倒不會，只是分多分少，分早分遲就是了。得費點工夫。」

「所以我說嘛，」阿婉聽這一說，又拿手絹按眼角：「歹命人，原以為——」

「什麼原以為不原以為的，告訴妳，時間早晚而已！最不濟，也有一坎店面、幾甲田地，夠一世人吃喝不盡了。」茂生不由洩了底，轉口又說：「好啦，快別哭了，大清早，好好的興致——」

阿婉見風轉舵，即刻破涕為笑，甜膩膩就說：

「壞了你興致啦，等會兒補償你——」

「還等會兒！現在就——」茂生力大魁偉，半擁半抱便將阿婉往床上摟去。那嘴也不閒著，盡在女人的腮、髮間又啄又嗅的鑽營。

阿婉給他逗得發癢直笑，斷斷續續還要掙扎：

「喂——停停，你這人——你可還沒洗臉漱口……」

「誰定的規矩？要洗臉漱口的？」

茂生此時已將清婉壓在床上，粗手粗腳便去扯她旗袍的盤扣，偏偏那盤扣又做得緊，情急之下扯都扯不開。阿婉「吃吃」笑個不停，半真半假便討：

「你可小心，這件旗袍做了沒幾時，扯破要你賠件新的。」

「那怕什麼？十件也賠。」茂生口氣狂妄的說著。摩挲間，熱火更加興旺，盤扣偏又解不開，他便怒道：「穿這牢什子幹麼！」

阿婉右腳一招，舉掛到他肩上去，撩撥著他說：

「誰知你昨夜殺伐一場，今早一張眼又要——」

說話間，伸手進了茂生內衣裡頭，用指甲尖去撥弄他的胸膛。

茂生粗著鼻息急促的催道：

「妳自己解了這盤扣吧！」

幾日間，在清婉香巢裡昏天黑地的殺伐，精壯如劉茂生，不免也有三分疲累。不過，逼得他打道回府的，倒非因身上的倦乏，而是身上的錢用得也差不多了。

茂生是個死要臉皮的人，身上沒錢，不等人趕，自己琢磨著便該回家。

月銀老娼頭和清婉不知底細都要留他，茂生隨口便謅：

「來了好些天，正經事全沒幹，分家產的事，還得去奔走奔走，否則讓我兄哥把好處占盡，我可沒落到什麼。」

阿婉依依不捨將他送到大門外，問道：

「幾時再來？」

「說不準的，事情有眉目我就來。」

「別一轉身就忘了人，我——」說著眼眶一紅，手絹兒又按到眼皮上去。

「什麼話？什麼話？妳連這個都信不過？我跟妳約束過了嘛，事情有眉目就來。」茂生想想，說道：「少接些客……我不幾日就來！」

好不容易揚揮別阿婉，茂生當日下午回到自己家中。

蓮花寒著臉，一如往日，不曾問他行蹤。

可茂生自己一下子花掉將近兩百塊錢，心裡不免有些疼惜。自從吃過在外打拚的八年苦之後，茂生對錢，已不像往昔那般揮霍而不心疼。幾日間在阿婉那裡，為了博她歡心，出手不能儉吝，但事過之後，自己也後悔太過大方，以至於必須提早回家，少過了幾天溫存日子。

這懊惱在看到蓮花的臉色，又蹲在家中清靜無聊捱了兩三日之後，益發濃厚。

伊娘哋！蓮花這女人真可恨，丈夫回家，不懂承歡，偏偏擺臉色給他瞧。想想人家阿婉，愛嬌又聰明解語，莫說什麼，瞟個眼尾她就領會了，哪像蓮花那木頭？

才兩日不見，自己真還想她想得發慌。

真也奇怪，又不是沒浪蕩過，尋常一個煙花女子，竟會這樣教人掛心！

劉茂生左思右想，不免也回憶起過去年少時過從的女人。是了，年輕時，看重的是形貌，喜歡的是美姿容；經過這麼許多年，自己歷過滄桑、吃盡苦頭，也過了十多年話不投機的婚姻生活，格外地珍惜那懂得察言觀色、摸得清他心事情緒的女人。

阿婉惹他憐愛，這正是最大的因素。

可惜，她是一個娼門女子，看來也還未到洗手不幹的時候。

否則，納個小妾，未始不是美事。

想到這裡，忽又覺得不妥。阿婉曾對他表白過，不肯屈就被「包」。那麼，納之為妾，算不算被「包」的另一種形式？

算了！想那麼多幹麼？船到橋頭自然直，何況，得先有錢才能想其他，為今之計，莫過於分產這件事重要。

他如今是不肯再去賣力討生活了！日子回甘，眼看就有大筆田產可以到手，他何苦再早出晚歸幹那些苦力營生？

可是，錢未到手，畢竟僅止於夢，什麼事都無法去做。

所以，在等待初二分產的那些時日，劉茂生這裡走走，那裡逛逛，簡直不知幹什麼才好。

正因為家裡磨蹭的時間多了，所以他看和想的時間多了起來。眼前這過日子的居處，簡直不是人住的，憑他劉興旺記的少東，居然住這狗窩不如的地方，真是太委屈了。

而他的妻子蓮花，十年苦日子過下來，窮酸加勞苦，竟然看來有些蒼老疲態。從前的端莊恬美，此刻看來只覺沉悶，人，真是禁不起窮苦折磨呀，像阿婉就不一樣了——

阿婉！

他的心思鬆鬆動動的，浮游著一些無以名狀的、令人不安的東西，摸不著、踩不平，卻又真實存在，千萬條小蟲般在心頭蠕動著，讓他坐也不是、站也不是，吃喝都索然無味。

到了約定好要兄弟分產那天的初一，劉茂生早早醒來，換上他前不久新添的直扣短衫和黑布長褲，趿上一雙膠底鞋，路也不走，索性叫人力車就往他新莊仔的老家去了。

到了「劉興旺記」的店頭，他兄哥茂林早等著他，見到他一照面，便語帶諷刺的告訴他：

「早知你為了分產不會拖過中午就來，我事先約好阿舅和阿姑們全來了。」

茂生一楞，說道：

「我們兄弟的事，何必勞動那麼多人？」

「要見證呀！如此才不會在日後有小話多說。」

5

興匆匆趕到詹清婉處才碰壁回來，一身情熱換上滿腔妒火，加上午間分產後的反悔和此番找不到人力車，遠從牛埔仔一路走回圓山仔的疲憊，劉茂生回到家真是懊惱得恨不得找個人開刀才好。

偏偏這一日蓮花開飯早，又不曾留下飯菜，以為劉茂生不是留在茂林處吃飯，就是到別處浪蕩去了不會回來，因此母子、母女四個，早早洗了澡，正想早些歇覺，卻見茂生撞開了門，氣沖沖的走了進來。

蓮花原也怨他身上有錢即故態復萌，家不當家，連小兒子進丁燒了幾日，猛咳不停，他做爹的也不管；此刻見他不知受了什麼氣回來，不想去頂風颱尾，因此便如往例縮在一旁，不曾答理他。

茂生重重摔了那包衣料，坐在長板椅凳上，粗聲粗氣大吼：

「死人哪！來一碗茶，把飯菜熱一熱！」

蓮花心中暗叫一聲糟，連忙起身到灶上給他倒了一碗冷茶來，端到桌面上，小心的問了句：

「你還沒吃飯？」

「伊娘咧！吃了還會叫妳熱飯菜？」

「可是，今晚……沒剩菜飯……」

「妳說什麼？」

「以為你又不回來……」

「啪！」的一聲，茂生一手將那只茶碗掃到地上，茶碗應聲而破，蓮花被他嚇出一身冷汗，只有呆立著。

「妳現在大尾了，是吧，連尪婿也不用伺候啦？我問妳，妳靠誰吃穿？」

蓮花默默不作聲，只是心裡不服氣，這樣的尪婿，有一餐沒一餐，日子好過，他自己過；日子難過，他也盡挑好的自己過，剩下些什麼給妻兒？這還不打緊，經常沒吩咐的，幾天幾夜不回家；回來了，卻又大呼小喝，讓人沒個寧日……她是個直腸子的老實人，心裡想著，臉上也就露現出來，所以劉茂生就看到她一臉的怨尤加不以為然，混雜成倨傲的神色，一棵蔥似的僵立那兒。

茂生原就滿肚子懊惱，設若蓮花姿勢低一點，和婉一點，他或許吆喝一陣也就罷了，偏偏蓮花這態度令他下不了臺，而他正處於又餓又乏又怒又惱的節骨眼上。

茂生忽的出手，握緊的拳頭對蓮花照面打下。

那一拳，直把蓮花打得往旁一顛，兩條腿一軟，就半仆在地。

茂生原生得魁偉粗壯，練得幾年拳腳，又在氣頭上，出手自然不輕。

蓮花出乎意料之外的仆倒，打人和被打的都吃了一驚。然而，這種事不是第一次，茂生曾經比這更嚴重的修理過蓮花。因此，他只略咬了咬牙，便將那些微的不安給遮掩過去了。

他霍地站起身子，聲勢不減的罵著蓮花：

「妳給我裝什麼死？沒把妳休掉算是好的，還在那兒假惺惺的跪著，教我看了就動肝火！」

說著，順勢又踹了蓮花一腳，這才恨恨奪門而出。

那蓮花被踹在側腰上，痛得直不起身子，雖是忍耐慣了，不曾出聲，但那樣子，顯然是痛極了的。

蓮花那十四歲的養女秀子，本來一直躲在廚房角上不敢出聲，此時大約估量著茂生出門，暫時不會轉回頭，這才大著膽子走出來，快步去將猶仆倒在地的蓮花扶起：

「阿母，起來吧——是不是傷著了什麼地方？他那樣一個粗胚的男人，又下這樣的重手腳……」

蓮花噙著淚，在秀子的攙扶下，坐到板凳上去，一邊撫著臉一邊傷心的說：

「他外頭有女人，就是這副皇帝樣子！有什麼用？沒錢有錢，一樣沒有好日子過！」

「阿母——您是說，阿爸外頭有女人？」

「可不是！這八年日子難過，他連一個家都養不起，害我們過盡苦日子。本來嫁雞就要隨雞，沒什麼好抱怨的，可是，他並非沒本事，這八年來，他就是沒個男人樣子，自己第一，家小擺在最後，賺點錢，一定先供應自己才想到我們……妳看看最近……」

「阿母，您看！」秀子鬼靈精怪的，拿起茂生自茂林處剪回來，預備給阿婉的布料，技巧的將包裝的紙偷偷掀起一角，失聲驚叫起來：「好水的布料哪，這麼花稍的，不知給誰？」

「所以我說他外頭有人，無非是那些朝三暮四的趁吃查某。」

蓮花也不驚詫，老神在在的依舊撫著她的左腰，罵道：「這夭壽的，踢得這麼死命，我只怕有內傷哩！」

「阿母，妳怎的不氣？對別的女人那般，對妳又如此，糟蹋人嘛！」秀子摩挲著那包衣料，說道：「我長這麼大，還沒做過一套像樣衣裳。這幾件衣料，花色這麼好，如果只給我一件，我也會高興死呢！」

蓮花聞言，不禁抬頭看看秀子。

秀子生得白淨，小小的眼睛，細細的眉毛，鼻子及嘴唇雖生得普通，但因肌膚如雪，所以看起來怪討人喜歡的。

秀子梳了個鉸剪眉髮式，劉海剪得高，益發襯得髮黑膚白，挺秀氣的一個女孩子。可惜身上卻是一件藏青長褲和灰布圓裾短衫，灰舊灰舊的，是洗久沒有光澤的樣子。

蓮花想想這孩子跟自己八年，除了頭兩年和茂林大哥同住、吃穿不虞之外，後來的這些年，非僅日子窮苦，甚且還因茂生的脾氣而跟著擔驚受怕。十四歲本該是花一般年紀，誰家不是耳環、衣裳，一樣一樣的妝扮打點？而秀子跟了她，注定是過歹命的日子。

「秀子！阿母無能，不能給妳好日子……好在女子是油蔴菜籽命，嫁了尪婿，才是真正人生的開始，這些年，妳忍耐忍耐，總會過去。往後，妳選個好尪婿，嫁過去，享妳的好日子……」

「阿母，我不是——我只是替您不值得，看看阿爸，在家打人罵人，卻拿這麼好的衣料去送不三不四的女人。」

「所以注定他一輩子沒出息嘛，男人嘛，如果一生只想著吃喝嫖賭這些，注定是沒出脫的。我反正認命了，自小養來，就是給他做妻室，連嫁別人的機會也沒有……可妳就不同了，再熬個三、五年，就是妳自己的人生。秀子，不要怨嘆，苦日子會過去的，一個人有多少福分，該吃多少苦，老天有眼，不會太偏心的，妳不要太早絕望。」

秀子聽著她養母的話，雖不入耳，但亦未質疑。蓮花待她甚好，雖然不免有些地方太嚴格，不過兩人一直甚投契，蓮花也不像秀子的養祖母那樣粗口野舌的愛罵人，所以她們母女算是挺貼心的。

唯一令秀子不滿意的，是蓮花對茂生太縱容了，從頭到尾只有一個忍字，什麼都由著他沒打沒算的胡作非為。

「阿母，這麼好的衣料，妳拿它幾件也是應該的，怎好都去送外面的那些狐狸精？」

「妳放回去吧，秀子！多幾件那種衣裳，難道會比較好命？」

「起碼我們可以拿去賣，給進丁看病，都燒成那樣子了！」

「唉，上回看了一次，不曉得為什麼沒退燒？」

「阿母，妳看阿爸今晚會回來嗎？」

「他身上有錢，何必回來？」

「妳怎知他有錢？」

「那還用問？今天去分產，一定拿了些錢，否則，拿著布料做什麼用？趁吃的煙花查某，是要錢、要人，也要東西的。沒錢，他走得出去？」

「可是他不曾把布料帶出去呢。」

「今日太晚，他大約不會去那裡。」

母女倆說著話，只聽四歲的進丁又咳得幾乎要把五臟六腑全咳嘔出來。蓮花一邊急急的趨近去拍他的背，一邊吩咐秀子：

「倒一碗茶來！」

蓮花半扶著咳得一臉發赤的進丁，餵他喝了兩口茶，卻又被咳嗆出來，噴了他自己和蓮花一身都是。

「阿母，進丁這樣——」

蓮花皺著眉，又拍了拍進丁的背，說道：

「我跟他要些錢，去看西醫，聽人家說，西醫注射好得快。」

「那就要快，進丁病了這麼久！」

「是啊！」蓮花沉吟著：「如果他這幾日都不回轉，我到哪去找錢？」

「拿那些布料去當好了！總勝過送去給什麼壞女人！」秀子仍是打那些衣料的主意。

「秀子，妳去睡吧！除非萬不得已，不然我不動妳阿爸的東西……他那樣一個人，和他一般見識幹什麼？自找苦吃而已。」

正如蓮花所料，劉茂生在阿婉處受挫之後回到家，本來只想吃過飯早早歇息，不想飯盆見底，怒打蓮花之後，自己覺得無趣，匆遽出門。

一時之間不知道該往何處去，但口袋裡有錢，過去熟門熟路如自家廚房的歡場舊地，一一浮上心頭。

由圓山仔到大稻埕，路途不遠不近。劉茂生忿忿自家中奔出，起先是茫無頭緒的走著，但方向卻自始就往稻埕行去。等遇上人力車，跨上車座，他順口就說：

「拉到東薈芳去。」

大稻埕因為有著茶市加工的茶行一百三十四家，臺灣出口的烏龍茶和包種茶均由此外銷，茶市文化因之帶來許多商賈流連酬酢的場所，許多旗亭、酒樓，均有藝旦陪侍、唱曲。茂生少年即來過這類地方，因此這時很自然就往老地方去了。

事隔多年，物換星移，當年的藝妓早已不存；茂生隻身獨來，也不似往日呼朋引伴時的快樂。他獨個兒喝著悶酒，紅牌藝旦大約都已坐了檯，結果來了個二十五、六歲的，穿著黑紅花旗袍的藝旦。茂生看她，亦如阿婉般燙了頭髮，一張長圓臉上，配著一對大眼和一張大嘴，倒有幾分番婆的樣子。

「妳可會唱曲？」茂生問她。

「客官要聽什麼曲？」

「什麼都成，不是有什麼唐山調的？」

「喔，客官說的是北京戲呀？」這女子笑笑，說道：「我們這裡有幾位姊妹會唱，可惜她們現在有客，不得空。」

「原來如此，你們欺我是生客，故意找妳這種酌富來陪我是吧？」

酒女分藝旦和酌富兩種，會唱歌或是平劇的小姐叫藝旦，陪酒的費用較高；只能陪客人猜猜拳喝酒的小姐叫酌富，收的費用較低。

「客官，您這樣說真失禮喔！我會唱七字仔和五更鼓調，至於那些外江曲，真的就不太在行，可這也不能說我是只能划酒的酌富呀——來，客官心裡不爽快，我叫琴師來，唱幾段曲子給您聽，去去您的鬱卒。」

那女子陪著笑，為自己和茂生全斟了酒，露出兩頰旁深深的酒窩，平添幾分嫵媚。

「妳叫什麼名字？人倒是挺古錐的。」

「客官不嫌棄，我就好好伺候您。我叫香君，請您多疼惜多照顧。」

香君溫柔中帶有豪氣，人又風趣，邊陪酒邊說說笑笑，倒是解了劉茂生不少悶氣。

當晚，劉茂生召香君陪宿。香君個性乾脆爽朗，床笫間因之就少了詹清婉那份柔媚和纏綿。茂生雖連續召她兩日，到了第三天上頭，忽然覺得無趣，悻悻然打道回府。

就在他宿於香君處，享受笙歌和美食、佳人的三天之中，他的妻子蓮花，卻在焦灼困難中掙扎著一日捱過一日。

原來進丁自小身弱，他出生時，正是劉茂生最落魄的時候，茂生不學無術，本來就沒多大本事賺錢養家；加上不太願意吃苦，擺著紈袴習氣，有些錢，儘管家中無米可炊，他也一定先自己花用一些，才肯將其餘拿回家去。

蓮花生進丁時，由於頭胎進財就沒好好坐月子養身體，所以身子骨弱，懷孕時沒吃好，進丁生來先天就差人甚多。後來蓮花又缺奶水，大半時候，進丁吃的都是米湯，況且還不甚濃稠。先天不足加後天失調，進丁長到四歲，幾乎生命中的大部分都在這樣那樣的大小病之中過去。

這三日中，他咳得益發不可收拾。蓮花走投無路，終於接受秀子的建議，偷偷自茂生拿回家中，預備進貢給詹清婉的六塊布料中，揀出一塊，其餘五件再重新依舊包裝。她和秀子，帶了進財、揹著進丁，到街上一個老醫師那裡求醫，事先懇求醫生收下那塊布料以抵償醫藥費。老醫生見蓮花一個老實婦人，拖兒帶女實在可憐，不免動問：

「既然沒錢，哪來這上好衣料？」

蓮花羞愧難當，無法啟齒訴說尪婿的荒唐。秀子一旁才搶著說：

「阿爸有錢不顧家，外頭包有來路不清楚的女人，這衣料是他剪下要送那女子的，我們無奈，偷了來……」

老醫生搖搖頭，把衣料推了回去：

「拿回去吧！這孩子病得這麼嚴重，我抓幾帖藥給他吃。錢呢，不用了，救人要緊。」

蓮花還客氣，被老醫師給阻攔了。醫師把脈診斷之後，邊寫處方邊對蓮花說：

「這處方先抓三帖吃吃看。只是，我看這孩子沉痾已深，不是三帖藥就救得了的。我聽說西醫有特效藥，也並非絕對有效。不過，可以去試試。」

老醫師寫好處方，又自抽屜裡取出兩塊錢，遞給蓮花，說道：

「救人要緊，快拿了去抓藥。最好和妳頭家商量，把孩子送去注射，看看特效藥有沒有效，再晚，孩子就沒救了。」

蓮花救子心切，雖無奈，亦只得拿起老醫生給的金錢和處方，道謝而去。

進丁吃完那三帖藥，咳嗽稍止，但不見大好。蓮花正在著急的當口，那茂生倒是施施然回來了。顧不得茂生此番是否心情大好，蓮花即刻對浪遊歸來的丈夫說道：

「進丁病得太久，老醫師說，該抱去稻埕的西醫那裡看看，特效藥或許有效，再晚，怕這孩子會沒救……」

茂生兩眼一瞪，粗聲粗氣便罵：

「騙猾吔！中醫會推薦西醫？妳說的誰信？」

「不管你信不信，進丁的確需要就醫，你給我些錢吧！他畢竟是你的親骨肉啊！我們沒錢吃飯沒關係，這孩子……」

蓮花說到後來，不覺哽咽。自己命薄，竟連累孩子至此！而這鬼迷心竅的劉茂生，難道指望外面的女人為他生養，連親生骨肉都見死不救？

「嘿，妳對我唱哭調嗎？一回來就要錢，比煙花女子更可怕。」

茂生帶點嘲弄語氣說著，看到蓮花幾日不見益發蒼老，想了想，伸手進衣襟裡摸出幾張票子，數了數，丟到桌上，說道：

「五十塊錢，夠人家兩三個月過日子了，別不數日又跟我哭窮。」

蓮花拿起錢，心裡又恨怨又不得不慶幸，總算還要到了錢，否則豈不眼睜睜看著孩子受苦？她想想，突然又壯起膽子對劉茂生問道：

「我很少出門，你是不是跟我們一道去稻埕找西醫先生？」

茂生眼一睜，慍道：

「妳這個查某！我剛剛入門！」

蓮花也知白搭，翻身吩咐秀子：

「妳看著進財，等一下去買菜，洗米下鍋，和進財先吃飯，我要揹進丁去稻埕。」

「我和進財跟妳去，阿母！」一聽要去稻埕，秀子的心都活絡起來。

「傻瓜！不是去玩，下回再帶妳去。」說著，對前頭努努嘴，放低聲音：「他回來，要人伺候。」

「管他呢！」秀子脫口便啐道：「他又不管咱們死活。」

蓮花拿起揹巾，圈在進丁腋下，然後將他往背上一揹，用長長的揹巾，從己身的雙肩，往下交叉托住孩子的屁股，最後結結實實在自己的前腰打了一個活結。

蓮花因為是童養媳，加上有大半被劉家當做婢嫺使喚，所以不曾纏腳。她打算花點錢坐人力車去，爭取時間早看早好，回來再安步當車慢慢走回家。

臨出門，劉茂生皺著眉，半像質問半又像關心的隨口問了一句：

「這小的怎麼回事，一年倒有半年在害病，養不養得大？」

蓮花連吭聲的興趣都沒有，即刻出門。

養不大，他做父親的會傷心嗎？蓮花被這不痛不癢的一席話給弄得惶惶然的，心裡對丈夫，本來認命的成分居多，這一下怨懟激增，變得滿是恨毒。如果進丁有什麼三長兩短——不，不能有這種想法！她的心肝寶貝兒子，以後要依賴他們的命根子……，對她而言，夫不如子，尤其是劉茂生這種丈夫。

蓮花就如此悽悽惶惶的上了人力車，車夫問地點，蓮花才結結巴巴的說道：

「囝仔發燒咳嗽，想去稻埕找個好的西醫看病……也不知哪家醫生是高手，這孩子病了一陣子……」

「怎不早講？我給妳拉到郭內科去，醫術有名得很！」

蓮花並不知曉郭大夫究竟是庸醫還是良醫，外面世界有如蒼茫大海，哪裡摸得著邊？她一個女人家，最多也只能靠人指點瞎摸瞎闖。

別人的丈夫，肯定不會在孩子生病時不要不緊，自顧自尋歡作樂。自己怎會這麼歹命呢？孩子是他姓劉的骨肉，他在外胡搞，女人可以一個換一個，但孩子難道可以隨隨便便要生就生得出來？有子有子命，沒子也就是沒子命……不知是他想得開，還是她想不開？

好不容易抵達醫院。醫生診斷過進丁之後，帶點職業性之外的人情，憂慮的說道：

「怎麼拖到這個時候？肺炎是很麻煩的毛病，而且，這孩子體質太弱，沒有抵抗力，令人擔心。」

「先生，這可怎麼辦才好？」

「我給他注射、吃消炎藥，另外，用藥膏貼胸腔肺部的部分退燒。希望這些措施對他有用。」醫師說完，用一塊大大的、比膚色稍暗，又泛著不明顯白色的，活像煮過的大花豆沙，呈現一種摻著白色的褚暗色的膏藥，貼在進丁胸腔肺部的地方，再以醫用膠布黏牢。

「這是肺炎的特效膏藥。」醫生摘掉眼鏡，看著蓮花說：「還好妳還知道帶他來看我，燒退以後，應該就沒有問題了。」

「多謝先生。」蓮花由衷的頷首稱謝。

「不過，我方才說過，這囡仔體質弱，妳往後給他吃點煉乳，或是配給的熱牛奶，平時把身體底子打好，遇到病菌，才不容易被感染。肺炎還有救，如果是白喉的話，一旦耽誤病情，喉嚨一收縮，呼吸困難，特效藥也救不了，一樣——勾起來。」醫師用手指勾起，比出死的手勢，說道：「許多病，爭取時間是最要緊的事，早來有救，延誤了就沒救。往後，妳可得多注意一些。」

蓮花千恩萬謝的從醫院出來。聽醫師的口氣，幸喜進丁還有救，她心寬不少，揹著進丁，決定慢慢走回家去。

茂生這些日子手頭闊綽，想必是已經順利分產。她既然管不了他在外頭做火山孝子、胡作揮霍，那麼，至少她得為進財、進丁兩個兒子保住生活本錢才是。她是對茂生徹底死心了，苦了八年，一旦手頭有錢就去做愚人孝敬煙花查某，她根本無心去和那些趁吃查某爭風吃醋，等進丁病情好些，她要上新莊仔老家去求她大伯茂林，求他為這兩個孩子留點後路，不然，孩子要吃、喝、看病、受教育，樣樣都少不了錢，沒有錢，如何拉拔大這兩個幼子？

茂林大伯是有良心的人，一定會幫著她的。自己兄弟，他一定最知茂生什麼本性了。

至於自己和茂生之間的夫妻情薄，越到如今，她越是認份。十多年來，茂生用他的浪蕩踐踏她的尊嚴和感情，蓮花不是女蘿，若非生了進財、進丁這兩個兒子，凡事必須遵循男尊女卑這個準則，否則她早已挺身而出自去謀生了。她知道劉家向有根柢，自己為了大局，不能強出頭，有虧女德。但是，母獸護雛，如果是為了孩子，就不會有太多閒話了。

想到這裡，加上進丁的病有了可靠的診治，襟袋裡的錢，暖暖的教人安心，蓮花忽然覺得自己不再那麼愁苦了。

她用手拍拍背上進丁的小屁股，哄他說：

「丁仔，阿母要去買幾罐煉乳給你吃，吃得勇健健的，不再患病。」

說著，她高興起來，又覺得一切有希望了。

6

蓮花揹著小兒子進丁自稻埕就醫回到圓山仔時，意外的發現丈夫茂生並不曾再翻頭出去。

蓮花眉頭一皺，心想他在家可麻煩，諸事不便，得像伺候廟主般伺候他，三餐點心，既然拿了他五十元，似乎也不能再像從前那樣草草交差。

路上，蓮花遵醫囑，替進丁買了兩罐煉乳，一罐是紅線牌，另一罐則是鷹牌。店老闆曾問她怎麼不買同一個牌子，蓮花雖沒答腔，心裡卻是希望吃吃看，哪個牌子好，將來就只買那個牌子，長期給進丁補充體力。

她也順手買了一小塊五花肉、一條豬尾巴和一尾紅目鰱魚。這是許久都不曾嘗到的美味了。

進門時，茂生正坐在堂屋裡，右腳豎起，踞跨在長板凳上。桌面上是半瓶打來的米酒和一碟土豆，看他臉上赤紅赤紅，不知喝了多久，倒有三分醉態。

蓮花藏起嫌惡，木木然地走過他身側，準備將魚肉拿到廚房，交給養女秀子料理。

那茂生乜斜著醉眼，叫住她道：

「喂，死人哪！妳回家來，見了我，沒句話可講？妳倒很大塊啊，不知道妳靠誰吃穿嗎？」

蓮花無可奈何的站住，答道：

「我揹著孩子走回來，人都快累垮了。」

「走？誰叫妳走？我不是給了妳一大筆錢，妳準備留著養小白臉不成？」

「何必糟蹋人？我又不像你。」

「我？我要怎樣就怎樣，誰敢管我？就是阿娘阿爸在世，他們也不會管。」

「我沒有工夫，也沒有心情管你。進丁肺炎，主要是身子骨弱，缺乏營養，所以病菌一傳染就很嚴重。醫生特別吩咐，要給他吃點補的東西，所以我買了煉乳。我對你在外頭幹什麼沒意見，只求你每個月固定給我一些用度，孩子能吃穿得溫飽，萬一害病，也不會沒錢醫，這就好了。」

「幹！我說一句，妳應上二、三十句，欠修理是不？」

「不是我應，你不在問我話嗎？」蓮花淡淡回道：「你不是說你給我吃穿，我是在求你啊，求你給我們母子好一點的吃和穿。」

「妳這是求嗎？聽起來令人刺耳刺心的。妳為什麼不會學溫馴乖順一點，多教男人疼惜一些？」

蓮花沉默了一下，才又開口：

「你經常不在，是不是可以多給我幾十塊放在身邊？進丁再兩天還得去看醫生，我也準備給他燉點雞湯——」

「嘿！」茂生眼一翻，暴喝一聲：「妳真敢死！才剛給妳錢，妳一翻身又要！妳是軟土深掘、得寸進尺吧！從前沒這麼多錢，日子不也照過？所以啊，人是不能挺寵的。」

「從前日子，算是拖一口氣苟活而已。現在呢，三個孩子，大的大了，小的還小。大的過不兩年要嫁人，你自己看看，她有沒有像人家家裡的女兒那樣，多少給她妝扮一點？成天就那襲破衣裳，連件體面點的新衣也沒有——」

「等等，等等！說到新衣，我正要問妳，妳是否拿了我一件衣料？」

蓮花心下一驚！可不是，當時偷出來那塊要抵醫藥費的衣料，醫生不肯收，還被她藏在秀子的小櫃子裡，竟然忘記處理了。

但這會兒絕對要硬抵賴才行，否則不被他打死才怪。

「你什麼衣料？買給誰的衣料？我怎麼沒看到？」

茂生想想，會不會是茂林小器，說好六塊，卻只剪給他五件？罷了，死無對證，因此他把踞坐著的姿態調整一下，拿過那包衣料，看了會兒，自其中抽出兩件，丟給蓮花：

「喏，拿給秀子，去裁兩件好看的衣服，別老是讓她和妳一樣，灰撲撲的像個乞丐婆。」

蓮花接了衣料，仍不死心，又問：

「你再給我點錢，我把進丁的病醫好，將他身子骨養勇健。」

「錢、錢、錢！妳這女人，就是會要錢，尪婿的款待，一點也不落力！」

雖是如此說，茂生仍舊還是多丟了二十元給蓮花。

蓮花一進廚房，喚來秀子，說道：

「這兩塊衣料，我要來給妳做衣裳。明天到後街找阿春姑裁兩件大裪衫、褲，妳看怎樣？」

「阿娘，可不可以一件裁裙子？」秀子摸著那兩件衣料，雙眼發亮。

「裙子不實穿。」

「好不好？阿娘！裙子好看！」

「隨妳，要妝要扮反正不是我。」蓮花把魚肉往灶前一放，說道：「進丁睡了，我帶他去躺一會兒，這些就交給妳，肉要白切，魚乾煎。沒有醬油，去量一些回來。」

蓮花摸出兩個角子，逕自進臥房去了。

那茂生邊喝著酒邊和自己的心志角力。他心裡惦著阿婉，恨不得將她霸住了不讓她去做別人的生意；另一方面卻又恨她和別人繾綣數日，連他巴巴跑去也不肯出來見他一面。所以到底要趕著去會她好呢？還是罰罰她，故意過些時日再去，以表達自己的不滿和盛怒？

說到罰，以他此刻如此坐立難安，妒恨交集，與其說是罰她反倒不如說是罰他自己來得恰當。

煙花女子不可信，婊子向來無情，這本來是至理名言，偏偏自己要對她寄望如此之深。長腳杉當時告訴他說，阿婉陪宿一次十元，可是真正在她那裡，他一天花上三、四十元卻是尋常的事情。一日就抵人家家庭一個月生活費呀！這樣的豪客加好客，她們居然一點也不珍惜！

難道有比他更大的豪客？

還是和阿婉感情更深的人？

想到這裡，茂生簡直坐不下去了。

幹！一個煙花女子，居然就教他如此像個十足的喪家之犬，左右不過是個千人騎萬人壓的妓女罷了，連「高級」也稱不上。人家稻埕的香君還會唱曲，她會什麼？何況香君也比她年輕個五、六歲。以幹煙花這行，阿婉是老了、沒得賺了，她還撐什麼門面？擺什麼身段？

說穿了，不值兩個錢。

可他就是放不開她，莫說行走坐臥都想她，說句不像樣的話，即連抱著香君，想的卻也是她。

怪誰呢？若說賤，自己不比她詹清婉還要賤？

人跟人真是難說，根本不關乎美或不美，而在投緣與否。像他這種歡場老馬，什麼樣的女人沒見過？或者當時年輕未見世事，玩慣了，所有的吃喝玩樂目不暇給，都不經心、不在意、不珍惜，所以似乎也沒有哪個女人令他魂牽夢縈的。最多只是「愜意」心喜，過一陣子就淡然了。

他對阿婉會如此，一定與過去那八年苦日子有關。八年艱苦生活，面對的是開門七件事，件件全在他一個人雙肩上，再無父兄餘蔭可以庇護。那些年，像囚在掙脫不開的苦境中的困獸，除了窮困還是窮困，而窮困中，印證的竟是他潦倒的人生和無能的治生「本領」！

他最難堪的人生困境，巨細靡遺全入了他的妻子——生身父母姓許的蓮花的眼中。他很清楚蓮花看不起他，雖然口中不說，但她的眼神、她的一舉一動、她的心中，無一不透露這種訊息。

此所以劉茂生和蓮花夫妻之間，冷冷有著鴻溝的主因。他在她面前，十足是個壞胚子，無須隱藏，不必掩飾，因為蓮花看過他的真面目、知道他的底細。而且她也絕不肯含蓄保留這種森冷的輕視。

在她眼中，他是英雄不起來的「站門檻囟厝裡頭」的軟腳蝦混混罷了。

這也就是蓮花不教他疼惜的原因。她像面探照鏡，照出他最不堪的原形。

伊娘咧，說到那詹清婉，他也不能不有氣。頭一遭宿她，就花掉他兩、三百元，相等於普通人家一年的用度，她居然能翻臉不認人，把老子當成一般嫖客看待！伊娘咧，她以為她又香又嫩，還能賺個十年八載不成？

所以嘛，原來剪了六塊布料要給她，一氣之下，只留個三件便罷。既然她對他沒有特別另眼相待，他對她獨有青睞豈不顯得沒出息又無可救藥的單相思？幹！女人是不能寵的，寵上天，乾坤倒置還得了！

儘管如此，他卻沒有昂揚的英雄氣概。老酒灌下肚，肝火上升，一團熱氣自肚腹往上竄升，弄得他四肢百骸如萬頭攢動的蟻蟲在啃蝕，一點一滴，逐寸逐分在蝕腐他的英雄氣概。

伊娘吔，婊嫺就是婊嫺，反正是宿她眠她，又不娶來當娘娘，和她賭這口氣幹什麼？賭得自己口乾舌燥，肝火上旺，沒價值呀！

這劉茂生想到這裡，忽的猛力用右手掌重拍自己的大腿！伊娘吔，我賭什麼氣？去就去，難道去就損了我劉茂生的什麼面皮？

他忽然對於即刻去找詹清婉這件事沒有任何心理障礙，事實是，只要想做，一個人可以找出千萬種理由為自己放行。劉茂生正是如此。

此刻，他推開酒碗，站了起來，轉進房間裡換上一套有緄邊口袋、五個直扣的短衫，下面是褲襬十分寬大的大刀褲。那年頭，人人規規矩矩、含含蓄蓄的穿衣、吃飯、過活，絕大多數人著衣非灰即黑，要不也是藏青，劉茂生這一身，卻是選擇照眼的白色，不僅突出，也絕對突兀。

可這天生好大喜功，沒事就愛張揚的劉茂生，穿起這套衣裳，非僅一點都不靦腆，甚且還甚洋洋得意。

他才穿戴好，在廚房沖好煉乳進臥房的蓮花瞧見了，冷言冷語便問他：

「大半個下午都在喝悶酒，這會兒想開又要上哪裡？」

「我上哪裡，干妳什麼事？」茂生答道：「有錢給妳過日子，妳囉嗦什麼？」

蓮花突然冒出一席話：

「你留下買來的三件布料給我裁衣裳，再留下胭脂白粉錢，我自然不囉嗦。正牌結髮夫妻，我難道沒權要求這些？」

「哈！」茂生突然覺得甚為得意：「醋桶舉起來了吧？我還以為妳沒半點感受呢。」

「我沒工夫舉醋桶。我是想，我比外面那些不三不四的女人更有權穿好吃好！那三塊布料留下來我做衣裳，要不就留些錢我自己剪布做衣裳。」

「錢？我不是才給妳一筆？」

「那是生活費和醫藥費。我要的是買布裁衣錢。總不能苦日子有份，有錢我卻沒份，是不是？」

「妳這女人，跟我爭錢爭財的有個鳥用，妳如果床榻上拴得住老子，要多少我會捨不得給？」

「原來，」蓮花一張臉刷白，咬牙恨道：「原來你圖的就是這汙穢事！」

「汙穢？」茂生冷哼一聲：「不汙穢會有進財、進丁這兩個囡仔？」

「你啊！真枉吃到三十多歲，就是滿頭殼這骯髒事，你才會至今沒有出脫。」

「你娘咃！老子就出脫給妳看！出脫到連妳這苦瓜臉查某都把妳給休了！」

茂生粗口野舌把蓮花臭罵一頓，趿上一雙新買的黑布鞋，更加理直氣壯的揚長出門而去。

蓮花氣得全身微抖，思前想後，眼淚不覺又流了下來。

秀子不知何時掩到身邊，半埋怨半安慰的對她養母說：

「阿娘，妳開口閉口罵他沒出脫，他哪裡會有好話回妳？」

「這不成材的人！日子都不好過了，還在乎他那些好話壞話？」蓮花只是不斷掉淚，哭過一陣之後，才對秀子說：「我看他這一次不止是玩玩罷了，妳瞧他巴巴的剪那許多布要送那女子，十天半月不回家，一回家心情又時好時壞，有時人呆楞楞的，像被鬼打到一樣……我看這不是普通煙花查某，只怕這不成材的著了魔，拚著所有的家財都要花到伊身上去，我只怕我們到時叫天天不靈、呼地地不應，又落個什麼都沒有的下場。進財、進丁還這麼小，教我們怎麼辦才好？」

「阿娘，難道我們不能求阿伯或舅公制裁他？他總該怕個人吧？」

「他現時還會怕誰？妳阿公阿媽在生，他甚且沒個怕的，何況此時，如果財產又分了，他更無法無天！」

「那我們去找阿伯吧。」

蓮花搖搖頭，說道：

「不行啊，事情也不知真相如何，我們巴巴跑去告狀，人家會說女人無賢德，亂嚼舌根，到時有理也變無理。」

「照如此講，就只有任他翻筋斗，沒個法子了？」

「話也不是如此講，總要確知他姘上什麼查某，有憑有據，我們才好去找大伯論個公道，多少為進財、進丁留份撫養錢。」蓮花拉過秀子的手，換上一副勉強擠出的笑容，說道：「秀子，妳的將來，阿母自有主張，不會讓妳吃虧。我們寧可找個窮點的，有志氣的男子漢，只要肯拚，終會出頭，勝過嫁給有些薄產卻愛迌迌的人。」

「阿母，此刻我並無想到這些，只要三餐溫飽、進丁頭殼硬，很快長，別教人操心就好了。」

「雖說如此，但妳也十四了，緣分如到，有些女子十六、七歲就嫁了。所以這兩年，阿母將妳打扮打扮，總要顯出個閨女樣子，遠近有那好事的媒婆，或好人家子弟，看了才可能來逑呀。去，去把那兩件衣料拿過來，還有我們原先藏起來那塊。」

秀子雀躍著去拿來布料，蓮花拿來一根木尺，仔細丈量比畫，嘴上邊說著：

「三件布料，做三個樣式，過些時，回妳大伯家，再剪兩件裙料或褲料來配，那就很有得穿了。」

她拿著一件衣料比到秀子身上，喃喃說道：

「這件可以裁製大襟衣，做到膝頭長度，再配一件藍色的長褲，這就極好看的了。」

「阿母，人家說，纏了腳，穿大襟衣褲才好看！」

「憨囡仔！妳知道纏腳有多痛苦嗎？自死痛過來，不是人能忍受的，比起車裂生產的苦，一點也不少，妳該慶幸自己沒趕上那個時代，不必受苦。」

「阿母，妳的腳，不是沒纏過？」秀子盯著養母的腳，仔細研究。

「窮人家要做事，大多不太纏腳。纏腳是阿娘命，一切有人代勞呀。」蓮花苦笑著，似乎在回憶自己的童年：「我到了知道要送人當養女，我阿母才急急為我纏足，怕買方嫌大腳婆娘不要。結果呢，我阿母算計錯了，劉家買我，原不要我做姑娘，是要我做嫺婢工作，所以一買過去就將我的腳放了，前前後後只不過纏了兩三個月，連個樣子都沒有。」

母女倆興高采烈量了布段，蓮花比比花色，又說：

「這兩件做衣裙吧。上衣仿旗袍的裁法，袖子寬鬆呈一點喇叭狀。裙子呢，兩邊各兩褶，穿起來又好看又有氣派。說起來這是望族的衣式，如果分家留得住家產，我們勉強也稱得上望族，有根柢的，所以，妳的打扮，應該講究講究。」

秀子將布料重新褶好、收起，帶點疑惑的問道：

「阿母，這做衣裳，總要一些工錢……」

「那是當然。」蓮花笑笑，安慰秀子：「阿母自有打算，最不濟，阿母自己來裁。妳放心，要捧劉家的飯碗沒那麼簡單，繡工、裁衣，我都學過，這些年如果不是生活這樣逼人，苦日子不斷，阿母最少會裁些衣裳給妳……，或許幾年不曾做，有些生疏，這三塊衣料太好，我們找人裁製好了。」

「阿母，妳自己也做一套，我不要這麼多。」

「憨！這樣花稍——阿母多少歲了？」

「可阿爸拿這些衣料去給不三不四的女人，阿母卻一件也沒得穿，我為阿母不值。」

「算啦，不提那夭壽的浪蕩人。」

母人倆一個收衣料，一個收木尺，蓮花又說：

「他出去正好，我們圖個清靜，在家罵大罵小的，誰都礙他的眼。拿錢買笑，誰不稱他大爺？憨仔，那些煙花女子，誰和他賭真情？有錢就是大爺，他玩到今天，連這道理都不懂，真是枉費玩掉的那些錢財。」

話說劉茂生提了布料，懷裡熱呼呼塞了大把大把的金錢，叫了部人力車，拉到牛埔仔詹清婉巷口地方。

他下了車，照例拉拉上衣和大刀褲，昂首闊步，猶似當日遊街的爺們，到了清婉家，雖有數日不見累積的思念，但念頭一轉，又想到她這三天之間和老相好廝守纏綿的情境，連白日裡出來見上他一面也不肯，不由得又令他想到「婊子無情」的職業敏感。老實說，他是極不願意去想到自己喜愛的女人是個妓女的，這種事說出去有傷顏面，主要是因阿婉並非出身稻埕有名的銷金窟，像東薈芳、五月花、東雲閣等名花，而僅僅只是一個年華老去的暗娼而已。

伊娘吔！若衝著這一點看，自己畢竟相當沒出息。也不是沒見過世面，阿婉對他更談不上什麼情義，畢竟只宿過她幾日而已……如此說來，難道就趁還沒進去前打道回府？

幹！從圓山仔巴巴的趕到牛埔仔來，不說花的工夫，光人力車錢也要好幾文。沒說來到門口，茶沒喝，人未見，翻頭就回去的。

橫豎就——就將她當做娼妓算了！操這麼多心幹麼？沒聽過玩個妓女要如此大費周章的。想到這裡，劉茂生就覺得自己這一趟很理直氣壯了。男人嘛，花街柳巷留連留連算什麼？又不是沒錢！

這可說得是！一想到口袋裡銀錢滿滿，茂生不自覺膽氣更足，提起喉嚨就叫：

「月銀姨——春嬌——開門哪！」

約莫過了兩口茶的時間，就有個女人嗓音自內朝外問：

「誰啊？」

「月銀姨，是我啊，劉茂生！」

繡花拖鞋的聲音走出來開門，劉茂生這時一個念頭才浮上來：對啦，這老娼的馬屁可也得拍拍呀，怎麼想都沒想到？幸喜此刻想了起來，還來得及。

「我就說嘛，你這牛眼牛脾性的劉頭家，那日一氣之下，敢情不肯上門來？」月銀開了門，探出個頭來，臉上紅紅白白打扮得真是不成體統，那眼神瞟呀瞟的，竟也不似有年紀的婦道人家該有的持重。

「這不是來啦？」劉茂生生硬的笑笑：「我有幾條命跟妳月銀姨生氣？」

「說得也是。你大人大量，體諒我們小門小戶做生意，大家來往，不過圖的是高興兩個字罷了，是不是？快請進來吧，等下又說我們禮數不夠。」

「說哪裡話，說哪裡話。」茂生跟著進門，隨口又問：「阿婉得空？」

「難道一坑還求二主？」月銀反射式的粗話一句噴出，又說：「你這話問得怪是不怪？」

茂生嘻嘻笑了兩聲，說道：

「月銀姨今日火氣旺，該吃點退涼的。」

「你多孝敬我一點，肝火自然會消，這還不簡單，你看我幾歲了，老歹命，還在做這種辛苦生意。」

「應該，應該——妳對我特別，我自然孝敬得也特別。」

月銀瞟他一眼，意味深長的回了句：

「只怕別人還有更特別的。」

這茂生自有那日冷遇，心頭早有陰影，此時聽月銀又是如是說，情緒即刻大受影響，待要翻臉，又不敢真惱；教他忍下，卻是萬萬不能。他因之冷哼一聲，半真半假問了幾句：

「如此說來，我們這些，都是湊數白搭，不受歡迎的？阿婉另有其他大恩客，那才是正經主子囉？」

茂生這席話帶著濃厚的不平與怒氣，月銀一聽，這才自悔孟浪！事情才有了一點點苗頭，自己如何這般沉不住氣？說來說去，未定眼前這眼大如牛的劉茂生還更可以倚賴呢，自己早早將他得罪了幹麼？

想到這裡，月銀即刻不怠慢，擺上一副嘻嘻笑臉，說道：

「瞧你，一張臉漲得像豬肝，幹什麼呀？跟我這半身早入棺材的阿婆仔生氣，來來來，喝這碗退涼的消消氣——春嬌——有客，有貴客——」

月銀這一表態，加上最後那句「有貴客」的抬舉，的確令劉茂生的大氣降了不少。不管別人多「特別」，他至少還是她阿婉處的貴客，如此才不枉他花的大把金錢。

「月銀姨，不用忙著招呼我吃這吃那的，咱們談談，我有話問妳。」

月銀看茂生一眼，笑道：

「有什麼體己話，留著說給阿婉聽吧。」

「月銀姨——請等等！」茂生自椅子站起，差一點就伸手去拉月銀：「重要的話，自然得和月銀姨談，阿婉難道能自己做主？」

月銀聽他如此一說，顯然是見過世面，懂門道的，心裡自然也就高興，閒閒問道：

「那你有什麼重要事情？」

茂生福至心靈，先不談正事，包袱裡三件布料，自行拆開，整整齊齊攤在月銀面前，說道：

「月銀姨先挑兩件去，改日我再另孝敬妳兩件可以秋天和初冬的布料。」

月銀識貨，觸目見那布料花色如此娟好，伸手一摸，果然柔軟，心知是上好「絹料」，心裡就歡喜了大半，嘴上卻說：

「這可怎麼好？如此花稍，我這年紀哪好穿？」

「月銀姨正當盛年，有什麼不能穿的？這上好布料，才能顯得出妳的氣派和風韻。」

「說得好，那我就不客氣挑兩件了。阿婉那裡——」

「放心，以後自然少不了她的。」

月銀喜孜孜的挑走兩件衣料，這才轉頭對茂生說道：

「春嬌給你端碗涼的潤潤喉，我去叫阿婉。」

那詹清婉早聽到是劉茂生來了，知道養娘的在刁難他，便也管自化妝勻臉，不急著出去見他。其實她心中有事，早就裁量著要怎麼逼這年輕力壯、又對她有意的劉茂生就範。雖說保養得好，天生是吃這行飯的，但畢竟也到了極限，該當好好收個山了。

前兩年一心要收山，可惜生意清淡，機緣未到，自己光急光怨人也沒用，仍然一年蹉跎過一年。不想正準備放棄，突然接二連三就來了幾個機會。

阿婉邊描著眉毛、邊傾聽她養娘和劉茂生的對話。現在機會一多，她養娘月銀又開始拿喬開條件了。好像要嫁的不是她，而是她養娘似的。

聽大房大，若非提著喉嚨說話，只怕什麼也聽不分明。阿婉只依稀聽得斷斷續續幾句，然而依據以前的經驗，她知道月銀養娘，無非以她做餌，向恩客們大肆需索衣物或金錢罷了。

從前年輕，一方面青春貌美，想不到往後的種種；另一方面也因為年輕，思慮不周，膽識不夠，所以任著她養娘月銀為所欲為，平白斷送了自己的前途。

現在不同了！

自己年過三十，這兩年嘗到門前冷落車馬稀的滋味，年齡飛逝固然驚心，歸宿無著才更教人憂煩。她終於明白：自己的前途必須自己掌握，否則眼前這僅有的一兩個，可能是此生最後的機會，也將被她養母弄權攢財給糟蹋掉了。

主意既定，她快手快腳打扮好，換上一件簇新的旗袍，將燙過的短髮梳理好，前髮往後梳齊，再用夾子夾死了，對鏡照了好一會兒，這才點起一支紅茉莉香菸，好整以暇的等著她養娘來喚她。

明明聽到月銀走進去了，卻半天不曾來找她，不知藏了什麼好禮物到伊私囊裡。過去就是如此，遇有好東西，月銀從不考慮阿婉是個門面而留給她，總是盡可能的攔截，往伊自己身上去張貼穿掛。

月銀老大不小的時候，姘上一個在娼寮裡當保鏢的混混，那混混姓丁，外江人，年輕力壯，人雖邪門，卻極得女人緣，當年在娼寮裡，若非月銀落力籠絡，只怕他也不會和月銀姘在一塊兒。

兩人好了一陣子，月銀自己湊足賣身錢，向老鴇贖了身，又用餘款買了現在住的房子和當時才十二歲的阿婉，指望從此金盆洗手，和丁四海做一對平常夫妻。

不想丁四海花叢裡鑽慣了，習性難改，尤其喳呼吆喝的日子待得久，忽然冷清下來，即使一日也過起來艱難無比。

兩人自立門戶同居了兩年多，也就是月銀用一百八十五元買回來的小養女清婉十四歲的那一年，丁四海另外搭上「春紅院」裡一個三十開外的老鴇，不管月銀如何哭求狠逼，說翻臉就翻臉，從此一去不回。

那一年，月銀已經四十二歲。老實講，年輕時接客過多，濃妝豔抹的過下來，到了這會兒，莫說姿色風韻，只怕連個樣子都沒有了。月銀又抽菸、喝老酒，年輕時為了陪客，冷酒傷肝、熱酒傷胃，到了這年頭，又被丁四海給傷透了心，整個人確乎都變了形。

經此打擊，月銀從此有了極端的不確定感，除了「錢財什物」這些具體的東西之外，她再也不信任任何看不見、摸不著的人和人的關係了。

清婉十五歲開苞，之後經月銀仔細調教，十餘年間，雖有數度動了真感情，但最後不是恩客臨陣抽腿，就是元配厲害、條件談不攏，而再耽誤下來。

當然清婉年輕時自恃姿色，太委屈的說合條件也打不動她；而暗娼小門戶，日常並無太體面或上好條件的恩客上門。選擇太少，再加上略略挑剔，蹉跎自然是免不了的。

打從遇上劉茂生，兩人才二遭見面，茂生年紀輕、身量魁梧，怎麼看都體面；加上他出手大方，人不囉嗦，更不像一般幾個錢出手就坑死人的粗人或俗人，格外教阿婉動心。

兩個人雖是買賣關係，但幾天幾夜繾綣下來，阿婉既有心籠絡，茂生又確實不知不覺動了情，兩個人幾乎是再對眼不過的了。

阿婉老實講並不真太在意茂生得多少家產，她只圖後半輩子有個男人依靠，不再生張熟魏，那就值得謝天謝地、燒香拜佛了。

可茂生家有個正娶的妻子，雖是童養媳，畢竟也跟了他十多年，還生養兩個兒子。

要阿婉做妾，尤其是做茂生的妾，稱那蓮花童養媳婦叫阿姊，她詹清婉哪受得住這委屈？別的不說，若傳出去，豈不被相識的那些人譏為「淪落」？

這萬萬不可！

然而，又如何才能與劉茂生在後半輩子雙宿雙飛，名正言順？堂堂皇皇嫁給新莊仔有頭有臉的劉興旺記二東家做正娶夫人？

「阿婉咃，那新莊仔劉頭家來看妳了，怎麼這會兒還歪在房裡？」月銀不知何時轉進阿婉臥房，輕聲細語問起阿婉。這大半個月，合該阿婉稱心如意，居然不約而同有兩個人動了和她做長久夫妻的心。伊月銀不好好巴著她，等下弄砸了伊晚年的依靠！

「阿母啊！茂生給妳什麼東西，藏了那麼久才藏妥？」阿婉從鏡中睨著她養娘，半惱半嗔卻又帶著笑容問道。

「妳這查某人！什麼時候變得如此疑神疑鬼？」月銀伸伸食指點了下阿婉的後腦勺，輕描淡寫回道：「他是給了我兩塊衣料孝敬，至於妳呢，計較什麼？同眠一床，稍稍撒個嬌，他不脖子伸得長長的，任妳割、任妳宰？偶然給妳老娘一點零星什物擦擦嘴，妳也計較？將來若是靠妳吃穿，我豈不是得喝西北風？妳這小沒良心的——」

阿婉說破養娘的勾當，不再追究下去，只笑：

「不用防我啦，我幾時和妳計較過？」

「還不快熄了菸，一嘴菸臭——」

「他愛聞不聞，還不曾叫他喝洗腳水呢。」

「唷，妳這查某！驕傲哩！幾時被抬舉得這麼大塊？」

阿婉捻熄了菸，不答她養娘這個腔，卻對著鏡子問：

「賣到今天，該也夠了。我總得為我們母女倆的下半輩子找個靠山，若非金礦銀脈，最少也吃穿不愁。年歲再大，就算我有心再賺吃，難道還有人上門？阿母買我兩百元錢不到，這十五年來賺給阿母的，何只百倍、阿母該可以鬆鬆口，不要向人家要那麼多條件刁難。今日如果嫁不成，難道往後還有這機會？」

「妳這樣說，倒像我這做阿娘的沒良心，扣著妳不讓嫁似的。我問妳，人家開口要明媒正娶妳了嗎？」

「要他開口何難？」阿婉索性轉過身，面對她養母：「但我先要討妳一句話，有妳這句話，我好辦事。」

「阿婉！」月銀神色和婉下來，不希望在有客時和養女起衝突：「少年的不可靠，見一個愛一個，還不如那有年歲的老成持重，既有根柢，又不變心。」

「是啊，他比阿娘多五歲，到時嫁過去，難道他還管妳叫阿娘？」

月銀不以阿婉的話為忤，仍然細聲細氣，慢條斯理對後者說：

「我當事人不在乎，他也不在乎，難道妳卻在乎起來？」

「這也罷了，不談年歲。只是，嫁人是圖後半輩子，像這姓施的老頭，一腳已經踩進棺木裡，若嫁給他，不出幾年，不是就得守寡，又是孤零零一個人？」阿婉悻悻提出反駁。那她口中姓施的老頭，名喚施古風，老婆過世兩年不到，最近想到續絃，便想起自己嫖過的阿婉。上兩日劉茂生來訪被月銀擋駕，為了就是這施古風正宿眠在此。

「阿婉，妳做煙花查某十多年，難道還沒受夠男人？」

「什麼意思？」

「這施古風是老，是一腳踩在棺木裡或兩腳，我一概不管！怕什麼呢？他腿一伸，我錢有，人也自由，一個人過也沒什麼不可。不然，再養個小白臉，有錢在手，誰敢說不可能？」

「阿母！」阿婉不覺掩著嘴笑：「何必這麼拐彎抹角？嫁過去等他死，再去尋個小白臉……這不是得好幾道手續？還不如一開始便尋個年輕力壯的……」

「我說了嘛，年輕的要不要做長久夫妻？再者，到底是不是真有家業？那施古風的財產卻是真的。」

「施古風兒女成群，個個都三、四十歲，誰會平白讓個填房的煙花女子占盡便宜？」

月銀一楞，想想又說：

「等成親做堆，妳在眠床上多用點工夫，不愁老頭子不多撥點財產給妳。」

「阿娘，像施家這種根柢的人，財產怕不早就分好的，哪還輪得到我們去拐騙呀？」

「好吧，阿婉！那牛眼的客官在廳裡枯坐，妳每回要論理總不挑時候。」

「阿娘，我不知妳為何這樣反對這劉茂生？」

月銀一聽，細細想了一下，才回道：

「這人生分，不知來頭，要是弄到後來人財兩失——」

「阿娘，我們差人去察訪察訪，事情就可分明，哪用得著在這裡瞎猜？」

「才認識沒多久……還不如那姓施的有門有戶有根柢——」

「阿娘，是我的後半生，難道我不經心？妳就信我一回吧！」

月銀沉吟半晌，才說：

「事情也不急——」

「那姓施的就回了他？」

「妳有沒有吃錯藥？」月銀白了女兒一眼：罵道：「姓劉的這邊，沒著沒落的，妳就回絕施古風！到時兩頭落空妳就如喪考妣！不會先拖著他，兩邊衡量，看誰夠分量又夠誠意！」

「這也是辦法。」

「什麼也是也不是的，妳不會連這點時間也等不得吧？」月銀講到這裡，像捏著阿婉弱點，忽然又昂揚起來，理直氣壯便催罵著女兒：「妳快出去接客吧！到時氣走那姓劉的，什麼主意也別打！」

「說得也是！」阿婉特意在鏡前忸怩作態繞了一圈，這才扭著腰臀走出房門。

幾日來，有關劉茂生的事，她想了許久始終不曾有了雛形，直等到施古風突然轉來，提出要求填房續絃的事，阿婉才算將她和劉茂生的事想了個停當。

所以，此刻她出去見劉茂生，早已胸有成竹，把一切想得好好的。

事情一定得照她的計畫去做，除非——除非劉茂生對她情分不夠，不想天長地久。

阿婉不由得不心驚！畢竟，她與他相知甚淺，怎知事到臨頭，那人會是個什麼態度？

這種事也不是沒遇過，甚至在她還年輕貌美時就被背叛過——正像她養娘說的，尋歡客中，誰安了要做長久夫妻的初心？

雖說如此，她也不能不搏一搏。

「勞你久等了！」阿婉一踏入客廳，即刻甜膩膩開口招呼。

那劉茂生一聽聲音，又見到伊人，雖然久等的疑慮頓消，但不快卻仍盤據心頭，忍不住就出言埋怨：

「怎麼啦？去唐山接客也沒這麼久！」

阿婉臉一抹，恨道：

「一見面就作踐我，你來幹什麼？」

劉茂生見她變臉，即刻見風轉舵：

「哎呀，妳可知我一個人在這兒枯等一個多小時，心裡七上八下的，又不見妳們母女出來，誰知發生什麼事？算我說錯話，妳別氣了，早知今日是這光景，我就不來。」

「不來正好！不來大家這一世就別見面。」

「這什麼話？」劉茂生待要生氣又不敢真的動怒，只得捺著性子問：「今日究竟怎麼回事？」

「我怨你呢！十天半月不來！」阿婉睨著他，使出渾身解數魅惑著男人。

「不是說好要辦正事？」茂生見是女人撒嬌，火氣頓消。忽又想起一事，即刻又說：「要怨的才該是我！三日前我來，妳娘不讓見，說妳有客，好像挺重要的，害我白跑一趟，氣得我跑到稻埕去，睏一個酒女……」

「好吔！居然——」

「那可不能怪我！」茂生打斷阿婉，帶點炫耀：「妳能接別人，我自然也能召他人。」

「這樣說來，我是可以跟了別人去，不必顧慮你了？」阿婉半真半假的生起氣來：「真枉費我還在心中存著你哩。」

那劉茂生沒聽出絃外之音，以為她純是吃醋，便笑著企圖把話題岔開：

「好了，別鬧了，看我給妳帶來的布料。」

阿婉看都沒看，不屑的說道：
「那什麼稀奇？我阿母挑剩的。」
茂生訕訕解釋：
「這塊花色最好。下次我多剪兩塊，不讓伊瞧見，直接給妳。下回說不定就有秋天料子了，我們店號布料都又快又好。」
阿婉不想一下子就將事情弄擰，因之拿了那塊衣料，對茂生道：
「到我房裡去吧，這回能住多久？」
「住到妳趕為止，妳不趕我不走。」茂生涎著臉說。
阿婉也不吭聲，領頭進入房裡，自己坐到小凳子上，示意茂生坐到床沿上去，後者便和她胡纏：
「坐那麼遠，難道是審我？過來這裡坐，我不會把妳吃掉。」
「說到審你，我正有此意。來告訴我那大酒國紅牌酒女的種種。」
「哎呀，妳何必吃她的醋？」茂生有些得意忘形：「是妳接了別人，連面也不肯出來見我，我氣不過，這才轉到東薈芳去……也沒什麼，我少年時常去，八年來，這還是第一次再去那一帶。妳問妳娘，伊要我原路回轉，好像我是吃這套的。」
阿婉不響，點了支菸，裝上菸嘴，開始抽將起來。
煙霧彌漫中，只見她瞇著眼，臉上看不出任何表情。
這茂生便有點慌又帶些兒惱，心想，幹！花錢來找罪受，做什麼？命苦！家裡那個像木頭，這個又頂頂厲害，他一個男人家，不過圖個快活和爽氣，真真是！連這件小事也天不從人願。

心底一惱，不自覺就感到暑熱上身，格外逼人。他站起身子，想尋把扇子，卻遍尋不著。伊娘吔！她還當真要三堂會審不成？左右也不過是個趁吃的（意即煙花娼妓）婊子，他可以接客陪人家睡，我卻不許去別處尋歡，這是哪門子道理？若非他還依著她……

想到這兒，茂生倒是心頭一凜。說得也是，自己對這查某特別有度量，任她這樣那樣的，雖然惱，可卻不敢和她翻臉。說來是大大奇怪。

「我問你咧，你是準備和我做長久夫妻呢，還是玩點嘗新的，以後各自去過各自的日子？」那阿婉約莫抽了半支菸，忖度著劉茂生的耐性大約也只能至此，所以忽然就開口，冒出一句需要裁度的關鍵性話語。

茂生聽她問話奇怪，一時之間亦不曾意會這些話的意義，因此茫然問道：

「什麼意思？」

阿婉嘆了口氣，說道：

「老實告訴你吧，那天來我這兒的，是個熟客，他家裡的查某人過世兩年，想要娶我做填房，我阿娘很動心，因為這人有些家產。」

茂生一聽，腦門「轟轟轟」的一陣熱，他不知要如何想這問題，只是茫然的問道：

「怎麼如此巧？早不來晚不來，就在我才認得妳這時候。」

「姻緣的事，哪說得準？」

「姻緣？」茂生頭上斗大汗珠滾了下來：「妳莫非是要答應？」

「像我們這種查某，從良嫁人，又嫁的是正室夫人，自然是一等一的好尾局。」阿婉捻熄一支菸，又接著點了一支，抬眼看茂生，問道：「不然，還能趁吃多久？」

茂生結結巴巴沒有心緒：

「怎麼——難道妳看不出我對妳——真愜意？」

「愜意也不過如此，三五日來此住一住，拍拍腳倉就走，那一走，亦不知何時才再來？趁吃的煙花女子未了時，盼的全是別人的丈夫，你亦是一樣，能給我做主嗎？」

「可我早在十多年前就娶了妻，也不是認識妳才娶——」

「是呀，所以咱們無緣，只有各走各的。」

「阿婉，妳萬不可如此說，我知道妳放不下我，才會這樣……妳難道不能跟我？我雖不能正娶，但亦不會叫妳做小，反正兩頭大，家裡那個自小抱來養的，很好相與，妳不會委屈，她反倒要讓妳三分……」

「說來說去，四四不是十六？兩頭大？說起來是騙人的，終究是細姨的分！」

「那妳要我怎麼辦？家裡現成明明有個人在。」茂生焦灼的搔搔頭。

「你那麼大一個男人，我哪能教你怎麼辦？」阿婉擱下菸，嘆了口氣，說道：「一切全看你對我的情分。要我說破，其中就不值三分錢了。」

茂生睜大眼，看著詹清婉，有點不敢置信的問道：

「莫非——妳要我與伊離緣？」

阿婉不肯正面回答，稍一停頓，才婉轉的說：

「這是不能勉強的事。啥人有緣，啥人就在一起，姻緣終是天注定——我阿娘早就勸我死了這條心，是我自己癡心妄想——我看，不如早早算啦，毋庸在此廝廝纏。」

「稍待，稍待，阿婉，妳且讓我想想。」

茂生頹然坐下，又奮身而起，胡亂在房間裡遊走。

蓮花是無趣，可是並無失德之處，好歹亦為他生養兩個子嗣，這阿婉固然可愛，但畢竟是煙花出身，不知能不能生育？

但人生漫漫一條長路，他才三十三，往後還有數十年要過，如果跟蓮花，那多無趣！要是跟這解語花，情況就大大不同！

「何以這事，竟是十萬火急的？」茂生不解：「那對方喪妻，兩年都等了，何至於不能多等些時日？」

「人家的心意，我哪摸得透？是我阿娘認為好好一個機會，沒有拖著的道理。想想何嘗不是？煙花女子的生涯，有什麼可以留戀？要推三阻四的自己去蹉跎？」

「我知曉，我知曉！但是我剛才方知這件事，一點想法也沒有，妳總得讓我想想。」

阿婉冷哼一聲，聲音突然硬了起來：

「這有什麼好想？左右不過是要或不要兩件事而已。其實這也不能怪你，咱們才熟悉多久，只怕什麼情分都還不曾生出。你會有什麼想法？」

「阿婉，妳別逼我，妳不肯委屈當細姨，妳倒教教我，我有什麼方法可以留住妳？」

「方法不是沒有，剛才你自己也說出口了。」

「妳說——離緣？」茂生又覺自己熱汗直流：「伊沒做錯事，又生了兩個孩子，這樣做，只怕人人喊打。」

「講笑話！」阿婉杏眼一瞪，表情就有肅殺的成分出現：「各人洗米、各人下鍋，誰這樣多事管到他人家中的事？何況，你家中那蓮花，既跟你素性不合，她也艱苦，兩人打著死結糾纏一世幹啥？你不如給她一筆錢，讓她下半輩子好過日子，伊說不定感覺更自在、更幸福。」

阿婉一提及用錢打發蓮花，茂生不覺靈光一閃！是啊，錢能通神，蓮花不常跟他要錢？有錢好過日子，未定蓮花還高興他不去纏她。

「我那兩個兒子——」

阿婉見事有轉機，便將聲音放軟，說道：

「兒子是骨肉，自然要帶出來。我既不能生養，自然會好好看待你的骨肉，把他們當做親生。蓮花離緣之後，一個女人家還帶孩子，日子不容易過，自然不好將那兩個幼兒留給她，害她拖磨。這樣好了，你不有個十多歲的養女，讓養女歸她，母女倆也是依靠。」

茂生前思後想，總有不妥，低聲說：

「如此蓮花不甚可憐？」

「可憐是你說的，未定人家不以為如此。想想看，跟你這個人，你在外浪蕩，轉回家又對家小粗嘴野口，做你妻小有什麼好處？反不如落得一個人清靜。」

「既如此說，妳敢跟我？」

阿婉胸有成竹一笑，回道：

「我不同，我能治你。」

「治我？」茂生苦笑：「妳給我出大難題。」

「我替你開脫，還不知感恩——要不要一句話，誰也不欠誰。到時，各走各的，相互不怨。」

茂生沉吟著：

「妳那邊能不能不這麼急？拖過一些時日，我把家產分到手——」

「又拿分家產的事拖時日！你倒說說，你府上家產可有臺灣島半個大？從個把月前分到今日，難道還分不完？」

「話不是這麼說，初步分好，未曾過戶，而且我也反悔，還得去爭一爭。」

茂生將分家產的細節，一一對阿婉說個分明，以取信於她。阿婉合計一下，便有異議：

「你分住家幹麼？店面現成錢滾錢，這才是生財的金雞母。」

「店一向由我兄哥掌櫃——」

「他內行，自然由他另外創業才是對，你怎麼顛倒想？」

「開店綁死了，不好遊山玩水。」

「我來管，不勞你費心。」

「這些事，一件一件來。所以我說不能先鬧離緣的事，第一該好好把家產分一個優勢。這才是要務。」

「你給我一個信諾，我自然能安心等。」

劉茂生心想，這能給什麼信諾？他甚至都還沒打定主意。

「妳要我怎麼給信諾？分產的事，我一五一十全告訴妳，這還不夠死忠？家裡那個，連分什麼、分了沒有，全不知。」

阿婉也自沉吟，她亦有諸多考慮之處。逼太緊，事情怕反而不美；不給壓力，又恐他沒要沒緊的。

「這樣好了，我對另一邊拖延個把月，這個把月之中，你要給我一個進度交代，別老是嚷嚷分產分產的，不然的話——」

「知道了！」茂生想，有一個月緩衝，到時再講，也許過一段時間心意變了也說不定。「我先把吃飯的事弄妥，等一切拿到手，就不怕人家動員什麼父執輩來壓我了。」

兩人談談說說，茂生又將分產過程、分產明細及家中狀況仔仔細細說給阿婉聽，那阿婉越聽越入味，彷彿自己就置身其中參與一切似的。她說：

「那釵呀什麼的，都過時了，除了老人家，誰還梳什麼龜子頭、捋倒眉、破鬢梳髮式的？沒出嫁的女子，更不肯梳什麼鉸剪眉髮型的了，所以舊式的髮簪、髮笄等等，根本都派不上用場。何況，我剛才聽你提的那些，要嘛是銀製的，要嘛是混合材質，真正值錢的實在不多。你既要和你兄哥再爭議，不如這些釵飾全質讓了他，我們要他折成現金更好。」

「有些東西是我阿母的，留著紀念也好。」

「留一兩支便得了。拿太多沒用，白白給我養母拿去，她十分貪得。」

「那也是。」茂生忽然就問：「同樣是錢，她為什麼那麼偏另一個姓施的？」

阿婉抿著嘴笑：

「姓施的幾斤重，她清楚；你呀，有多少兩，她可摸不清。」

「妳信得過，妳該對她說。」

「信是嘛，半信半疑。信得過你家根柢，信不過你這個人這顆心。」

「什麼話？」茂生雖有點心虛，仍然死鴨子嘴硬，大聲大氣的質問。

「這是當然。所以，」阿婉老神在在的睨著他：「你別以為我在你手中啦。你如果不切實際認真努力，一兩個月以後，咱們是各睡各的枕、各蓋各的被啦。」

那阿婉在風塵中翻滾多年，一切人情歷練自然不在話下。等她將這「終身大事」講得清楚明白有個段落之後，即刻換上職業性的身段狐媚殷勤的全心對付那劉茂生。

茂生原來積壓的諸多不滿，溫柔鄉裡一繾綣，忘掉十之八九。阿婉千般厲害萬種計較，與她翻雲覆雨調弄男人的本領一比，真是小巫見大巫。茂生心中一思及她若落到其他男人手中去給他人消受，便如亂箭穿心般扎刺劇痛。於是，務必將伊弄到手的決心，逐漸便穩固起來。

7

劉茂生一經和詹清婉有了做長久廝守伴侶的打算之後，對於手上先拿到的那一千元現金的看法，突然慎重起來。

當然那千元現款，給了家裡的妻小，又在大稻埕銷金窟裡揮霍了三天，此刻又窩在阿婉之處，說不了又是錢去如流水，金磚去掉好幾個角啦。

待了一夜後，茂生便顯得心神不寧。溫柔鄉裡也得有福才能消受，像他如此境遇，猶屬前不巴村後不著店的，家產雖有，尚未分到手，而且依阿婉所算，到手的全非生財金雞母，坐吃日久自然山空，所以爭得不算高明。

換句話說，該趁著一切未定局之前再去翻案，不然什麼都枉費爭這一場了。

可阿婉這一邊又放不下，月銀老娼看在布料和銀錢的份上，表面雖對他不惡，但娼家愛財，有錢是客，難保伊不會趁著他不在時攛掇阿婉去嫁施古風那傢伙。

待下去花錢如水，兼且家產仍須他再次力爭，所以實在沒有待下去的餘裕；不待嘛，除了前面那些牽掛之外，他自知一別阿婉，沒兩日又犯相思，這亦是千真萬確的毛病。

左右折騰，坐立難安，看在阿婉的眼中，自然歷歷分明。

「你到底怎麼了？這樣惶惶然，教人看著真不爽快。」

「還有怎的？」茂生吐著粗氣，自己亦覺無趣已極：「我是石磨心，兩邊磨，妳還不明白。」

阿婉錯會他是為了要將蓮花離緣的事在煎熬掙扎，因此醋意渲染，眼一白，便說：

「平日裡口口聲聲講那童養媳多木頭，多沒你的緣，恨不得如何如何，等到要你下個決定，又露這神色給我。罷了——」

茂生一聽，連忙否認：

「妳想哪裡去了？我哪有工夫去想那柴頭婦人？我急的是家產要重新去分、去爭，人卻綁在這裡。」

阿婉臉一變，怒道：

「又不曾用大索捆你，說什麼綁了？」

茂生見她翻臉，慢條斯理便說：

「我一走，妳又是接客又是準備去做人家後妻，教我如何能走得開腳？這不是綁是什麼？」

阿婉聽他如此說，分明是看重自己，抬舉自己，則自己此刻馬上綠臉，未免太快。因此，心念一轉，即刻「噗哧」一聲笑了出來，甜滋滋便說：

「那你豈不得刻刻守著才好？」

「是啊，人說水某難照顧，我這下子才明白，美妻美眷特別難顧呀。」

「誰是你的某？你的妻？我可頭都沒點一個。」

「所以妳是存心折磨我，讓我食眠不安，分產時才會一時岔了意，把那兩坎店面讓給我兄哥。」

「看！好的沒份，壞事是株連坐罪。」阿婉笑過之後，正色問道：「你當著這電火起個誓，你所言是真？對我是實，我就相信你！」

「這事還假得了？妳的眼睛竟看不出來？」

「難說，肉眼有時會被蒙蔽。」

「好吧。」茂生走到電燈泡底下站定，手指燈泡，正正經經起誓說：「我劉茂生對詹清婉，此心是真，決意與她相守，如有虛言，人如這電火，燈滅人不在。」

阿婉一聽，他果真起誓，狀極真誠，心下一動，急忙起身，整個人抱住他，說道：

「有你這一席話，我信你。你去辦正事，這期間我不接客，亦不和姓施的回話，這樣你可放心？」

「果真如此？」

「當然。不過，」阿婉眼珠一轉，說道：「自然是有期限。我怎麼做，要看你如何待我，時效也是一種誠意。」

「那當然那當然。」茂生高興極了，心上那塊大石頓時放下，與匆匆便說：「我今日就去找我母舅，以進為退，先爭取那兩坎店面再說。」

「你總得給我一個時間，否則我如何對我阿娘搪塞？那邊催得很緊，我阿娘恨不得我即時點頭才好。」阿婉在放與收之間仔細拿捏那該有的分寸，她又向茂生逼近了一步。

「少則三日，多則五日，我會再來一趟，把事情進行的狀況跟妳說說，咱們尪與某順便也做堆一兩晚。」

「我與你論正經，你卻沒個正經樣！」阿婉佯嗔的將茂生湊過來的一張大臉輕輕推了開去。

「怎麼不正經？」茂生也不禁嘻皮笑臉：「財產要爭，美妻也得照顧，這段時間，我就如此來來去去，我放心，妳也安心，什麼事，妳知道清楚，就無疑慮。」

「那也只能如此。」

「既是如此，我趁早走吧，今日一天尚可辦事。」

阿婉伺候茂生穿妥衣裳，顧不得留他吃飯便送他上路。

茂生後腳方才離開，月銀馬上狐疑的問起阿婉：

「這賣搖鼓的今日就走？莫非懷中無錢？」

「阿娘！妳也恁小看人了！真正是劉興旺記的第二代哪！」

「是真是假，著人去查便知——」月銀拿眼去探索阿婉：「我看妳對他倒像動了真感情，處處幫襯著他。」

「難道放著年輕力壯的不去幫襯，反倒去幫襯那老的？」

「誰好誰歹還難說，不過，妳伺候的男人還不夠，還想挑個年輕的，大半輩子去伺候他？」

「那有什麼不好？」阿婉不無幽怨的回道：「身為女人，圖的不正是自己一家一業？」

「是啊，最好是如此，但那賣——那姓劉的，不也有妻有子？妳為的就是不做小才到今天，難道現在什麼都顧不得了？」月銀嘆了口氣，說道：「施古風雖老，人家是正娶，有戶口在內的；何況他人老朽，也不會要求妳再給他添兒孫。少年男人，出頭才多哪！不知哪一年又變了心腸！」

「阿娘！何以妳三番兩次要說茂生的歹話？他對妳還不夠孝敬？」

「我是為妳想，施古風什麼都有，都是現成的，妳一個人過去，就是現成的阿娘命，什麼煩惱都沒有。」

「阿母對他那麼合意，乾脆阿母嫁給他好了，反正施古風比妳還大上五歲，十分適配。」

「哎喲，妳這夭壽查某，不怕雷劈！」月銀伸手要擰阿婉的手臂，被阿婉避開了。

「好！妳執意要嫁，就要有本事嫁得風風光光，免被人嘲笑！」月銀恨得咬牙切齒：「妳要會打算，要那姓劉的休了他的妻，還要養得起妳和老娘，別這頭嫁不成，那頭又飛了才好。」

阿婉也不動怒，說道：

「這個月，我暫不接客。施古風那裡，我的回話也得在一個月之後。」

「好啊！說個影就生個囝，妳居然要為他守身！我得告訴妳，雖說人是妳要嫁，但我的棺材本也得靠他，我不能不管，由著妳啊。」

「所以，我叫阿娘找人去新莊仔打聽他的底細，越快越好。其餘的，我自有打算。」

月銀無奈，只好在念念叨叨中準備著人去調查劉茂生的底細。母女倆的爭執，最少算是初步有了協議。

然而，娼內居久，饒是將來可能結成連理，月銀依然不忘索求銀錢貼補，她說的甚是有理：

「皇帝老爺也是一般，聖旨下了叫人別接客，可也無法叫人勒緊肚皮不吃飯。腰帶嘛，只能為他勒一椿，另一樁嘛——錢拿來！」

那阿婉也精靈，知道錢拿去了，全部在她養母手中，想再挖出來，做夢也不可能。因此，兩相權衡，只得依在劉茂生這邊還比較得計一點。她因之便說：

「錢嘛事小。這樣好了，他沒來的這些時日，有幾個客人來，就算幾個人的錢。反正我們這兒，又不是天天有客，這算公道。」

「阿婉，我看妳完了。人家未許給妳什麼，妳倒是連心都挖給他，老娘也不要了，枉我含辛茹苦養妳到如今。」

「阿娘！」阿婉笑著更正月銀：「是我養妳到如今，我是賣皮肉養得妳白泡泡、年輕輕，什麼粗活也不必做呀！阿娘可別說顛倒、想顛倒，傳出去會被人笑死。別人不知，若聽得這麼說，還以為阿娘恁大年紀還在賣哩！」

「夭壽查某！這種話妳也說得出！雷劈妳唷！」月銀一根指頭戳到阿婉臉上，阿婉頭一偏，又自退後兩步，躲過養母的銳利指爪，說道：

「我這張臉還有用，起碼我兩人的下半輩子還得靠它，妳莫戳破它，咱們倆晚景都堪憂啊。」

那月銀嘴裡「夭壽查某」罵個不休，卻也只得承認這個事實，恨恨回她房裡嚼檳榔洩恨去了。

劉茂生一出詹清婉的門檻，即刻往太平館和第一劇場的方向走，他倒非有閒情逸致要看戲，而是到那兒的藥材行買了支老參，又另買一小盒糕餅當伴手，要送給他母舅，從他母舅那兒去用力。

拿著禮物，這才叫了人力車，往新莊仔他母舅家裡去。

茂生在車上，自然也感受到此行的艱辛與欠情缺理。那日分產，他才指天誓地與他兄哥茂林說過，分產之後，絕不反悔，而且絕對不再去和他兄哥糾纏。不想才不過數日，他又前去翻案，不僅他兄哥會生氣，只怕連仲裁的母舅、阿姑，還有那些姊姊都會直指他的不是。

但是，這些人，不也有先負於他的行為？他們認定新莊仔老家那兩坎店面一定得歸屬茂林，這對他就是一種歧視和不公平。他一時失察，事後反悔，卻也不能怪他。

見面三分情，母舅縱使不快或為難，總也不能袖手吧！

茂生想想，自我排遣，反正人只要一個厚和半片黑，世事沒一件是做不通的。何況他只不過爭其所當爭而已——安啦！

到他母舅家堪堪近午。

母舅乍然看到茂生，有些摸不著頭腦，問道：

「今日和茂林約好了？」

茂生堆著笑，殷勤的回道：

「特來看母舅，給您老大人帶來了一支參和一盒糕餅，咱兄弟分產的事太勞煩您老大人了。」

母舅一時不曾意會，只想著這浪蕩子過了八年苦日子，莫非學得恁好的人情世故，居然知道要給伊老人家送重禮來？

「難得你這麼知輕重，看來這幾年在外，你長進不少。」母舅李來旺不禁嘉許著。

劉茂生不敢即刻道明來意，因此便陪著他母舅坐在廳裡閒話，來旺講來講去，無非都是一些親戚的事情，茂生乘機亦將自己八年在外獨自「奮鬥」的種種境況，加油添醋講給來旺聽。茂生原就能吹，又會察言觀色，一席話講下來，便令來旺動容。

「我們兄弟，自小就是在我阿爸的照顧下過日子，誰也不曾出外闖蕩，換了我阿兄，身無分文的出去，只怕也不比我好到哪裡去。這些年，劉興旺記更發展，說來只能算是在本來的基礎上守成而已。」

「能守就好。」來旺因之又順口問了茂生：「分了家產，你總得做個營生才正經，不然坐吃山空怎麼好？」

「我正為這事來找阿舅商量。」

「是這樣？」來旺問道：「你可是想到什麼生意可做？」

「阿舅也知，不是門頭熟透，創業總是困難。我前思後想，仍以做我阿爸這什貨布匹來得順手。阿舅的意思怎樣？」

來旺想想，點點頭，問道：

「那倒也是。不過，兄哥開店，分開較好，聚在一起難免相殘。你看上哪裡的店面？」

茂生頓了頓，想好措辭，才開口說：

「家裡那兩坎店面，阿舅分我阿兄，是因他做得順手的緣故。阿兄既是熟手，那麼重新開個店面，一定比我容易得多。不如我們兄弟換個立場，那兩坎店面分給我，現金我不要了，另一幢房子分派給他，若有不足，我賣地給他。母舅看這樣如何？兄弟兩個都有店可營生，總比原來的分法好。」

「怎的此刻再來反悔？」來旺臉色難看起來：「你要有這個想法，當日就該明講。」

「當日有講。這幾日我四處去奔波，才知弄坎店不容易，因此才來和阿舅商量，求阿舅成全，我畢竟學淺、年紀也輕，阿舅必不願看我載浮載沉——茂林兄哥只是辛苦一點，開店對他熟門熟路的。算是阿舅、阿兄，大家牽成我。」

「茲事體大，我無法做主。」來旺鐵青著臉。

茂生又出奇招：

「分產既是公平，則如今再換，應該是誰也不吃虧才對。茂林兄哥如肯與我換，就當是他長我十多歲，給小弟一個方便而已。如不肯換，莫非是他那一份，大過我這一份甚多，不能拱手讓我？」

聽茂生這一番爭辯，來旺也覺不是全無道理，想了半晌，才說：

「分產是你們兄弟的事，多多少少，大大小小，我亦不十分清楚。你理虧的地方，在於當日答應，今天又反悔。你兄哥要是不肯再讓，也沒人能說他不是。但是，兄弟畢竟是兄弟，我拿這話和他說去。成不成，我就沒有把握了。」

「多謝母舅成全。這事──不知道幾時可以有回音？」

「你明日來聽回音，我過午就去茂林那裡。」

「阿舅，茂生這裡先謝謝您老大人。」

「謝是不必，但望你們兄弟，凡事要退一步想，爭也是那些財物而已，讓卻沒有吃虧，便宜亦只是給自家兄弟。」

「阿舅說的是，我不是爭多爭少，而是怕自己無能，所以想有個現成生意做，您也知道，進財、進丁都那麼小，我沒打算，缺計較，這兩個孩子怎麼辦？不像兄哥孩子都大了，嫁的嫁，興善過一兩年師範畢業，馬上就是學校先生，亦可以賺錢生財……」

來旺揮揮手，阻止茂生說下去：

「知道了。明日此刻來聽消息。」

母舅既然下逐客令，茂生不好再留，本想叨擾一餐的念頭，亦只好打消。

出了來旺家，劉茂生知道在這敏感時刻，不好再像個遊手好閒之徒在新莊仔遊蕩。而且因為路上遇上兩個熟人，茂生不敢猖狂，怕人言可畏，傳來傳去，最終一個結論變成他不勤不儉，準會敗家。所以茂生不敢叫人力車坐，只是快速走出新莊仔市街，遠離熟知他底細的地和人。

此刻回家尚早，無事可做；要他再上那兒遊蕩，這時也乏心情，他因此決定安步當車，慢慢走回圓山仔居家處。在事情沒有進展之前，再到詹清婉處去盤桓，老實說也無法清心。現時現刻，還不到享受的時候，劉茂生非常清楚，沒有家產，事實也無法擁有阿婉這連帶關係，所以為今之計，就是先把家業分一個勝算面，才是當務之急。

而他這燙手山芋拋到他母舅李來旺手上，來旺在又急又氣又無可奈何之中，心裡實在難掩上回分產時不公道的愧疚感。

誰都知那兩坎店面的價值，誰也都知曉茂林、茂生兄弟的爹過世時，留下許多現金首飾；而且茂生當時年輕浪蕩，家業都由茂林一手掌控，這其間種種，外人難窺究竟，只有茂林肚中明白。親兄弟分產，茂林給多少，即使親如母舅亦無能置喙。反正就兄弟二人，彼此同意便得了，母舅只是見證。

他初時亦覺茂林有私心，但一來茂生同意，二來茂生係敗家子，大家亦不好太為其爭執。現在茂生卻又反悔，來旺氣的倒非茂生後悔這件事，而卻有點像來旺偏心茂林被茂生揭發而老羞成怒似的。當然也連帶氣茂生、茂林兄弟分產這事讓他多煩心、多勞碌。

茂生走後，來旺草草吃過午飯，也不曾午憩，就趕到茂林店裡。

茂林正在剔牙，夥計們則才在第二波用餐中，俟夥計餐畢，茂林才準備進去午睡。見李來旺進來，茂林忙起來迎接，嘴上說道：「阿舅，大熱天中午來，怎麼好？差人叫我去就成——吃過飯沒？」

來旺揮揮手又點點頭，說道：

「這事要緊，我自己來比較快。」

「是、是，阿舅喝杯茶。」

來旺坐下，問道：

「你那些房、地契，過戶了沒有？」

茂林搓搓手，堆著笑說：

「還沒有吔，這些日子較忙。」

正如來旺預期，手中拿出東西給別人，總是千不捨萬不捨的，茂林遲遲不辦過戶，大約就是這種心情。所以來旺一點也不意外。

只是如此一來，茂生翻案就變成容易而且可行，這只能怪茂林的一點私心吧，來旺心裡如此想著。

來旺喝了口茂林遞給他的茶，環顧一下店面，閒閒問起：

「這兩坎店面，目前這些貨色，可以值多少錢？看起來開這樣兩坎，真不容易呀。」

茂林不疑有他，略頓了頓，回道：

「房子不論，光這些貨，總有個一、兩萬之譜吧！」

「這兩坎店面，真要賣的話，可能超過貨價的無數倍。」

「那是當然。」茂林有些躊躇滿志：「不過，說說罷了，這是我家立身根本，哪裡會賣？」

李來旺瞇著眼，又問：

「茂林，如果叫你再另開一坎同樣的店面，應該不困難吧？」

「那自然是。」茂林看看母舅，有些狐疑：「不過，要那麼多坎店面幹什麼？興善讀師範，出來教書，不會承我的衣缽；興文才十二歲，年紀尚小。店開太多坎，照顧不來。有這兩坎，我們一家就吃喝不盡了。」

來旺點點頭，沒有言語。茂林忽問：

「阿舅莫非有什麼打算？」

「不是我，是你小弟茂生。」

茂林一聽，怒氣沖天：

「那浪蕩子，豈是顧店的料？做生意，無非勤儉二字，要坐得住，要一分錢一分錢存得住。他自小至大，吃喝全由人家供給，哪裡是做這種生意的料？老實說，別看我現時店面這麼大。其實，說一句不怕阿舅笑話的言語，這其實是乞丐生意呀，一點一滴累積起來。茂生一顆心那麼野大，絕非做這生意的料！」

來旺能了解茂林這種怒氣，但他也了解茂生那種覬覦，那是給與取者的適當人性。

「分產分了，他又能如何？」茂林悻悻但又勝券在握似的說道：「那日也立了字據，阿姊與小妹們全都捺了印，又是阿舅您老大人做的證，難道全不算數？」

「茂林你先稍安勿躁，聽阿舅來排解。」李來旺慢條斯理的層層剖析開來：「字據立了，又有見證，在法理上茂生是站不住腳，你可以不理他。」

茂林依舊悻悻。

「但是，你這弟弟的性，你也知道。他今日來找我，要求和你互換，兩坎店面給他，他則準備賣地補你現錢一萬元。」

「那怎麼成！」茂林緊張起來，聲音不自覺高亢起來：「一萬現錢，能開什麼店？」

最後一句出口，茂林馬上後悔，但已經來不及了。

只聽來旺平靜的接著他的話：

「一萬元無法開辦這樣兩坎店面的，莫說兩坎，只怕一坎也難！茂林，你自己說，分產如此分法，可以算是公平嗎？」

「阿舅，你不知道，都分給他，沒兩年都會敗光——」

「敗光也是他的份、他的事。」來旺又說：「老實講，你姑媽和我也是不該，明知對茂生不公，我們還是偏了你，總想兄弟兩造，各都無話也就算啦。但此刻他不甘心，先定禮數來，禮數如行不通，一定會用吵、用鬧，到時不但大家顏面盡失，只怕你經他一鬧，生意也做不下去。」

「果真如此，就莫怪我無情，我叫人撵他，看他敢鬧？」

「茂林，兄弟鬧開，人家也有眼睛，若知財產這樣分法，一定公認你為兄不公，貪了弟弟份內的產。到那時候，你如何站起？人家如何信得過你？如何和你交易？這事情前因後果，你得想清楚才行。」

茂林一張臉由赤轉白，繼而又變青，最後咬牙切齒恨道：

「這兩坎店，萬萬不能給他！阿舅想想看，我自小做到現在，投注了多少心血？怎麼拱手讓給他去敗掉？」

「依我看，他不會再像以往，畢竟吃過苦，怕了，他果真是想好好弄個生意來過日子。」

「不管他如何，店是絕對不能給他。」

「茂林，方才你也說了，光這兩坎店，價值好幾萬，我看這樣吧，店不給他，但你再折現兩萬元給茂生，大家算是定局，即刻過戶，免再生變，從此各人走各人的。」

「阿舅，我哪有兩萬現錢？全壓在貨上了！而且，不該給到兩萬之多……」

「茂林，老實告訴你吧，茂生要的是店，不知他哪兒知道這店值錢，硬是要跟你交換，甚至不惜賣地來折現貼你。你如堅持不肯，他就咬住你不放，既是兩方公平，何以你一定不肯放手？再給他兩萬元也並非他要求，而是我自做主張，他說不定不答應呢！」

「兩萬元，夠人家吃幾代了。」

「反過來看，生不帶來，死不帶去，興善他們兩兄弟，繼承你這些，亦是幾代吃不完。你做阿爸的，也算盡心了，兒孫自有兒孫福，何必為他們攢積那麼多，反而傷了兄弟情？」

「這種兄弟，生雞蛋沒有，只會拉雞屎，有個屁用？」

「說的也是。不過，打虎、抓賊，全要親兄弟，這也是事實。茂生若能悔改，有兄弟總比沒兄弟好。」

來旺站了起來，拍拍茂林肩膀：

「茂林呀，這事能談就談，要是不能談，我這做阿舅的也放手不管了。明晨茂生來聽回話，不成的話，他就直接找你，我也管不了了。」

「我給他一萬五。」

「兩萬就兩萬吧，差那五千！」來旺說道：「錢再賺就有，命可是得好好珍攝，別為財氣得傷身。」

「阿舅，這茂生說話不算話，天亮就反悔，和他約束也沒用。此番加給他兩萬，不知下回還得追加他多少？如此下去，我豈不又得像過去一般，時時接濟他，永無了時？」

「分產分平了，往後你不管他，絕不虧做兄哥的德。」

「既是如此，明日就回他話好了。」

來旺完成使命，便想早早回去憩息：

「阿舅還有一句話，既是該給的，你就早點辦，兄弟倆分清楚了，你就省得生氣，和他糾纏不休。」

「唉，我欠他的債！後輩子絕不會和他同糞坑，有夠衰！」

「兄弟嘛，不是來討債，就是來還債，也沒什麼好怨的。」來旺慢慢走出店面，說道：「人老了，不能太勞累，我回去歇著。明日你們兄弟就把事情談好，找人寫張清單，立個據，速速過戶，省得夜長夢多又有變化，阿舅管這一遭，不再管下一遭了。」

下午時分，劉茂生在宮前町花了三元錢飽餐了「兩碗三」，抹抹嘴，這才又取道回圓山仔去。反悔再議，他有十足的把握，即使拿不到那兩坎店面，最少再挖他兄哥一萬、兩萬現金絕無問題。問題只是須耗些時日，他兄哥絕不會爽快答應。

拖久不利。阿婉的事等著解決。總得財產分妥，一切拿到手，才好鬧休妻這件事，否則茂林很容易拿這種事來阻止他分產。

伊娘咧，要嘛八年啥事也沒有，要嘛半個月之間，什麼事都一齊發生。人要發，真是山也擋不住。

回到圓山仔的家，門是虛掩的，茂生一踏入門檻，便大呼小叫：

「人哪——人呢？」

沒有回音，毫無動靜。茂生直入內室和廚房，可不是，半個人影也不見！

去了哪裡？

料蓮花那查某，亦無什麼所在可去。

難道會發生什麼事？

伊娘吔！好事連連，幹麼自己非去找點煩惱來傷神？會有什麼事？進了生病？昨日他出門時不才看過醫生，弄了什麼特效藥？今日哪有可能發生什麼大變化？

不過，蓮花那查某，是拿棍子也打不出去的，自小就不喜歡三姑六婆講閒話、串門子。搬到圓山仔，生活困苦，她更是自囚在家中，非必要不出門。

蓮花亦無娘家親戚可以走動，自小就給了他劉家當童養媳，老實得長大也不敢回去和娘家人相尋、相認。

想到這一點，茂生不免帶點憐惜，好好的一個查某，因為阿婉容不下她，便只得休了她。蓮花可說除了他這丈夫之外，其他皆無親無故。休她之後，可有去處？

這動念之仁，很快又被阿婉那軟玉溫香的形體想像驅趕得無影無蹤，他覺得自己那顆心，忽爾因一念慈祥而變得柔軟，但轉念之間，復歸於堅硬如石，原來，情慾於心，竟至可以發揮如此大的影響力量，一忽兒心軟如水，一忽兒郎心如鐵。

而一旦心轉趨硬，他便不復再想及蓮花的種種可憫，離緣變成一種宿命——他和她，以及他和阿婉之間，錯綜複雜而人生必經，彷彿前世以前，這樣的命運就守候在他們必走的蹊徑上了。

那是蓮花的命。

不是蓮花走，就是阿婉離。

蓮花走，雖或有可憫之情；阿婉離，卻有切膚之痛。

人家說，大丈夫換妻，如換草蓆，罪過雖難免，古風卻早有，所以說來也不算極惡。患難夫妻，常常無法相偕富貴，劉茂生心裡作孽：反正給蓮花一筆錢，夠她過日子便得了，這亦不算薄倖。阿婉既是續娶，出身就不是那麼重要；何況，有人娶婊做妻，無人娶妻去做婊。雖是妓女，從良總不是太不得了的醜事。更何況，他不說，誰會曉得？

蓮花固然可憐，卻也不能全怪他。她沒他的緣，承歡無能，薦枕不愜，要她何用？罷了，無毒不丈夫，他算是有良心的了，準備給糟糠一筆錢。

想想、坐坐，坐坐、想想，茂生睏極，遂也不管妻小何處去了，管自回房睡將起來。

原來，茂生昨天出門，帶著要送月銀、阿婉的布料，蓮花料他此去，溫柔鄉裡一蹭蹬，準是十天半月，因此根本未料到今日他就折回。茂生分產反悔，以及準備休她再娶的種種意圖，她亦絲毫未知。午覺睡醒，她攜了秀子、進財，又揹起進丁，高高興興找到街上一家元本裁縫店，和裁縫師傅就著那三塊布料，又商量又比畫的。

裁縫師傅姓李，看著那三塊上好料子，很誠懇的給蓮花母子建議：

「改做洋服好了，時代不一樣，大襟衣或大裿衫，越來越少人穿，尤其是年輕的查某囡仔。現代洋服流行，不用盤扣，領子亦有多種變化，穿起來很流行。」

蓮花猶疑著：

「會不會太輕佻？」

「怎麼會？」裁縫師笑著解釋：「現在四腳狗一直要將臺灣人皇民化，我們抵制，穿洋服最好。

事實上，年輕的少年人，漸漸少有人再穿大裲衫了。」

「秀子，妳自己看呢？」蓮花問秀子，是有點拿不定主意的樣子。

「我亦不知吔，阿母。」

「依我的意思，這件裁洋裝，這件做衣裙，如果一定要做大裲衫，那就這塊料子。」

裁縫師在紙上畫了件洋裝的樣式，圓形和船形混合的領子，低腰身，在小腹處飾以同布料的腰帶，兩邊各三片褶的裙子。

「這樣式又流行又大方，穿起來顯得高，做外出服很體面。」裁縫師鼓吹著。

大裲衫則做旗袍領和一字襟，領口和襟上都做琵琶扣、寬腰身、七分寬袖；下面配褶裙。

最後一件衣料，以折衷的方式採中西合璧，上身是衣長過膝的大裲衫，配上細褶裙。師傅畫的樣式太好看，幾乎沒什麼爭議就被蓮花母女接受了。

這一折騰，早已黃昏，仗著劉茂生不會回來，中午剩的米飯可以煮粥，昨天買的菜猶未吃完，蓮花他們母子四人，倒是不慌不忙的往回走。

「阿母，住這兒這麼久，連動物園也未進去過，哪一日可以去看看？」秀子心花正開，衣服都做了，看看動物園又算什麼，很自然就向蓮花提起。

蓮花也很高興，很多年不曾這樣輕鬆過，她笑了笑，說道：

「找個白日裡進去看看吧！我也不曾進去過呢。聽說有隻大猩猩，醜極了。」

「阿爸如果不回來，我是說，錢回來，人不必回，那該有多好！」

「說什麼傻話？人在別處熱，錢哪裡可能獨獨送回來給咱們？別癡想了。」

「如果阿爸分了家產，我們還住這裡？」

「那自然是不會了。回新莊仔去住，至少熟門熟路的，有妳大伯他們一家，缺什麼都方便。」蓮花掩不住心頭那份高興：「進財要進公學校讀書，妳呢，在講婚配時，也有背景可以談一門好親事了。」

「阿母最近一直在談這些事，恨不得早點將我趕走似的。」

「婚配總是一條要走的路，妳也十四了，阿母在為妳高興，這八年雖過得苦，但妳畢竟仍是個好命人，妳要知道，查某人好命與否，是決定在她嫁給什麼人，以後會過什麼日子。我們家境轉好，妳的婚配自然也更有條件談椿更好的……阿母就是為此好歡喜。」

「除了阿爸，其他我亦不覺得自己命不好，尤其阿母這麼疼惜我。」秀子由衷的露出孺慕之情，小小的眼睛煥發出晶瑩的亮光，使她比平時更美。

蓮花伸手拍拍背巾裡進丁的小屁股，進丁歪著頭睡著了，嗯哼兩聲，也許剛做了個小小的夢。

「我疼惜妳，是因女孩子家，都是上天借給她的父母的，只借到伊出嫁為止；再來，她就必須和伊婆家的人一起生活大半輩子。所以，重男輕女不但不應該，而且沒天良，女兒只跟我們生活十多載，再也不會更多！」

「阿母，我命好——」秀子感動的說，聲音甚至有點嗚咽。

「自然是命好，嫁了會更好。」

母女、母子四人回到家，意外劉茂生竟回來而且倒頭在睡。

蓮花不敢驚動他，連進丁睡沉了也不敢將他放到床上去，怕吵了茂生。

她囑咐秀子速速再淘兩碗米煮白米飯，順便燒大灶先煮飯。她則扭頭又往外走，準備買兩粒鴨蛋，回來炒她自己醃的鹹菜餔。男人回家吃飯，無論如何不能夠簡慢，他既盡了本分拿錢回家，她自然也必須盡她做妻子侍奉持家的本分。幸好昨日買來煮好的醃瓜仔肉還有大半，湊合湊合也有數菜一湯。

等蓮花買了鴨蛋轉回家，茂生剛醒，見她回來，乜斜著雙眼陰惻惻的問道：

「妳們四人，放著空營全部出門老半天，究竟什麼大事？」

「你買給秀子的衣料，我帶她量身裁製，耽誤了一點時間，實在亦不知你要回來。」

「這什麼話？這是我的厝，我愛回就回，難道還得等妳允准或等妳歡迎？」

「我不是這個意思，我是說，早知你要回轉，我早早下米煮飯，也不出去。」

「這還算人話！我告訴妳喔，」茂生不懷好意的示警：「妳不要以為錢裝在口袋裡發癢、赤厭，胡亂把它花出去……哪一日呀，哼，妳叫天天不應，呼地地不靈，沒錢在身邊，不是只有尋死一途？」

茂生的話說得很重，蓮花不太了解他真正的含義，而且也無暇細思。只要他不對著她大呼小叫，捧杯擲筷或動手腳，她盡可將他視之為起狷，不去理他。

狷人狂語，有幾個錢就凶死人，沒出脫！

蓮花在轉進廚房之前，站住了問茂生一句：

「可要叫秀子去斟半瓶酒？」

茂生倒沒想到這木頭今日竟會主動問他要不要喝酒，這倒是奇聞！可惜了，畢竟太遲！

只聽他說，聲調明顯放低不少，是很家常的男人模樣：

「就去斟半瓶來吧！」

8

事關分產，劉茂生特別勤快，第二天起了個大早，胡亂喝了兩碗粥，便匆匆忙忙出門。

蓮花跟在身後，追問一句：

「那樣急匆匆的究竟去哪裡？晚上要不要回來？」

「伊娘吔！我要走就走，想回就回，還得向妳報准不成？」

蓮花也硬氣，恨恨在後嘀咕：

「騙那個猬的！萬貫家財的好譽人亦沒這糟蹋人的架子！回不回來，難道不該說一聲，讓理家的人有個分寸？」

茂生雖聽不分明，但依稀知道她在說什麼，只為要務在身，無暇理她，儘管心裡十分不痛快，亦只能高聲罵一句口頭禪「伊娘吔」，便急急往前去了。

到了新莊仔老家，只有母舅和姑媽在，他的五個姊姊們不曾來。

茂林見了他，臉色發臭，連一杯茶也不肯叫喝，在茂生坐下之後，茂林忽然開口：

「你不是男人嗎？做事說話怎可翻來覆去像放屁一樣？立了據亦不算數，這樣如何在社會站起立身？」

茂生亦冷冷回道：

「原來分得不公，欺我前後不知情，隨便分一點給我擦嘴，就算啦？我第一次不清楚，難道會永遠被蒙在鼓裡？你做兄哥的人，未免欺人太甚！」

「你爭、爭、爭，爭得再多也是敗掉，留得住嗎？」茂林恨恨瞪著自己唯一的弟弟，手指著後者的臉，居然還微微發抖。

茂生見他哥哥如此，哂笑道：

「我如果自己敗掉、用掉，遠甚被你吞掉。何況，我分的可是我父親留下給我的。」

聽著茂生兄弟見面就吵，原來就在座的母舅李來旺和姑媽阿罔異口同聲勸止。來旺說：

「分產已夠嚴重，何況還是兄弟爭產！」

阿罔也說：

「做小的沒款，長的亦無樣，如此為人，難道真的可以在社會站起不被人看衰敗？」

茂林悻悻坐下，語猶忿忿：

「按理按法，上回分產立了據，若非念在母舅臉上，我還理他幹麼？連門檻也不准他跨入！」

不等茂生回嘴，來旺便出聲制止：

「罷了，茂林！你是兄哥，若罵茂生如何如何，豈不兄弟都是一般見識？」

茂生一聽母舅這話，竟是直指自己不是似的，方待要回嘴，母舅已先開口對他說：

「茂生，茂林的話亦沒錯，你是有理虧的地方。不過，今日來，不在論兄弟誰是誰非，而是分產分個彼此沒有二話，不再傷兄弟之情。你們既然當我是長輩，推我出來公裁，我亦有個要求。」

茂林、茂生俱未回話，來旺接著又說：

「今日我破例再仲裁一次，以此為定，若再有二話，那我撒手不管是一途，或者找鄉親對付壞規的那人亦是一途。我醜話說前頭，你們可聽清楚了。」

茂林先點了點頭，茂生遲疑一下，隨後亦勉強點點頭。

「不要光是點頭，事後又膏膏纏、沒個了局。」來旺用嚴肅、甚至帶點嚴厲的神色宣布：「此次分產的種種，我要去跟保正說明，讓保正心中有底。若是將來再有誰不安分，保正出面，自有公理可裁。」

茂生聽在耳中，分明是對他說的，母舅和哥哥，夥同在給他下馬威……伊娘咃，欺他長年在外，是吧？

「所以，未分定之前，大家有話明說，否則說定了則不准再有膏膏纏的事。」

茂生強抑著不悅，俯低頭部，不曾做任何表示。

「茂生要這兩坎店面，茂林，你說呢？你可願意？」

茂林冷笑一聲，昂然答道：

「亦是可以。他除了得還給我先前予他的一萬元現款之外，我好不容易打下的商譽，得再折合現款一萬，當然，我亦無法保證，這些貨，到時會剩多少？」

茂林的話擺明了不肯好好給出那兩坎店面。茂生忖度：如硬要那兩坎店面，他至少得付出兩萬現款，或許討價還價結果，給了一萬五或可過關，然而這兩坎店的貨色，屆時可會被搬遷一空亦未可定。

「茂生，你看如何？」來旺問道。

茂生冷笑一聲，說道：

「這不擺明了要彼此難看？可以啊，他讓我接不成店，我亦叫他開不成店，大家公平，有來有往。」

「胡說！」李來旺暴喝一聲：「這是兄弟的孝悌之道嗎？如果這樣，不如拿刀對殺算了。兄弟凶殺，殺死了亦無人同情。」

就在三個大男人瀕臨破臉邊緣，一直在旁冷眼觀看的老姑媽阿罔，這時冷靜的說道：

「話莫要說到底、說到破，當真兄弟情是刀砍得斷、錢斷得了的？財產分得均平最好，我們老大人難道不希望分得公平？但凡事要不要和能不能，有時無法一致。你們二人亦要體諒我們做見證人的為難之處。同樣是一般親的後輩，我們能偏誰？但求你二人兄弟和睦兩家俱好才對。」

李來旺因之又回到正題，問茂生道：

「茂生，你果真要經營這二坎店？」

茂生並未即刻回答，他在思索這句問話的真正意思，防著裡面有什麼陷阱。

來旺可不等他細想，劈頭又說：

「如果有相當程度的條件交換，你不會堅持一定要這兩坎店吧？」

「舅舅的意思是──」

「我亦無特別意思。問題只是，你們兄弟二人，終究必須一人掌店，另一人拿了錢另外去謀發展方是。我是問你，願不願領了錢另外去到別處開一坎店？還是執意非要這兩坎不可？總要你說了，我好定奪。」

「不知這二坎店，換多少現錢？」茂生問道，帶一種小心的神色。

來旺這回精明多了，一字一字的說道：

「我現不管你們兄弟究竟誰分店、誰拿錢，我先把話說清楚了，各人沒有反悔。這二坎店，值個兩三萬元。要分店的人，得給對方兩萬現錢，當然，還外帶那戶住屋。你聽清楚了？自己琢磨琢磨。」

茂生來回算計半天，又想討價還價：

「這店該不只這個價——」

來旺不等他說完，即刻腰斬茂生的貪念：

「那簡單，你分這兩坎店。你兄哥拿你兩萬現錢。」

來旺說完，又轉頭對茂林問道：

「你可有異議？」

茂林將頭搖了一下，帶著恨意答道：

「沒有。」

來旺因之乘勝追擊：

「好，就如此決定。我即刻寫下協議文書，大家立好字據，一起請保正過來見證。」

茂林揚聲對裡頭房間叫道：

「金鳳，備了筆墨來，隨便叫川三去請保正。」

金鳳是茂林的妻室，正朽和茂林最小的姊妹金鳳同名。

「等一下！」茂生出言阻止，主要是回念再想，自己必須賣地賣屋，才得以湊足兩萬現錢給他哥哥，屆時老店新開，又需一筆辦貨錢，豈不得將分到的土地全給賣掉？落到後來，就單單只剩這兩坎大店。有店斯有財，可也得這店經營得法、生意興隆，否則，豈不又是一種消蝕錢財的方法？

「又是怎的？」來旺母舅佯裝不解和不耐，說道：「大丈夫男子漢，查埔人做事要有決斷力，如此拖泥帶水、膏膏纏，任誰也受不了，何況，我們這些做公親的老大人！」

這時阿罔姑便勸解雙方說：

「母舅啊！恁大一件事，你也讓他們當事人好好想想，不差這一兩個時辰。茂生，你也三十好幾的人，做事要有決斷和分寸，不要反反覆覆，教人沒得插手。」

來旺聽了，不好頂姑母的話，只在自己聽得到的範圍內嘀咕有聲：

「好好想想？不亦想了十天八日？還不是反反覆覆，重新又來？」

茂生下了決心，清清喉嚨，說道：

「我想，這兩坎店面既是兄哥做慣了的，自以留給他做較適當。我還是另外尋個營生自己做吧！這個決定，諒必是各位老大人的希望。我要兩萬現錢，加上我上回未拿的九千元錢，一共是兩萬九千元。什麼時候給我？別叫人分一份家產跑幾回，什麼事都得擱著。」

「哪裡是如此？」茂林抗聲說：「總共是兩萬元——」

茂生不慌不忙說道：

「兩萬九千元，阿舅說得一清二楚，不然，我要店亦可，現時我就清點存貨，一樣也不得少。」

「你莫非是搶徒？三萬元——」茂林漲紅臉怒道。

「搶徒亦無妨，公道自在人心，你不先搶我，我會來這記回馬槍？大家心裡有數。」

「茂林，你是大哥，要有大量，允了他吧！」母舅來旺勸道：「這種事，拖久無益，兼且有損。你這店留著，一萬元，咬緊牙關賺它數年，亦賺得回來。」

「阿舅！豈有那麼好賺？」

來旺擺擺手，茂林的妻金鳳正好端著筆墨進客廳，礙著婦道人家的面，來旺又催：

「允了他吧。」

其實，再加兩萬元，根本就是昨日李來旺和劉茂林講好的，但此刻當著茂生的面，不如此來個攻防之戰，只怕再多的錢也打發不了他，所以今日特意以退為進，先擺明不要那兩坎店的姿態，讓劉茂生在種種氣氛之下產生危機迫促的感覺，而落入他們預設的談判結果。

金鳳放下筆硯之後，本擬逗留，見氣壓不對，頗有驟雨欲來之勢，只得悄悄翻身出去。她是有根柢商賈之家的女兒，錢財、爭執、談判這類事，耳濡目染甚多，其實亦無甚可驚之處。人嘛，哪個不貪？有者，貪，無者，一樣也貪。這世用不完，忙忙要為下一世或晚一輩操心。

茂林紫漲著臉，依舊怒氣沖天不開口，心裡固然有不甘與不捨，但亦難免擺個譜令茂生乖乖就範的打算。

「我說茂林，橫豎是你兄弟，便宜也不曾落到誰那裡。」阿罔姑款款勸解著：「有去自有來，量大福深，不會真的吃虧啦！」

來旺也說：

「你兄弟欠缺根柢，便宜他一點吧！」

最後，茂林終究是要答應，再堅持下去，戲演不成，反致破局。

有了協議，這廂一邊寫文據，另一邊便著人去請保正。有了上回的反悔破局，這一次，來旺學乖，堅持要保正親自來一趟。

「若是再有反悔，將來只怕你們要到官裡講，我這做母舅的不管了。」

阿罔對茂生勸道：

「憨姪呀，錢四腳人兩腳，不僅賺的難，用時亦飛快，人抓都不牢。你別以為三萬抓手上，可以隨你怎麼用都久久長長。你亦是有某有子的人，該當有些計較，三萬當母錢，想些營生勤懇去做，生了子錢，才可長長久久。」

「知道了，阿姑。」

大約只一盞茶工夫，保正被請了過來。

那保正姓許，單名叫乾，年紀在五、六十歲間，是新莊仔當地老街坊，茂生昔時劣跡，這許乾完全一清二楚。

「保正伯。」

「喔！茂生，你這夭壽仔！什麼時候回轉來的？幸好當年不曾真正一刀殺死人，否則今日還回得來？」保正許乾不管茂生感受，劈頭就抖出那段往事。

茂生訕訕的回道：

「提那幹麼？都是少年時做的憨事。」

「聽說是兄弟分產做公親。」許乾緩緩說著，忽爾抬頭問茂生：「多年不見，原來回家分產？」

茂生心中發恨，知道自己素行不良，吃了大虧，此時亦只有吞忍的份。

「反正早晚要分，各人淘米各人下鍋，我的份，放在兄哥這裡用了好些年，該當還我了。」

來旺怕又生枝節，連忙喚過許乾，將分產的情況略略陳述一遍，說道：

「保正伯做個見證，日後兄弟兩人俱無二話。」

那許乾亦不囉嗦，聽清楚亦看清楚了，只問一句：

「兄弟二人，誰尚有意見？」

茂林、茂生俱搖搖頭。

許乾隨即蓋了印又簽名，笑笑站起：

「此後就看各人努力了。」

「保正伯請坐，奉個茶。」茂林扭頭向裡屋裡喚著，「金鳳——」

「免啦，免啦。」許乾揮揮手，執意要走：「林田水家的尚在我屋裡，夫妻二人吵架，等著排解，我不能久留。」

「那真是——多謝了。」

保正走後，來旺母舅責成茂林在五日內辦成分產手續，未給的兩萬九千元錢，今日先給五千，其餘亦在五日後給足。雙方約定再五日後再見次面，把一切辦妥。

茂生拿了那五千元錢，知道人家視他如毒蛇猛獸，亦不戀棧，起身便告辭：

「那我走啦，一切偏勞兩位老大人，那我五日後再來。」

其實，人家不歡迎是一回事，他急著去找詹清婉又是另一回事。事情有了結果，該早早去回個話才是。

茂生出了劉興旺記，顧不得買點禮物當伴手，便匆匆忙忙叫了人力車往牛埔仔去。

今天分產再議，平白多要了兩萬元，沒那兩坎店又何妨？光這些錢，開他個三家、四家亦不成問題，那阿婉該會滿意了吧？她有義，他則守信，替她多摶了這許多家當！

不知數日來，阿婉可當真不曾接客，獨獨等候著他？

若是如此，他自亦不能負她，可月銀老娼該怎麼打發？

坐在人力車上，劉茂生不免想及財產到手的種種。

蓮花亦是要打發的人。從前覺得休妻有些殘忍，然而，一旦有了新歡，舊人便看著刺眼，處起來亦十分不順心。情勢又必須如此，這顆原來還甚有幾分軟性的心亦逐漸轉硬。何況，有錢好辦事，給蓮花兩千元錢，夠她吃個十幾二十年，那時，養女秀子該已出閣，蓮花去依女婿，亦是一個出路。

總之，天無絕人之路，蓮花如果能想得開，這亦不是壞結局。他給她一筆錢，自忖亦非薄倖。

蓮花的事好解決，倒是月銀老娼教人覺得難以拿捏。

阿婉如果跟了他，月銀自然也會跟著過來，母女二人都看他的頭面吃飯，按理，月銀老娼該當好好奉承他才對。可這老娼，看來甚為倨傲，姿態高得不像話……難道他還得去奉承她，還得準備什麼聘禮給她不成？

這可不是笑話？

娼優妓門！

唉，想這些幹什麼？俗話說「愛上了卡慘死」，看上眼了無藥救，自己活該，還有什麼可抱怨的？

只是，月銀老娼後面的人生得靠他這半子，她又不是阿婉親母，萬萬不可給她再拐騙什麼錢財才是。

為今之計，他只有抓緊阿婉便是了。只要阿婉執意，諒月銀亦無她法。

茂生想到得計，禁不住便心寬起來。心一寬，居然就迷迷糊糊在人力車上打起盹來了。

9

打從四、五天前，就直接自新莊仔搋著熱呼呼的九千元錢，來到牛埔仔詹清婉的豔窟消磨的劉茂生，幾日間和詹清婉翻雲覆雨、昏天黑地的亂成一團。

這一日，眼看著次日就是約好要回新莊仔最後一次拿清各人所得家產的日子，劉茂生一覺醒來，撩起床幃帳子，見阿婉尋常一襲寬鬆旗袍，正歪坐梳妝鏡前抽香菸。茂生開口就問：

「上回我帶來的料子，可曾拿去裁衣裳？」

阿婉吐了口煙，微眯著雙眼，說道：

「不曾吔，想等明年再裁，反正過不數日就入秋，亦穿不上夏衣。」

「那月銀姨呢？」

「我娘唷——」阿婉拖長尾音，哂道：「便有大菸抽就好了，最近懶散慣了，還想不到那上頭去。」

「大菸？月銀姨抽——菸？我來過恁多回，怎沒見過？」

阿婉便笑：

「怎會見著？你來去匆匆，要不都窩在這兒，怎見得著，況且我阿娘抽鴉片，有時有陣，一天抽個三兩回也就夠了，你是見不著的。平常亦不願客人見著。」

「月銀姨可領有官方的許可牌？」

「自然是有。不然哪有配給的鴉片可買？伊可算是抽得重的，所以我說伊的開銷比我還大。」

聽著阿婉如此說，茂生便上了心事。

日本占領臺灣的時候，曾對鴉片人口實施普查，再依自己申報的名姓和每日用量發給許可牌，每月向鴉片配銷公賣處申購。

鴉片原料罌粟，係由公賣局向南洋等地買進，由公賣局提煉成鴉片，據說為了使提煉出來的口味能符合癮君子的要求，鴉片公賣局還聘有一位住在稻埕永樂町二丁目的洪姓鴉片癮者嘗味道。鴉片煉成之後，公賣局將之裝成牙膏管狀出售。

昭和初年，這是日本政府的一大稅收。

雖說官方採用鴉片配給制，購買量有一定的限額，然而鴉片仍然非等閒人家抽得起的，因為它實在太貴。

「如此說來，她這毛病可還得花不少錢？」

阿婉知道茂生問的意思，不禁笑了笑：

「你放心，諒也嚇不了你，金磚去了一小角罷了。這些年，我生意清淡些，所以家裡不像從前那般好光景，伊抽鴉片，就變成令人憎厭的惡習。想想自己辛苦賺的皮肉錢，全被伊一日數回吞雲吐霧，在菜油燈裡燒掉了，看不到什麼，最多只是一縷青煙而已。所以，我這兩年，老愛和伊頂頂嘴，實在是心疼自己的青春和皮肉……伊亦是沒法度，既染上癮，這一輩子是戒不掉的，好歹伊亦是六十的人了，就由著伊去吧。」

「那倒也罷了，只是我心頭有點掛慮，不得不說明白。」劉茂生索性起身，跨下床，挨到阿婉身邊去。撫著她的雙肩，說道：「妳若跟了我，伊算是丈母娘了。伊是跟著我們住，由我供養？還是伊要拿了聘禮，自行他住？」

阿婉將菸捻熄，說道：

「依你呢？」

她這分明是試探的意思，但亦明擺著尊重劉茂生當家的意思。

「那怎能依我？」劉茂生也上路，笑著推掉這份表面上的尊重：「妳們母女倆自有打算，伊老人家亦有伊各自的想法，我如何能私自定奪？總要妳給我一個決定，我才能有所定奪。」

「那倒也是。橫豎不過是跟著我們和自己另住而已。可怎麼給伊交代？」

劉茂生也聽得出阿婉對他仍不十分信任，語氣裡全是試探。他想想，這個時候不能將話說得太露骨分明，但卻也不得不將自己的立場講清楚，否則未來真正談到節骨眼上又橫生枝節，那可麻煩。

「阿婉，我老實告訴妳了吧。我眼中只有妳，只認妳，所以妳說什麼就是什麼，我亦不跟妳多膏膏纏。我心下是有個主意，如果妳決定跟我，我就把未來買的那坎店面或兩坎店面，全登記妳的名，一來表示我的真心，當做聘禮；二來要妳心中有信靠，不會擔心，亦拿出十足的真心待我，畢竟我們是要一起過下半輩子的，對不對？」

茂生這席話的確說得高明，一來及時輸誠，將自己決意與阿婉共患難、同甘苦的心意，表達得非常清楚，無異給阿婉服下一顆定心丸。其次，把房產登記給阿婉，伊自然明白他對她沒有私心和防衛，而且亦表明他的即是她的，由他這兒拿出去給月銀老娼頭，事實亦等於拿自阿婉。況且，一筆聘禮就全省了。

阿婉聽茂生如此相待，心裡自不能不有所感動，說道：

「難得你這樣待我，我算是歷經滄桑的人了，好不容易尋得一個可以依靠終身的人，難道會不知珍惜、尚有二心？這點你是毋庸懷疑的。」

「當然，當然，我哪會疑心這個？」茂生忙答：「我說的是月銀姨的事。」

「喔，我娘……」

「事實她並非妳親娘。」

「那倒是。」阿婉漸漸明白茂生真正的心意。她考慮了一下，說道：「不過，卻也養了我十多載。」

「是妳養伊，亦或伊養妳？」茂生臉一正，說道：「妳對得住伊了，賺這皮肉錢賺到三十歲，供養伊，還給伊吃好、穿好，抽鴉片，這說到哪給人聽，全說得過去，有孝心！」

「可是，」阿婉十分為難：「臨到這時，突然撒手不管，不僅過去所作所為均無口碑，只怕還會博個不孝的罪名，放著老娘親不管，吃水果不拜樹頭。這，有些說不過去吧！」

茂生故做訝異的反問道：

「誰說不管？我們怎會不管伊？我有一口飯吃，自然少不了伊的一份；是飯是粥，只要伊不嫌棄，總為伊備著一份。衝著妳的面，我自亦不會虧待了伊這丈母娘。只是……」

「只是什麼？你索性講明白了才好。」

「是啊，我正要對妳說清楚。」茂生轉到阿婉面前，目注著她，而不再躲在她背後和她在鏡中相看：「我奉養伊可以，但叫我給伊什麼聘禮，那是絕無可能的事。伊吃我、穿我，一應由我支付一切，按理不可能再要什麼聘禮才是。何況，伊還抽鴉片……沒有吃則吃公，藏是私蓄的道理。何況，伊無子，只有妳一個養女，藏私蓄亦無用是吧？不可能要偷偷接濟何人……」

阿婉蹙眉，想及這種種枝節，茂生的話似是而非，似非而是，亦有他的一番立場。

茂生見女人不答話，即刻又說：

「我會寬鬆讓伊度日，這點妳也明白，我不是苛刻的人。現此時，妳、我、月銀姨是一家人，該當同舟共濟、圖這個家圓圓滿滿才是。分來的那點家產，真的禁不起你分我分的，分到後來，能做事的錢一定湊不足，到時吃虧的不是妳是誰？伊如對妳感心，自不該教妳受苦，該處處為妳將來的日子打算才是。」

「我阿娘並未提及聘禮之事。」

「我知道，伊至今對妳要跟我之事，尚未鬆口，心裡無疑是在打算，準備母獅大開口，要求一堆條件。我期待妳輕重分得清，事情要看分明。聘禮我亦可給伊，但給伊莫若給妳，我猜想另外那要娶妳的老頭子，名下財產早分給前人子，不會留給妳這要做後妻的人什麼上肉的。不像我，悉數給妳……我如此和一個老大人計較，為來為去，無非是妳一人……」

「我知道了，會和伊講。」

「我明日一早回新莊仔去，錢財地契一應到手，妳我的事，亦早早辦妥好了事，所以最好能在今、明這兩日和伊講好，不然，事情這裡掛一件、那裡掛一件，人亦無法清采明朗。」

「話說到這裡，我倒問你，你直直叫我問阿娘答應婚事，你家那個，可答應離緣？我清楚告訴妳，黑市夫人，我阿婉是不幹的，這點你千萬要清楚！別以為我和你談得入港，就馬馬虎虎混過去，我不爽，臉一翻，管你是誰，照舊不認人！」

「這還用說？我家裡那個，兩、三千元打發掉，一句話而已，伊不敢伸腳出手啦。」

「我——不認識伊，可不知伊脾性如何，真如你所言，這麼好打發？」阿婉眼一瞟，帶點冷冷幽幽的口氣：「事情說這麼久，你可沒往前進半寸。」

「喂，妳這麼聰明的人，如何會不知？我分產未分到手，敢透露半點風聲？她自小是我家童養媳，與我兄嫂都熟，萬一先要休伊，伊回去告狀，我兄哥聯合我母舅那些老大人，拿出家規這大帽子一壓，莫說分產，只怕離緣亦有困難。」

「既如此，我阿娘拿這話堵我，我有什麼好招數回得了伊？」

「阿婉！」茂生扶伊兩肩的手緊了緊：「這事我亦無法幫妳，妳得賭它一賭，要不，事情就任它拖著，我先離了緣，妳再解決這邊的事。要不，我們倆同時動手，這事解決起來就容易多了。妳得信任我，不然，我大費周章攪弄大半天，自己討沒閒！」

阿婉想想他的話亦有道理，他連財產都要過到她名下，豈有再欺她之理？自己也未免太多疑了！信不過他這層，如何再信得過他種種？尤其往後種種？

想到這，阿婉慨然說道：

「要做長久夫妻，沒有縮頭縮腦的道理。分了產，來聽回話！」

「好阿婉！果然有見識！」茂生一高興，不覺又手腳蠢動起來。

阿婉輕輕拍下茂生纏賴在身上的大手，帶點煩躁，一些說不出的極淡的嫌惡與沒心情，阻止茂生歪纏：

「你讓我靜靜！心裡擱著這麼些煩人的事，我可沒心情再幹什麼的！萬事皆不定，好像心也浮浮的。」

茂生收起嘻皮笑臉，問道：

「要不要去問問妳阿娘的口風？」

阿婉嘴一撇，不以為然的回道：

「伊此時正在哈鴉片，哈過之後，索性又休息一陣子，我可不在這時候找伊，免得沒的去觸伊楣頭。放心吧，這一兩天之中，伊自然沉不住氣會主動來找我，由伊開口，總比我們自己先講來得好。」

「既是如此，咱們出去逛逛街頭尾吧。」

「有什麼去處？」

茂生笑笑，若有所思的回說：

「我在想，該開始物色我們的店面了。新莊仔住得沒意思；妳這裡，既是要從良跟我，自然也不宜再待下去。我看，只有稻埕保安宮旁三十三坎附近，還值得我們去發展。妳說呢？有沒有想法？」

阿婉原本意興闌珊，突然被茂生這提議逗起全副精神，不知不覺間便嘴笑目笑起來：

「你當真此刻就要買店面啦？」

「明早去新莊仔拿房地契和現款、首飾等什物，妳也知道，錢太多放在身邊總覺得手癢要花，那些錢，禁不起蝕，還是早點置下店面住家，安居下來，做點營生，這才是正經。我亦不要人家在背後指指點點、說長道短的，咱們像新人一般，一切從頭開始，像一般殷實人家一樣過活。」

阿婉眼一濕，道：

「想不到，我詹清婉也盼到了今日這一天！」

茂生將她摟近身，安慰她說：

「我會給妳好日子過，不用妳煮三頓、洗衣服，妳只要店面上為我看頭巡尾，其餘全由他人伺候。今後，妳跟著我行東去西，保證妳苦盡甘來，全是好日子。」

「茂生——」

「去換件衣裳，咱們走吧，再晚就逛的時間不多，日頭就落山了。」

詹清婉慢慢拭去淚水，一支菸只抽了半支，亦捻熄了不要。從今而後，她可是劉茂生號的頭家娘，誰敢輕賤她呢？不錯！她是趁吃查某，可她前世欠人的花債，如今全還清了！她再也毋庸看誰的頭面，她是一夫一妻、正經人家的家室哩！

想歸想，阿婉可身腳俐落的褪去舊衣，換上一襲新做、才穿過兩回的旗袍，在鏡前顧盼神飛起來。

茂生在一旁睇著她，忽說：

「咱們先去永樂町繞繞，給妳打點幾塊布料。新婚夫人，外加新頭家娘，哪能不打扮打扮？」

阿婉臉上，盡是歡情，攏了攏頭髮，輕快說道：

「走吧，跟春嬌說一聲就可，我阿娘可不喜歡人家打擾伊呢。」

阿婉隨茂生跨出大門。日頭赤焰焰，照得人眼花花的，這麼亮眼絢麗，卻又有些不真實似的。

阿婉觸了觸茂生的背，帶點探詢口氣：

「茂生——這可是真的？」

茂生聞言，扭回頭向阿婉伸出手臂：

「這是不是真的？怎麼不真?!」

阿婉燦然笑了開來。笑時，眼袋下現出淺淺一條細紋，在陽光照射中，看來有點滄桑。

10

兄弟二人分產到手之後，劉茂生並不急著去找詹清婉，而是施施然回到自己家裡，準備與妻室蓮花攤牌。

過午回到圓山仔的家，蓮花正攤著前襟在餵進丁吃奶。

茂生看她一眼，依舊是梳著老式的龜仔頭髮式，也依舊是灰撲撲一襲大裀衫，彷彿在古早伊始，她一逕就像塊灰色的頑石一般，蹲踞在他行經的路上。

蓮花見他回來，抬起眼，問了聲：

「回來啦？吃飯沒？」

茂生並不答她所問，反而冷冷說了幾句：

「孩子都多大了，還給他吃奶，要他永遠抱著奶長不大是不是？」

「沒有奶水，只是給他含著，這樣他比較容易入睡。」蓮花見他臉色，又聽口氣，以為他心情不好，因此盡量委婉著聲音應對。

其實茂生聽了她的壓抑性的回答，想到自己一肚子壞水，正算計著要休掉她，忽然有點於心不忍。可是，一想及阿婉，又不得不硬起心腸。事情到了這個地步，真要不硬心也不可能，如果他對蓮花有義，便只得對阿婉無情；要對阿婉深情，只能對蓮花無義。這已是無可選擇的一件事了。

所以，茂生依舊提醒自己不要心軟。

「秀子和進財呢？」茂生以為二人正在午睡，隨口問了句。

「秀子帶進財去動物園，來這裡住這麼久，一直沒帶囡仔去看看，所以——」蓮花小心答著，心裡可真恨眼前這個人回來得不巧至極，一回來就像颳風颱，讓人沒安沒靜的。

「哼！」茂生冷哼一聲，說道：「看來我不在，你們日子還過得挺好的。告訴我，是不是大家都不希望我回來？」

茂生臉上，透著一種窺伺和邪惡。蓮花意識到眼前這個人，今天是存心要來找碴似的，只怕不好過關。

「你講話顛倒講，是你不回來，我們怎敢想到這上頭？只是囡仔好玩，想著亦沒多貴，所以叫秀子帶進財去，我自己捨不得多買張票進去。」

茂生講著，心裡可覺今天真是天賜良機，秀子與進財不在，正好可以攤牌。人啊，運來時真是擋不住，連這機會都如此順。

「妳老實講，我不生氣，是不是我一個人不在，你們母子反倒安安樂樂？」

蓮花不知這是陰險的詭計，瞪著丈夫，訥訥的招認：

「你脾性不定，人人都怕你。」

茂生「嘿嘿」笑了兩聲，非僅不往裡走去，反而還在蓮花對面，摸了張矮凳子坐將下來，兩隻大大的牛眼，瞪著蓮花，似乎要長談的樣子。

蓮花懷裡抱著進丁，不曉得這浪蕩丈夫究竟意欲如何，自己又閃躲不了，真是天可憐見不知如何是好。

「蓮花，老實的講，妳不愛與我做夫妻吧！」

蓮花此時，才發現這個與自己自小長大的夫婿，從來不曾與伊同心過。他一肚子彎彎曲曲，自己總在他的算計之中，一點也沒辦法翻身。像此刻，他坐在這裡，像隻大獸，正對她做一種吞食前的戲弄——茂生一反常態，蓮花此刻已意識到事態的不尋常，她警覺的瞪著茂生，小心問道：

「你要做什麼，明說了吧。」

「嘿嘿，蓮花，說妳木頭，倒亦不像，妳根本是個巧人嘛。」

對於茂生的嘲弄，蓮花無心回應，她只是張著澄澈的大眼，靜靜的看著茂生。

「我說，蓮花，咱們既然老合不來，不如離緣算了。」

乍聽到離緣二字，蓮花有點木然。離緣？難道他光玩玩還不夠？光玩玩不夠，必欲將之娶進內？光娶進內猶不夠，必欲去她而去娶那不知名姓的女子坐大位……她連安安分分的做個虛位大婦都不成？他們連這個也不容她？

「妳還年輕，趁著這時候，再找個人嫁，未定比跟我幸福。妳也看得出來，我們兩人，從頭到腳不合，我看著妳生氣，妳見我亦怨嘆，真是不必——」

蓮花忽然打斷茂生的長篇大論：

「為什麼要離緣？」

「什麼？」茂生沒弄懂蓮花的質問。

「你在外頭翻筋斗，我一句亦沒問過。你要回不回全由你，難道這樣還不夠？如果你一定要，也可以不回來，但是，名分給我留著。我不是貪圖什麼，而是……我自小給你家，生身之處從來沒有再照面聯絡，我……無親無故，若是一旦……離緣，無處可去，我……」

茂生雖在心頭流過一絲憐憫，但他想著阿婉，仍然心硬的說道：

「不行，伊不肯做小。」

蓮花第一次聽到情敵出現，很自然便問了句：

「伊是哪裡女子？難道不知你有妻有子？何苦一定要男人放棄妻室兒女，做這樣沒天良的事？」

「妳不管伊是誰！是我！是我捨不了伊，一定得和伊長長久久、做堆一世人的夫妻。妳就認了吧！毋庸回妳生身之家，我會給妳一筆錢，夠妳吃用二、三十年，妳尋個可靠人嫁，也好過後半世人。」

茂生用一種哀憫而不得已的語氣說道：

「蓮花，進財、進丁我要帶走。秀子留給妳，伊已長大可以嫁人，不會妨礙妳的前程，進財、進丁太小，妳一個婦人帶不了，我帶了他們去！」

這席話猶如青天霹靂，劈得蓮花精神渙散，她不敢置信的瞪著眼前這至少與她同屋而住達二十五年之久的男人，結結巴巴問道：

「兒子我生的，怎可給別人？我不給！我——那是我的命根子！」

「蓮花，妳拖著兩個小孩，如何能夠再嫁？何況，我的骨肉，亦不能讓妳帶著去姓別人的姓！」

「我不會再嫁，我會好好把他們兄弟撫養成人。你們、你和——伊，可以另外再生，要幾個有幾個！我不要我的囝去讓別的女人虐待。」
「伊不可能虐待我的囝！伊——伊不能生，會將進財、進丁視如己出！」
「伊不能生？」蓮花滿腹狐疑，化成兩道毒恨的目光，問道：「伊是什麼查某？如何不會生育？你告訴我！是不是——」
「妳莫管這些！今日之事，妳同意也罷、不同意也罷，我都決定要離緣，總之一句話，妳我離緣是必然的命運，進財、進丁我亦一定得帶走，那是我的骨肉。妳的後半輩子，我幫妳考慮在內，妳最好接受，我們夫妻一場，最少還能好來好去、好聚好散。」
「這叫什麼好聚好散？把我的親骨肉，白白送去給那不要臉的煙花女子——」
「放肆！」劉茂生忽的伸手掃掉桌上兩個碗盤，碗盤掉落碎裂一地，驚哭了熟睡著的進丁。
茂生「霍」地立起身子，也顧不得孩子驚嚇，大聲喝斥：
「我叫妳好來好聚，妳好話不聽，一定要叫我發脾氣！妳這查某，為什麼生就這臭脾性？就這臭脾性，才顧人怨，妳猶不知覺悟！我老實告訴妳吧，我決定的事，不會改變！妳最好照著做，說不定最後大家還能有情分！」
茂生說完，忽的搶一步至大爐前，抓起菜刀，回身猛插到餐桌上，恐嚇蓮花：
「要不離緣，要不妳就用這刀自己解決，沒有第三條路可走！妳聽清楚了！再膏膏纏，老子一毛也不給妳，讓妳做乞丐婆！」
茂生說完，翻身就往外走，留下全身冰寒、身處絕境的許蓮花。
她無意識的拍著嚎哭的進丁，嘴裡喃喃哼唱著平素唱慣了的搖籃曲：

囡仔囡囡惜
一暝大一尺
囡仔囡囡睏
一暝大一寸
囡啊阿娘惜
一暝大一尺
囡啊囡囡睏
一暝大一寸
……

唱著唱著，蓮花滿臉滿腮的淚水，視線茫茫、前途也茫茫……那夭壽沒天良的劉茂生，居然連懷中這稚幼的襁褓兒也要把他搶走！

她還剩什麼呢？如果連親生的幼子也保不住，她活著尚有何用？

蓮花看著茂生插在桌上的菜刀，死亦何懼？只是，現在死，進財、進丁要託孤給誰？若她兩眼一閉，亦見不到兩個兒子是否平安長大？老天啊，天公啊，我許蓮花做了什麼缺德事，如此折騰我？要不打個雷劈死我吧，更勝於如此瓜分我的身與心！

哭泣的歌聲中，進丁又靜靜的睡著了。這不解事的孩子，全然不知要離開娘親，他才兩歲，就要落入煙花界出身的後母之手，會得到一個囡仔該有的照顧嗎？

蓮花緊緊抱著進丁，不想命運這麼快就來鞭撻她，他求天天不應、叫地地不靈，連個親人都沒得仰仗，更無所謂娘家！劉家，二三十年來，不是一逕就是她唯一的家嗎？

現在，他們甚至不要她了！她連唯一的家都要失去！她，一個女人，可以去哪裡立足？

11

大剌剌、凶狠狠在桌上猛插著把菜刀嚇唬妻子蓮花的劉茂生，一翻身到了牛埔仔詹清婉住處，新歡臉熱，霎時就讓他忘了方才逼迫髮妻的一點點不忍。

清婉午覺方醒，頰上微紅，全身散發一股慵懶。茂生一見，身上又是火燒燥熱，急吼吼便欺近立刻動手動腳。

阿婉兩手忙推他，一疊連聲說道：

「正經事先說，要緊事先做，長久夫妻嘛，床頭上的事有什麼好急？」

茂生無可奈何住了手，說道：

「我那頭全結了，放話給了黃臉婆，由不得伊有二話。財產也分好到手。此刻，剩下全是妳這邊的事未了。」

「你怎麼跟家裡——那個講？」

茂生得意的說：

「軟的不吃，來硬的。我插把刀在桌面，兩條路由她選，就看她腦子轉不轉得過來。」

阿婉聽得茂生描述，想起蓮花亦無過錯，不覺動了三分憐憫。卻聽茂生自顧自說道：

「只能說二人無緣。我說過給伊錢，隨伊改嫁或不嫁。倒是妳這邊如何？」

阿婉和伊養母月銀，這兩日為了茂生的事爭論不休。月銀認為沒聘沒禮，倒像投奔似的，很有紅顏已老被收留的味道，十分沒有身價。伊用言語刺激阿婉：

「我都受不住，居然妳就受了？到底那牛眼迌迌人有什麼好？漂丿嗎？這行當做這麼久，騙人是猶的沒見過英俊好看的男人！若論英俊，他還差得遠呢！如果是圖他年輕，我跟妳說吧，少年查埔用某太凶，妳要保佑他自頭至尾不變心！不過，妳亦知道他對結髮妻都那麼薄倖了，對別的女人又能多專情？看那對牛眼也知，是梟狠之徒呵。」

阿婉深知養母的心事。伊並非全然存心的阻撓她，而是年輕時被少年郎甩棄過，心裡忘卻不掉那陰影，怕自己的養女也重蹈覆轍呀。

阿婉亦知茂生欠缺月銀的緣，月銀對他不具好感，嫌棄他的大半原因居然是因為他為阿婉居然可以休妻這回事。

人間事，說來是很滑稽突梯的。伊們娼家求的，不過是尋個明媒正娶做大婦，一家一業的從良。等機會來臨，卻又嫌人家心狠情絕，為的是兔死狐悲，怕噩運相同的，又輪迴到自己的頭上。

「阿娘，我自有算計。」阿婉其實亦精明剔透：「前些日子，我們放消息出去要買兩坎店面，一等咱們的人有消息來，我看店面愜意，就叫茂生用我的名姓買下。店面買成，才談辦戶口。店面不買，戶口休談。如此，我們至少把住了他的命脈，不怕他筋斗翻到何處去。」

「那牛眼的肯依妳的如意算盤？」

「惡馬要有惡人騎，不怕他不從命。一物剋一物，愛上了就卡慘死，誰教他要迷上這？」

「但願如此。」

「阿娘放心。先給後給，這樣拿那般取，橫豎將來全是我的，我就要他買房子，全握到我手掌心，看他插翅難飛。」

「我們這處居處——我可不賣！」月銀點燃了菜油盤裡的火，大蕊芯一燈如豆，大盤子用玻璃圍罩起來，以防小火被風吹滅。

阿婉知道她阿娘又到了抽鴉片的時刻，她也靈巧，殷勤的便就近拿過裝鴉片膏的牙膏管，輕輕擠出一小粒土烏色只有紅豆大小的鴉片膏，用鑽子接住，輕輕如撚麥芽般撚了撚，連鑽子一起放近菜油燈裡燒菸。

「我這鴉片菸，每個月固定是個開銷，那牛眼的可知？」月銀歪躺著，準備要哈的姿勢，看起來舒服極了。

「他願意供應。」阿婉將鴉片移開燈火，看了看，又移近去火焰處煉。「這居處暫時放著亦好，到底是個根。」

聽了阿婉這話，又見她態度曲意承歡，月銀此時亦見好就收，鬆了口：

「妳如今也過三十，若論孝敬我的，也足夠了。既然和那牛眼的是緣，我就成全你們。但是好是壞，只怕妳自己要承擔得起。」

「多謝阿娘！那麼，我就叫茂生改口，先買店再說。」阿婉喜形於色，將煉好的鴉片，直接塞入月銀新取的甘蔗菸管中，遞到月銀跟前去。

月銀深深吸入一口，臉上現出滿足的神色，不久，鼻中呼出一小道淺淺的、幾乎看不見的青煙。

阿婉笑問：

「這甘蔗味道可好？」

「不及我那支竹製的。只是討個時鮮，抽幾次就不用它了。」月銀又抽了一口鴉片：「妳出去吧，我躺一會兒。」

茂生一來，阿婉便將自己的打算說成月銀所開的條件。茂生既是立意娶阿婉，能免聘禮自是好事一樁，買房子給阿婉，他倒不以為忤。反正女人一嫁，自是以夫家為主，阿婉並無什麼娘家要照顧，他不怕她藏什麼私。

而阿婉為了籠絡，亦打起精神，以職業心態努力打點著劉茂生。兩人正在新鮮勁頭上，劉茂生因已樂不思蜀，連想想蓮花心境的工夫都不曾有。

這一日，兩人相偕走到永樂町四丁目，阿婉買的買、吃的吃，這一陣子的待遇，好過她任何時候，未來尪婿挺寵她，簡直到了言聽計從的地步。

趁吃的煙花查某從良，固然不乏明媒正娶做大婦，然而，不是給人續絃，就是嫁個窮措大，自己拿私蓄出來倒貼。

像她如此，嫁個三十出頭的少年壯漢，有產有業，上無公婆，又無須她挑嗣的，這種條件，打著燈籠亦無處尋。

她該當到廟裡燒個香拜謝神明，謝祂如此保庇。

想到這裡，又上了另一份心事。現在躊躇滿志，幸福快樂。但，正如她阿娘擔憂的，這情況可得長久？

想到這裡，阿婉就心思不安。她閒閒走在茂生身邊，忽然心生一計。

「茂生，我們有緣結為夫婦，託神明保庇甚多，應該燒香答謝一番，這裡距霞海城隍廟很近，我們彎過去拜拜吧。」

茂生自小在廟埕混過，舞龍舞獅練拳腳全與廟會有關，對於敬神這事雖不熱中，亦不排斥，因之無可無不可的回道：

「喔，五月十三人看人，霞海城隍是北部香火最盛的廟，我倒不曾去過。妳知怎麼走？」

「怎麼不知？常去燒香。」阿婉說著拉住茂生往永樂座不同的方向要走。

「等等！等等！」茂生住了腳，指指永樂座，慫恿阿婉：「永樂座今天正在搬演唐山福州劇團的新戲，要不要看？」

阿婉駐足，不免心動。煙花界沉淪十幾年，幾曾有那個命看戲喝茶逛街？年輕時生意應接不暇，得空只想好好休息，年華老去這些年，少的卻是心情。想想自己，真是歹命勞碌，當真還不曾享受過哪。

現在，擺在眼前的是享不盡的福，和那個給伊享福的好人！她若不去求神明賜她永遠保住這個人、這份福氣，怎麼高枕無憂？

「永樂町離住處近，如果高興，日日來，時時來，亦不過像走廚房一般方便。戲班子好不容易自唐山來，路途遙遠，不會只演幾日，改天再看。倒是燒香這件事，早去我早心安。」

「既是如此，就依妳吧。」

兩人來到大稻埕城隍廟，茂生左右梭巡一番，怪道：

「霞海城隍威名震全臺，哪知廟地恁小一處？」

「廟小卻靈，我以前聽那些老大人說，這廟不曾遷建往別處，或增建一點，據說這據地是『雞母巢穴』，切忌妄動土木，怕擾得雛雞不安巢的緣故。不過，廟雖小，城隍可靈得很哪，我阿娘最信城隍爺。」

「稻埕霞海城隍素極有名，與北港朝天宮的每年祭典，是南北最大的迎神賽會。」茂生對廟會比阿婉清楚：「只是未料到廟竟然這麼小，也許正是雞母巢穴的緣故。」

阿婉點了十二炷香，六炷給茂生，六炷給自己。

「三炷香插天公爐。」阿婉向天喃喃禱祝半天，把香插在天公爐內，又向茂生囑咐。

等茂生剩下三炷香，欲往大殿去拜時，阿婉忽然叫住他：

「城隍爺威靈顯赫，你是知道的，有人來此發誓賭咒，據說違背誓言都如當初自己所咒般有了報應，所以有人專來這裡對神發誓。」

茂生不傻，阿婉的企圖又如此昭顯，他因之便問：

「妳要我發什麼誓？」

阿婉停了一下，才說：

「發不發誓全由你，我不好勉強，因為這不是玩笑的事。我只是想，你若對我真心，永不相負，那麼發不發誓都沒什麼關係，發了誓，於你無損，不過，卻可以教我放心。」

茂生看著那三炷香，說道：

「我這樣妳還信不過？」

「不是信不過，是怕你年輕心性不定……」

「好吧，我就發誓。」

茂生右手拿香，左手拉著阿婉往內殿走，走到霞海城隍爺金身之前，拉著阿婉雙雙跪下，用相當的聲量認真禱祝：

「城隍爺在上，弟子新莊仔劉興旺記次子劉茂生，今日與牛埔仔信女詹清婉雙雙到此發誓，弟子實心實意要娶信女為妻室，並保證這輩子永不變心相棄，如有違背，情願不得好死。」

發過誓，雙雙跪拜十二響頭，這才站起。

茂生轉頭問阿婉：

「這樣妳可滿意？」

阿婉不答，兩眼瞟睨著茂生風情萬種，把方才發誓的低氣壓給沖淡不少。

阿婉又在主神之外的神像前各拜了拜，這才攛掇茂生掏出兩塊錢。

「我們來點兩盞元辰燈和財利燈，祈求無災無難、財源廣進，能順心如意尋兩坎好店面做生意。」

城隍廟裡拜拜發誓後不出十日，劉茂生和詹清婉在人家介紹下，看上了永樂町五丁目附近的兩坎店面。

雖然不是如茂生原先預期的地點——大龍峒三十五坎附近，永樂町人文薈萃，又是茶郊、茶市的集中地，做生意頗為結市，茂生看看亦甚滿意。雖則與他兄嫂金鳳的娘家距離不遠，但家產分妥，茂生再無什麼忌憚，將來休妻再娶，亦是他自家的事，就是茂林金鳳問起，其實也沒什麼好怕的了。

買下店面，茂生想想仍要做他家的老本行：布匹綢緞，阿婉卻另有想法。

「這裡金鋪甚多，比較結市，不如改做金飾生意。」

「我是外行，隔行如隔山，怎麼成？」茂生一口否決，懷疑的問道：「妳如何會想到這上頭？」

阿婉親生父母的娘家，原來有個弟弟，亦是因家貧自小過繼他人，自小學金飾打造，早已出師，聽說手藝不錯。阿婉念他為人作嫁，總沒出脫，就想幫他立個門戶，正好茂生亦不知做什麼營生才好，她的想法便有實現的希望。

她將這原委對茂生說起，力加慫恿：

「自己的人可以信賴。我那小弟為人老實勤懇，咱們出本錢經營。在這金飾店結市的地帶，生意要好，除了誠信之外，師傅的手工最重要。我小弟來做，我很放心。何必一定和你兄哥做相同的？人家說起來，還會奚落你沒本事，只能學著他做哩。」

後面這兩句話，一舉擊中茂生的要害！

可不是！若依舊做布行什貨，做不好，引人嘲笑，做得好，也不英雄，如何都揮不去他祖蔭家產的陰影。

反不如另做他行，顯得他劉茂生不靠祖蔭，不是單由祖公屎發跡的。

「妳那弟弟——可靠得住？我是說人品和手藝？」茂生生怕阿婉生氣，忙又解釋：「我們可是身家性命全丟給他，不能不慎重。妳出來這麼久，不與他處一塊，怎麼了解他手藝人品如何？我不是多疑，只是——」

「這你放心。每個月得空，他經常去我的地方走動，他也疼惜自家姊姊做這營生，常常恨自己無力幫我跳脫苦海——你該見見他，就明白我不是偏私護短，阿忠的確是好人。」

茂生到了這地步，對阿婉早已引頸就戮、任她宰割；加上自己又沒什麼信心的主意，亦只能順著她的意思去做。

開金飾店本錢要多，茂生和阿婉商量，究竟要賣地還是賣掉新莊仔那幢祖產房子？

阿婉見茂生事事順她，何況兩坎店全在她手上，她是有恃無恐，因之便說：

「賣房子好了，反正新莊仔日後我們會少去。至於不夠的周轉金，我來想辦法。做了那麼些時日，我手頭上多少亦有一些現錢。」

茂生簡直喜出望外，原來只指望單得阿婉這個人就算了，不想還有私蓄可圖，而且看起來還不菲薄的樣子。

「萬事俱備，只差一樣。」阿婉看著茂生，意有所指。

茂生自然明白，雖不頂愉快，但也只得勉強自己去做：

「我吃過飯就回圓山仔。老實說，看那苦瓜臉查某，見她哭哭啼啼，令人不爽快。」

「早去早了結。你準備給伊多少錢生活？」阿婉不僅關心自己的名分，亦關心自家的金山銀山可有損失？

「原本打算給伊兩千，現在，可沒這麼多好給……」

「一千也就夠了，她一個女人家，年紀尚輕、身子骨還硬，真正不能生活，去替人工作也活得下去。」阿婉原來對自己奪人所愛有些心虛，然而一段日子下來，和茂生同出同進慣了，慢慢竟然有著自己才是正室的錯覺。對蓮花的歉意與憐憫，相對亦淡漠許多幾至全無。當然金錢上更不可能大方。

「叫春嬌早些開飯。」茂生吩附了這些，忽又想起什麼：「我那兩個兒子，進財與進丁，既要帶過來養，不如趁早帶來，省得橫生枝節。一個六歲，一個兩歲，正是纏人的時候。妳不曾生養，可帶得動？」

阿婉不曾想到這上頭，伊和茂生情熱，壓根兒忘記進財、進丁兩兄弟的事。茂生提起，她不覺一楞，過了會兒才說：

「春嬌可以帶。」

「我在想，春嬌過去幫妳們母女做，妳做的是——生意；往後呢，我們有不同的日子，妳是頭家娘，是不是方便讓春嬌跟過來？人言可畏，我是考慮……」

阿婉自然知道他意何所指，這件事她不是不曾想過。

「說起來，春嬌還是我阿娘的表妹，自小歹命，一直不曾嫁人。若是突然辭了她，只怕亦無處可去。她既是親戚，嘴上自有分寸，不會胡來，這一點你放心。」

茂生心裡想，這可好！月銀、春嬌和阿婉，三個女人俱不曾生養，卻要接收他兩個年幼的兒子。想到這裡，那一日蓮花敞開胸懷讓進丁吃奶的那一幕忽然出現眼前。囝仔，畢竟仍是生身之母才會疼惜吧？

這一動念之間，茂生出乎意料之外的竟有些黯然。

伊娘咄！怪亦只能怪蓮花那木頭沒這個命，好不容易熬到分家產，他卻戀上阿婉這查某，偏偏是個不肯做小的！好日子只得讓給阿婉去過！伊娘咄！歉疚嗎？誰教蓮花伊與自己無緣、誰教伊歹命！享不到福！怪不到他身上！夫妻無緣如何做堆一世？

「我是想，今日回去，如果事情順利，我便將進財、進丁帶回這裡。妳平日享福慣了，帶不動孩子，不如再找個十多歲的女孩子，專門帶進財、進丁兩人。如此，妳亦不會因為孩子而綁手綑腳動彈不得。」

阿婉想了一下，回道：

「人是有現成的，春嬌有個外甥女十五歲，家裡窮，老想她出來做事賺錢，可伊人在桃仔園，只怕不是一兩日就聯絡得到。」

「不如放春嬌回桃仔園，讓她帶那孩子上來——人妳見過沒？不知乖巧伶俐不？如果太笨，亦不好調教。」

「幾年前見過，人還伶俐。」

「那下午就叫春嬌去帶伊來。來回一趟，明午便回得來了。」

午飯時，想到下午要去面對的事，茂生多少影響了胃口。草草用過飯，就僱了人力車往圓山仔的方向走。

進了原來的家門，秀子和進財、進丁都在廳裡，三個孩子見到他全未招呼，秀子臉上即刻布滿驚悸之色。

「你娘咧？」

秀子低下頭，小聲回答：

「在後尾。」

茂生亦不直接進去，只對秀子吩咐：

「妳去幫進財、進丁洗頭面、手腳，換身乾淨衣服。」

秀子驚恐的瞪著茂生，動也沒動。

「妳被鬼打到不成？裝那張臉！我說的話妳聽到沒？」

秀子漸漸像恢復知覺似的，臉上的線條扭曲起來，眼眶中蓄滿淚水。

茂生見狀，想想秀子畢竟只是個十五歲的孩子，不覺嘆了口氣，說道：

「妳阿娘沒我的緣——妳好歹勸勸伊，改嫁也好，不嫁亦成，我留個一千元給伊，等妳嫁出去，把妳阿娘帶著孝順。聽到沒？」

秀子的眼淚滾了下來。茂生一見她如此，忽的就喪失耐性，聲音不覺又粗戛起來：

「妳不要哭哭啼啼惹我心煩，學妳娘那苦瓜臉多惹人厭！快去將進財、進丁兩個小弟洗把臉，穿戴整齊！」

茂生丟了話便悻悻然往裡頭走去。

人在廚房的蓮花早就聽到茂生的聲音，她全身俱冷，可是人還算鎮定，依舊做著自己手上的工作。

茂生進到廚房，出聲喚蓮花。

「蓮花——」

後者並不回頭，依舊面對大灶做自己的事。

「我寫了離緣書來給妳蓋印，順便帶進財、進丁一塊走。」

聽到這話，蓮花才慢慢回轉身子。

茂生乍見到蓮花的容顏，大吃一驚！數日不見，蓮花像被榨乾血液般，枯槁的容顏一片灰敗，那對眼睛完全看不到生命的跡象，卻又射出刀一般的寒芒，冷冷盯著茂生。

「我也不想做得太絕。孩子我帶走，妳自由來去，做什麼都可以。我留給妳千把塊錢，夠你守到秀子嫁人。」

蓮花突的撲上前，抓住茂生的兩手，然後是褲管，仆跪在他腳下，抬起那張沒有血色的臉祈求茂生：

「離緣書，我印章蓋給你。進財六、七歲亦算曉事，不會惹人嫌，我讓他跟你去！可是，進丁身子骨弱，氣不旺，你讓我帶著他，我好好將他養過五歲再交給你——真的，我不會誆你，我只求你這件事……」

茂生拉住大刀褲的褲頭，抖了抖腿，想要掙開蓮花的拉扯，嘴裡邊說身子邊往後退了一步：

「妳這查某——不要叫我難下手！明明說好了，又來膏膏纏！我那裡吃好、住好，難道會比妳一個婦人更不好？妳要放明白！」

「我啊——我是他親娘——親娘不疼，誰疼？我——」

「蓮花，快放手！你要將我褲子扯落了！進丁我得帶走，離緣辦得乾淨俐落，亦不完全為我，妳沒了囡仔在身旁膏膏纏，要行東去西，要找個人去嫁，也才方便。妳拖著進丁養到五歲，人老珠黃，誰還要妳？」

蓮花抓住大刀褲管的雙手，被茂生用他那雙有力的手指扳開，整個人因之失去依靠而仆倒在硬泥地上。

茂生這一扯，扯裂了蓮花僅存的希望。原來猶存一線希望致不敢放聲而哭，現時此刻，希望盡破滅，哭聲遂如決堤般潰奔而出。

蓮花慘烈的哭嚎，哭慌了茂生，卻也哭怒了茂生，他大聲怒罵：

「妳這不知輕重的查某，進丁進財俱我親生，我帶走天經地義！況且既是往後阿婉不能生，我就只有這兩個兒子的命，我會不好好疼惜他們嗎？妳沒有頭殼可想？在這裡哭得如喪考妣，妳咒的是誰？伊娘吔，幹！我說無緣就無緣，連這也要觸我楣頭！」

茂生那番會疼惜親生子的告白，多少發揮了撫慰作用，蓮花哭聲漸低，並且出於自覺和自制，非常努力的想要讓自己安靜下來，因之抽搐得更加厲害。

「妳要用頭殼想事情，阿婉既不能生，自然亦指望他們兄弟，進財進丁，往後的日子，沒有不好的！妳不會聽？妳——」

蓮花自忖事情到了這地步，自己亦無法挽救任何既定的命運。自從茂生上回將刀插在桌面上，威脅她要離緣之後，經過幾日幾夜搗心痛哭、捶胸哀號，斷腸碎心、死而後已，她逐漸沉冷下來。把進丁留在身邊的最後希望既已破滅，她自有另一種想法。

她不能尋死，雖然此時的她無異已死，但她兩眼不滅不闔，她要好好守著兩個孩子，見他們長大成人、勇壯幸福的過日子。

除了進財、進丁這兩個囡仔，這世間再無任何令她牽掛的人與事！

蓮花起身進屋，拿出了她的印章，冷冷地等在那日茂生插著菜刀威脅她的桌面旁。

此舉頗令茂生意外。

本來意料會有一場難解難分的糾葛，茂生還自己在私下揣摩，若是蓮花抗拒不肯蓋印，他究竟要不要動粗？

結褵十多年，打她罵她根本不是什麼新鮮事。然而，臨分手之際，再去揍她，茂生覺得似乎有點說不過去。

這女人什麼都好，就是那死硬脾氣教人發怒。

可現時自己眼見卻又是另一回事。

蓮花識一點漢字，幼時剛被賣到劉家當養女，由於乖巧娟秀，茂林有些疼惜她，得空教過她讀了些漢文。

此刻，蓮花不看離緣書寫些什麼，只尋到自己該蓋印的地方，便一言不發蓋上了印。

茂生見狀，反而不知該說些什麼。真是！這景況和原先預測大大不同，茂生簡直不知要回應哪一個動作才好。

他趨近桌面，拿起離緣書看了看，由衷的說了句話：

「多謝成全。」

然後，離緣書仔細摺合，置入懷袋之中，又自口袋掏出了一疊紙幣：

「這是我留給妳的生活費，省吃儉用，夠妳過幾年日子。進財、進丁，我這就帶走。」

蓮花一聽，即刻像發了狂般，起身衝到前廳去。

只見秀子已將兄弟二人穿戴好，正紅著眼眶守在一旁垂淚。

進財已曉事，撲到蓮花懷裡，叫了聲：

「阿母！」

蓮花一手摟他，一手拉近進丁，母子三人哭成一團。蓮花哭聲中喃喃訴著：

「憨仔啊，阿母無能，連你們都留不住身邊——阿母無能呀——我的心肝——寶貝——我苦命的兒啊——」

前腳跟出的劉茂生，見狀不覺老羞成怒，喝道：

「我又不賣這兩個囝仔！妳號得像什麼？成何體統！進財、進丁，還不快到阿爸這邊，我們要走啦！」

囝仔一向懼怕茂生，聞得叫喚，進財便在蓮花懷裡動了動。

蓮花亦不叫兒子為難，抓住進財小小的肩膀，千叮萬囑：

「要好好照顧你的小弟，眼色要精，看人頭面過日子，不比在親娘身邊——要讀書，照顧進丁——」

茂生伸手自後領將進財往後一抓，恨道：

「走啦，走啦，敗我的興！」

兩歲的進丁卻被這一切嚇壞了，他雖不知究係何事，但大人們的惡形惡狀和他阿母的號哭教人害怕，他緊趴在蓮花身上，任怎麼也不肯離開。

茂生站著等了會，再也沒有耐性，一把抓過進丁，罵道：

「伊娘咄！是去享福，不是受苦，你們哭什麼？」

然後一把抱起進丁，一把扯著進財，匆匆便跨出大門。

進財臨門要走，忽然扭回頭叫了聲：

「阿母！」

蓮花淚眼裡，只見兩個兒子——一走一被抱，全是一張這輩子忘也忘不掉的哭臉！

她仆在前廳裡乾泥地上，只覺魂魄悠悠，就這樣昏死過去！

12

劉茂生與詹清婉的「金源山銀樓」，在茂生與蓮花正式離緣之後，約莫兩個多月才在永樂町開張。

由於兩坎店面深又大，阿婉親弟弟阿忠的手藝真的是好，打造的樣式奇巧可人，所以金源山的名號，一下子就在當地打響了。

除了阿忠之外，金源山另外又請了三個半師和學徒，在阿忠的指揮調教之下，做得有聲有色。

阿婉現在可好命了。現成的頭家娘，每日無事，店面上一坐，和請來的熟手夥計學生意。生意可學可不學，現成的福氣卻是享也享不盡。

阿婉猶如當初在趁吃賣笑時候，依然每日打扮得花枝招展。生意做得順手，茂生對她又百般疼惜；現成兩個兒子，無須為傳宗接代懷孕催老，人家說，生一子老掉九枝花，一點也不誇張。阿婉除了風塵味之外，可是細皮嫩肉，一些也不顯老。

進財已七歲，家庭變故使他早熟，他對阿婉雖不親，但極聽話，所以甚得阿婉歡心。阿婉四體不勤慣了，小孩能不吵她最好，更遑論會去抱啊哄的。所以兩歲的小進丁，日夜都是她的遠房表妹阿娟在照顧。

除了店頭坐坐、看頭看尾之外，阿婉自有她過日子的方法。閒來無事，到永樂町、港町、大橋町和宮前町，四處閒逛，逢廟燒香，遇店則光顧，不是為茂生、進財、月銀、春嬌、阿娟剪布裁衣，就是買茶葉泡茶喝，抽菸、嚼檳榔，偶然還和茂生到永樂座看唐山來的京戲班子演出，有一次看人家排演新劇，阿婉居然還挺喜歡，接連看了兩次。

第二年，進財入了太平公學校就讀。同年，太平洋戰爭爆發。

就在這個時候，娘家在稻埕經營茶莊的茂生兄嫂金鳳，有次回娘家時，聽娘家的人提起當地的金源山銀樓老闆，正是她的小叔劉茂生，可是老闆娘並非蓮花。

「據他們裡面的夥計出來講，這老闆娘是再娶的，趁吃查某，不多久前還在牛埔仔接客賺錢。」金鳳聽了心下一驚！她嫁進劉家時，蓮花早被收養。由於蓮花乖巧、逆來順受，妯娌之間又差了十來歲，有點像姊妹的味道。加上茂生不才匪類，金鳳與茂林夫婦，對蓮花都有一分同情和疼惜。

如果茂生再娶煙花查某，那麼可憐的蓮花呢？

「會不會是別人？認錯了？」金鳳猶存一線希望。

「不可能的，阿姊。」說話的是金鳳的二弟：「我見過多少回妳那小叔和弟婦，每次去請妳回娘家，阿兄要看顧生意，十回有八回都是我去，我會不認得他們？尤其妳那小叔，一雙眼大得像牛眼，很少人似他，錯不了！我還特別去店口繞了兩回，錯不了！」

聽到弟弟如此斬釘截鐵的確認，金鳳不覺半信半疑。

「那敗家匪類的茂生，家產分去好幾萬，不想有了錢就搞這齣頭，休妻再娶！你亦知道，我們那蓮花是很好女德的。」

「我知道，生得亦水，那煙花查某比不上她端莊。」

「茂生那夭壽子要的並不是好女子，從少年時就出入花叢！我就知，這人富不得，一好譽就會變許多齣頭。」

「那煙花女子據說亦不能生，茂生把他兩個兒子全帶在身邊，還有那煙花女子的阿娘、小弟，全住一塊！」

金鳳一聽，膽戰心驚！這教那蓮花怎麼活得下去？

「如此做，不是太絕？」

「是啊！蓮花怎麼會肯？」

「她哪有他的辦法！你知那禽獸打起人來很吃重的，看看他那身量！」

金鳳一聽坐不住，她不放心，又問：

「真沒錯？是茂生那夭壽短命的？」

「不會錯，我自己確認過了。」

「我得叫人去找蓮花，看看伊變成怎樣？真是，娘家不該姓許，姓了許，更不該叫蓮花！許蓮花，可憐花（臺語同音）！怎麼成？」

金鳳當夜回到新莊仔劉興旺記，即刻將茂生休妻再娶煙花女子的事告訴丈夫茂林，並且央求丈夫：

「雖說不是你親生妹妹，但自小來劉家，粗細都做，不曾享過什麼福。嫁給你那不肖的小弟，八年有一餐沒一餐，又遭他打罵。分產之後即刻休她，只怕連一個錢也沒看到。如今落到這地步，我們難道可以不聞不問？」

茂林蹙著眉，說：

「她要過不下去，自然會來找我們。大海茫茫，何處去尋？」

「你和蓮花兄妹這二十多年，竟不如我知她的性？硬氣查某，被丈夫離緣，她會有臉來求我們？認真說起來，她自小在劉家長大，可劉家亦算伊婆家，哪有離了緣還回婆家求救？」

茂林想想亦是，忍不住罵了一聲粗話，恨道：

「那沒出脫的迌迌人！連這件事情也要叫我替他擦屁股！」

「茂林，你有沒弄清楚？蓮花是你小妹兼弟婦，你尋她，是為蓮花，不是為茂生那夭壽的！」

「明日我叫申棟去圓山仔舊址尋尋看，順便問問街坊。只是尋到以後，要如何？是不是讓申棟帶幾個錢給她？」

「那倒不必，申棟來回話就好。知道她在哪，我自有打算。」

申棟是劉興旺記最得力的夥計，舉凡收帳等大小事情，全委由他處理，是茂林極信靠的左右手。

第二天一早，申棟銜命往劉茂生圓山舊址去尋蓮花，到了入晚才回到劉興旺記，一臉的悽然。

「可憐哦！據伊的女兒，那叫秀子的說，自二頭家帶走伊兩個兒子那天開始，伊就那樣像失魂一般，不吃不喝，最後就倒在床上。這些日子，全賴伊那女兒，強灌伊吃藥、進水、吃粥，才不曾一命歸天，不過，整個人瘦脫了形，完全認不得！」

申棟極少年時即進劉興旺記，蓮花他早識得，連秀子領養，他亦一清二楚。

茂林急急就問：

「她，人還有救？」

「依我看，就是打擊太大，不想活了，畢竟沒什麼病。就要有人勸她再活下去，能回頭想，應該就活得下來。」

金鳳看看丈夫：

「你明日和我去接伊回來吧。」

「不知肯不肯？蓮花硬氣得很。」

「肯不肯由不了她，病成那樣子，難道看著她死？」

夫妻倆商議妥當，次日叫了人力車便往圓山仔去。

秀子來應的門，一見茂林金鳳，因著昨天申楝來訪，秀子即刻知道是誰，開口便叫：

「大伯，伯母。」

「是秀子吧？出落得這麼好看了！妳阿母幸虧有妳這麼孝順！」金鳳執著秀子的手，輕輕拍了拍。

這一長串日子來的憂急、悲哀、恐懼和委屈，因著這一聲問訊而決堤崩潰，秀子忍不住便哀哀哭泣起來。

「快別哭！既然我們知道，妳就毋庸再掛心，一切有阿伯做主。」

蓮花躺在屋裡榻上，聽到茂林、金鳳的嗓音，似真似幻，還以為自己是在夢中。等到見了這兩個親人，身子骨衰弱，而神智清楚的蓮花，先是一楞，繼而便在抽噎之中掙扎著想起來招呼。無奈長期少飲食，一時之間起不了身，金鳳一按，她又輕輕躺回榻上。

「蓮花，妳如何這麼憨，人家那廂聽歌看劇，妳卻連命也不想要！妳不好好活下去，將來進財、進丁去哪裡找親娘？」

一席話，又把蓮花眼淚催了下來。

「大嫂……他一個兒子也不……留給……我……」

「親生子跑不掉，要緊是妳要好好活著，母子才能相認。」

茂林一旁亦說：

「秀子如此孝順，妳一走，她豈不無依無靠？如今，在身邊的人，就要能相惜，沒有茂生，母女兩個能過得更好才是成功。妳對秀子亦有責任，必須將伊好好嫁出去，才是妳為母的責任盡了。」

蓮花一顆枯槁的心，因為有了關懷的親人而滋生再生的希望與力量，尤其要活著看進財、進丁來相會，更形成一股不熄的心，慢慢燃旺她的生命之火。

「妳大哥和我，今天是來接妳回去，把身體養好，我們自會安排妳的前程。」

「大哥、大嫂，我是……」蓮花急切之間，忽然不知如何敘述自己的心意。金鳳搖搖手，攔住她，說道：

「妳既尊我們是大哥大嫂，這件事便聽我們安排——秀子，妳去整理妳阿母和妳自己的換洗衣裳，不必多，三、四套就可，今天就跟我們回新莊仔去住。」

秀子一聽，大喜過望，興匆匆便翻身去理衣物。

然後，茂林先行，秀子與金鳳兩邊攙著蓮花，四人分坐兩部人力車，一路向新莊仔劉興旺記奔去。

蓮花原就無甚大病，不過是受了刺激，又有些自暴自棄，自己殘害自己以至於斯。回到劉興旺記家中，吃好、住好，加上心情逐漸安定，創傷慢慢平復，不到兩個月，蓮花便可以如常起身活動，臉上亦有了血色。

雖說是自小生長的家，但卻又錯綜複雜成了劉茂生的棄婦，而劉茂生偏又和茂林分了家，兄弟倆翻臉不相往來，蓮花休養到身體恢復時，即刻覺察到自己身分的曖昧。

她想像過去那樣幫忙，重拾一些工作，算是對寄居於此的相對報償。然而，劉興旺記，店面上請了四個夥計，內裡亦有兩位幫手在燒飯、洗衣，茂林當家之後，已不似第一代那般儉吝，家風丕變，劉家主婦，實質上無須真正操持什麼家務。

因此，蓮花亦插不上手幫忙。她的身分是客，下人的事，無須她協助。

她成了一個吃閒飯的人。名不正言不順，既非主子、亦不是真正客卿，誰都知道她的身世，也知道茂林夫婦帶她回來，憐憫大過親情的成分。

蓮花左思右想，和養女秀子亦認真討論過留下與離去的種種。

「現在仍是茂林大伯當家，我們尚且住得如此不安，將來若是興善娶妻生子，換了他們小輩當家，我這奇怪身分的人，還住不住得下去？我們算是分家出去的人了。」

秀子畢竟還不脫稚氣，這裡的待遇，和自家往昔的生活相比，無異天壤；何況，現在茂生不要她們了，她們有誰能夠依賴？

蓮花堪堪病癒，病時朝夕不保，那光景夠嚇壞才僅十五歲的秀子。

「這裡住得好好的，再搬出去住，我很怕。阿母前陣子那樣病，如果只丟下我一個，我該怎麼辦？」

「那是從前，我現在想開了，不會再如此。咱們還是回去，妳不是說，稻埕有許多茶行，家家都缺撿茶女工，咱們母女倆都可以去工作，圖個溫飽沒有問題。」

「阿母既如此決定，我就聽您的。」

那一日，金鳳午睡方起，正對鏡在理略略睡壞的龜仔頭髮式，蓮花在房外「咯」了一聲，小聲問道：

「嫂嫂睏起了？」

「蓮花嗎？快進來將我頭髮梳過，全睡崩了！」

蓮花聞言，這才悄身撩起門簾，輕輕跨入，走到金鳳身後，一手接過金鳳遞過來的一把兩頭尖圓、中間瘦削利於握把的水牛角製梳子，一手搭著金鳳渾圓的肩膀，笑著稱讚：

「嫂嫂好命，頭髮這麼豐潤油亮，連一絲白都不見。」

「好命啊？好命要一半靠運，一半靠自己。敢，很重要咧，不敢就享不到福。像妳呀，什麼都歹勢，怎享得到福？」

蓮花輕輕將髮網摘下，輕手輕腳將金鳳的頭髮打散、梳理，笑著說：

「阿嫂可記得您剛嫁過來時，梳的是總眉龍鳳髻，真是好看呀。」

「是啊，那時妳才多少歲？轉眼就二十年啦。」

蓮花將金鳳一把頭髮梳齊放在左手掌心，邊弄髻邊笑說：

「那時五姊還沒嫁，阿爸阿娘一叫金鳳，你們兩人都應，亂成一團。咱們劉家，嫁掉一個金鳳，又娶進另一個金鳳，所以始終這麼興旺，是阿嫂帶來的福氣。」

「如果是名字帶來的福氣，那大家全取財來福到的，不是都如願？」

「金鳳這名字特別合我們家風。」

「妳幾時學這好口舌？」金鳳開心的笑了開來：「如果妳對那夭壽子茂生有這嘴水，他今日或許……唉，罷了、罷了，莫談這些。」

蓮花苦笑道：

「不知怎的，我看他就一肚子火，笑不出來、也軟不下去。或許正如他所說的，我們無緣……」

「好了，莫再說啦！過去放水流，人還是該往前看。」

蓮花細細將金鳳的髮綰成整齊光亮的髻，棄髮網不用，改插了一枝含笑簪，說道：

「現時，有好多年輕婦人，不，其實應該說是新派人，都不再梳髮髻，而去……用燙的，鬈鬈的，比梳髻方便多了。」

「講到年輕，妳難道會老？橫豎不過三十，我聽說茂生那個趁吃查某，居然還比妳大上一歲。所以嘛，人要看開，看開自然年輕，敢，一個敢字，世間沒什麼做不成的。」

金鳳拍拍另一張圓凳子，示意蓮花來坐。等蓮花坐定，她才問道：

「妳找我莫非有事？」

蓮花遲疑著，怕話說得不妥，拂了金鳳的盛情好意。她說：

「阿兄阿嫂帶我回家，對蓮花真有再造之恩。但是，蓮花是童養女，又是分家出去的茂生離緣的婦人，實在沒有道理再厚著臉皮住下去，因此……」

「既是一家人，莫要說這種話。」

「阿嫂，再過兩年，興善就要娶某生子，我這阿嬸，還好住下來麼？興善不嫌棄，我也得防著新媳婦娘家的人說話。」

金鳳沉吟半天，才緩緩說道：

「興善自小妳也帶過，奉養妳這阿姑兼阿嬸，實在也沒什麼可多話的。不過，剛才我話只說一半，妳三十剛到，未來的人生還遙遙長，難道就這樣孤家寡人一個？」

「阿嫂，嫁一次還不夠麼？」

「嫁一個歹尪，吃這許多苦，不公平！該嫁個好尪，扯扯平。」

「阿嫂，我不這樣想……」

「妳怎麼想？難道還替那無情的夭壽子守節？」

「不是這個意思。」

「這就對了！如今，妳無囝無尪，不趁著年輕，找個依靠，難道將來真要依秀子，給她多一個負擔？查某人，終究是要依賴查埔人，秀子過兩年嫁人，妳想自己過？年輕時猶可以，上了年紀怎麼辦？」

蓮花低下頭，紅著眼眶：

「我想好了，我要進菜堂，做菜姑，在廟裡過餘生。」

「妳這話就差了！傳出去，街坊鄰居會怎麼說妳阿兄和阿嫂我？我們沒照顧妳，怎能在街坊站起？」

「阿嫂，您們哪有責任？連找都不必找我回來！」

「我們拿妳當妹子，妳亦該拿我們當長輩！」

「阿嫂，蓮花不敢忘恩負義！」

金鳳急急揮手，不讓蓮花站起：

「實告訴妳吧，阿兄和我，都希望妳再嫁，自己有個家，亦能再有兒有女親腹生，進財、進丁，實在不用再想，無緣回來了……」

蓮花垂下頭，想起親兒，眼淚不自覺掉了下來。

「將來或會相尋，但只要茂生和那狐狸精活著，他們亦不可能奉養妳，妳總得自己想想前程，進菜堂是親痛仇快的行為，莫說我不准，妳阿兄也一定不會准的。」

蓮花默默垂淚，眼前一片茫然。自思自想的前程，如今亦行不通，硬要去做，拂了愛惜她的人的意，不是又變成自己不通情？

「我娘家那邊報來一個人，四十五歲，兩個女兒全出嫁了，妻子死了三、四年，現在孤家寡人一個。人老實正經，自己經營醬園，雖不富有，亦可過日子。妳看怎樣？」

蓮花驚惶瞪著金鳳。這未免太教人無法接受了，她才——才離緣兩三個月，便要叫她嫁人，一個苦坑才出，又要落入一個苦坑，嫁人就要伺候人，哪裡會有好日子過？

「那人也不是隨便找個人就娶的。聽人說。他死去的妻體弱多病，所以生了兩個女兒之後，不敢再生，他很體諒，一直很照顧那個病妻。妻子死後這許多年，他本不想娶，是因我娘家長年用他的豆油，知道他的為人，又碰巧遇到妳這件事，我小弟不斷煽動他，這才說得他心有點浮動起來……蓮花，阿兄阿嫂不是趕妳，多一只碗一雙筷子，不是我誇口，劉興旺記真的不在乎的。我們想的是妳的未來。有了繼父，秀子將來出嫁，名正言順亦有人替伊做主。」

蓮花此刻兩耳嗡嗡作響，並未聽進她兄嫂所說的種種。她只覺茫茫然和惶惶然，不知自己該棲身何處才是。

「現在妳不知，等嫁過去和那人一起過日子之後，妳會對阿嫂千恩萬謝的。」

「阿嫂，我才……離緣兩個月，我……」

「又不是死尪守孝，什麼人會說話？」金鳳執意貫徹自己的想法：「既是好事，用不著拖，這件事，有阿兄、阿嫂做主，妳儘管放手放心。當做我們第一次嫁妳，好好給妳準備。」

金鳳又絮絮叨叨說了許多，蓮花一件事也沒聽進去，只知道金鳳囑她一切聽茂林與伊的安排就是。

接下來的日子，金鳳做主在自家店裡剪了兩件料子，囑裁縫量身為蓮花趕做兩件旗袍；到了要「對看」相親那日，金鳳還特地親自到蓮花房裡為她梳了一個顯得年輕、但不合身分的「麵線髻」。

「阿嫂，又不是初嫁，都三十的人了，這樣會被人嘲笑的。」

「誰會笑？這些老街坊，誰不知妳好女德？誰不為妳惋惜，希望妳再嫁個好尪？不要擔心，妳只乖乖等對看那日，等著做新婦。」

蓮花的惶惑，一小部分源自秀子的不安。

看慣也受夠茂生的粗暴與不負責，秀子對於養母蓮花的第二次婚姻，充滿了疑懼不安。

「當初與阿爸自小看到大，尚且處不好，何況是個完全不認識的人，完全不知他的性，不知將來會如何……」

「秀子，阿母亦是不得已，我對再嫁，一絲也——」

「我知道，阿母……我只是想，我們母女如何這般歹命？無一處可以容身？」

秀子說完，迸出哭聲！蓮花亦雙淚下垂，母女倆如此抱頭痛哭好幾回。

到了對看那日，蓮花早早在金鳳安排下，梳好頭，撲上白粉、塗上胭脂，穿上那件新裁的織錦旗袍，等著那名喚丘雅石的醬油商人來訪。

不久，金鳳喜孜孜的趕到蓮花房裡催促：

「人到了！妳捧茶出去吧，來，我來扶妳。」

金鳳將蓮花催到房門口，掀簾之後，突然想起一事，回頭吩咐秀子：

「妳也來吧，見見妳未來的阿爸，將來要看他頭面吃飯呢。」

蓮花此刻手腳冰冷，一顆頭殼卻像要爆裂般的，什麼也不能想。

她顫巍巍捧著茶盤，在金鳳的攙扶下，一步一步邁向大廳。

她只知茂林在場，至於在座尚有何人，根本渾然不知。

奉茶時，一直是金鳳在指揮攙扶，彷彿是第二、三個吧，只聽金鳳在旁歡愉的介紹著說：

「這就是丘先生。」

蓮花只覺全身熱辣辣的，也不知是緊張還是害羞，或者只是單純的害怕，奉茶時，連她自己都發現茶盤抖得很厲害。

她微俯著頭，只看到一雙粗大厚實的手，捧去茶碗，接著，一個低沉而溫和的聲音說道：

「多謝了。」
蓮花不自覺抬起眼，眼前是一張略長的男人的臉，雖然帶著笑意，但看起來仍有些鬱卒。比起茂生（天可憐見！仍要拿這夭壽男子來比較，他畢竟是她有過的唯一男人啊！），未必好看，但看起來十分溫和。
非常奇怪，蓮花一見他的臉，忽然有種安定的力量，原先抖個不已的戰慄，竟莫名的趨於平靜。
金鳳悄悄使力將她拖離那人的面前，繼續給在座的人奉茶。
茶盤一空，金鳳攙她進屋裡去，蓮花聽到茂林對客人介紹：
「這是蓮花的女兒秀子，今年十五歲了。秀子，這是丘老闆。」
金鳳一等離開客廳，便在廊道裡與匆匆的對蓮花問道：
「怎樣？長得很體面吧？這才像是做頭路的正經男人。」
對看過後兩日，金鳳與匆匆的來向蓮花報喜：
「那姓丘的生意人，直說好面熟，媒人跟他說是前世的緣分。蓮花，既然雙方都滿意，我們又不是黃花大閨女，選個吉日拜過祖先便過門去吧！至於嫁衣，阿嫂自會料理。妳的妝奩，阿兄阿嫂亦不會虧待。」
「阿嫂，我並不——」
金鳳攔著她的話題，嘻嘻笑著：
「不是阿兄阿嫂趕妳，而是對方急著娶妳過門啊！」
佳期在十一月二十四，距相親日只有一個月。金鳳給了些首飾和幾個壓箱的龍銀，茂林則大大方方的裁下四季十六件布料當嫁妝，比起當年初嫁茂生時，不知隆重多少。

蓮花日日在房裡縫被套、繡枕頭，連秀子也十分興頭的忙進忙出，彷彿要出嫁的人是她。說起來，十五歲到另一個新家去，似乎亦是一種新鮮的經驗。

蓮花一針一針縫著自己的妝奩，心裡有種浮浮不真實的感覺。

本以為自己的人生就到此為止了，往後心如止水，青燈古佛，菜堂裡終這一生。想不到，另有這一番想也想不到的周折。

和茂生相識也相處二十三年，到頭來仍是無緣。

和那丘雅石的男人呢？

蓮花不覺想起那微帶鬱卒的男人的臉。

13

空氣裡混雜著鹽和黑豆發酵過後的醬味，院子裡擺著五個三、四人合抱那般粗的醬油木桶；排水溝中，不時流出煮過猶有溫度和蒸汽的紅水，這一切，似乎就是構成蓮花再嫁後，居家環境的要件。

她再嫁後的丈夫丘雅石，經營的醬園在大浪泵豬屠口不遠處。所謂豬屠口，事實上名副其實就是宰豬的屠宰處；豬屠口旁邊是牛屠口，宰豬、宰牛全在一塊，每到深夜，只聽到卡車一車一車開到豬屠口，豬仔一隻一隻擲進籠子裡，隨後便聽到一聲賽過一聲淒厲通天的嚎叫聲。

丘雅石的醬園在豬、牛屠口隔街的一條大巷子底處。醬園足足有四戶人家大小。

釀造醬油的大木桶又大又高，超過一個大漢的身量高度，木桶又圓又胖，亦足足有四個大人兩手張開合抱的腰圍，這些釀造木桶，全數安置在院子裡，事實上是巷道本身。

沒有隔間的三戶住家，則分別有蒸鍋蒸豆子、攪碎、混合酵母這些工作的設備所在。

「昭和醬油」這小小的醬油工廠，足足用了四個工人在釀造。造好的醬油，分裝入小小的木桶中，由老闆丘雅石本人，用孔明車（即自行車）疊床架屋的載在後座，沿著銷售路線，一家一家去以新裝桶的醬油，換回用完的空木桶。有時醬油沒賣完或沒用完，丘雅石通常都好脾好性的讓用戶留著舊桶，另外再送上裝滿的新桶。所以醬園中，為了備用，亦堆積了不少空木桶。

許是長久做著這瑣碎需要耐性的類似外務員的工作，加上有了必須呵護的病妻，所以丘雅石一直給人沒有脾氣的好印象。

蓮花嫁過來一陣子之後，聽丘雅石告訴她，送新醬油和收回桶的同時，亦「順便」收款。雖是區區一元兩元的小錢，但雜貨舖或用戶，付款起來都不乾不脆教人著急，有些人甚至會拖過好幾個月才肯付錢。

講到這裡，丘雅石便笑著帶點自得，說道：

「都記在我的頭殼裡，誰也賴不掉。」

不論日頭多大多毒，也不管風颳得如何淒厲，雨下得多大，丘雅石總是晴時一頂大甲帽，雨時一頂陳舊的有簷呢帽，外罩一件又厚又重又硬的雨衣，顫巍巍跨上那後面載滿醬油木桶的腳踏車，在風裡雨裡日頭下做生意去了。

蓮花有時見他那吃力的模樣，不由便開口勸道：

「石頭啊，耽擱著一兩天再去吧。要吃醬油不差這一兩天。你看這種風雨，我們圖的亦只是蠅頭小利，犯不著為了它傷風感冒。何況又不是全賺，要本錢的營生，身體最重要！」

別看丘雅石脾氣那麼好，人可是固執得很，一旦他認定要做的事，誰也別想攔著他。雖然他總是慢條斯理、好言好語的笑咪咪回道：

「蓮花，這妳就不知道了，做醬油的這麼多家，人家為什麼單單挑上昭和醬油？就是因為我的醬油特別醇，技術好加上用料不含糊；可也還有別的，那就是我跑得動，一桶兩桶我也專程送，人家爽呀！一元錢打發得掉的小生意，誰不喜歡當阿公般被伺候？」

「我知道，這生意是勤懇做起來的。可你空個一兩天亦不會誤事，不是常常連一桶也沒換出去嗎？」

「反正閒著也是閒著，在家裡幹什麼？犀牛照角嗎？我一直待在家中，信夫他們，還以為我不放心在監視他們做事哪。」

信夫是昭和醬油請的製醬油工人之一，自學徒做到如今，亦是二十的人了。

「都是自小看到大的，他會不知你的性。」

「好，妳自去房裡歇著，要不與秀子隨處逛逛亦不妨，身子清清爽爽，就到處走走，要不要和秀子去大浪泵宮燒個香求平安？大道公很靈驗的。」

蓮花就疼惜石頭的憨厚為人想，她不時在心中感激，虧得讓她再嫁了這麼個好尪婿，要不她真是苦瓜結子，白白苦了這一輩子！

石頭不止勤快忠厚，亦是個凡事自制的人。在他手下工作，他從不分主僕，三餐佐菜，自家大小與醬園工人，完全一樣。除此之外，舉凡薪水、紅利，石頭亦不苛刻，此所以他雖不嚴酷，但醬園的工作，工人們皆能自動自發不偷懶的緣故。

他前妻在時，由於久病，所以醬園請了位燒飯打雜的歐巴桑，包括工人們的衣、食，全由歐巴桑阿菊子統理。

蓮花嫁過來時，阿菊子依舊留下。蓮花過一陣子見石頭工作恁辛苦，而自己在家中無所事事更過意不去，曾建議辭掉阿菊子，她自己來接手燒飯洗衣的工作。

石頭毫不遲疑的否決了：

「娶妻不是來做事，是要能讓某囝好命，那才是大丈夫！留著阿菊子，妳才有時間有心情伺候我呀。」

其實石頭根本無須人伺候，是天底下頂頂好款待的人，連秀子與他一起不久，都慶幸有了這樣的繼父和「娘家」，不愁將來出嫁沒「本錢」和後臺了。

一向不會撒嬌的蓮花，這時亦有了溫柔情腸，她故意說：

「大浪泵我一點也不熟，進廟燒香，總該有個人帶。改日得空，你帶我去吧！」

石頭一聽，高興得咧開嘴笑著：

「那好，那好，妳歇著吧，我走了，早去早回。」

石頭是個重然諾的人，一旦答應了妻子要去廟裡燒香，他便記在心上，到了三月十四，大道公出巡的大日子，石頭也不出去送貨收款，一大早洗了個身，換下平日一直穿在身的雙排扣大黑西裝，改穿他當新郎官時上身的黑底白條簇新西裝，催著蓮花和秀子母女兩人出門。

「大廟前有過火，弄獅，爬到頂杆上表演肚臍開花，精采鬧熱，錯過了可惜。」

蓮花如今亦不呆板得只梳龜仔頭。石頭雖不是浪蕩人，但因為做生意，行東去西，識見不淺；他自己亦不喜穿傳統的唐衣漢服，總是長年一襲黑西裝，「我們不去討好臭狗仔日本人，但也不必特別標榜自己是臺灣人，省得路上常常碰到警察盤查，壞了心情。」所以他亦沒有世家的包袱，秀子要燙頭髮，石頭亦不反對，叫她拿了錢去。連蓮花多說兩句，他都攔阻：

「小孩子，管她那麼多，她自己喜歡就好。要不妳也燙去，省得每天早上花時間盤頭髮。」

「我才不！作怪！」蓮花笑著說。

「時代不一樣，時代在變呀。」

蓮花知道他不冬烘，加上新嫁來此，被疼惜尊重，生活過得亦有餘裕，所以人自然就有了打扮的興趣。她有時盤龍鳳髻，有時做麵線扭，真的變出了不少風情。

有一次，她早上晏起了些，手腳慢了點，才剛將如雲的秀髮打散，一綹一綹仔細在將之梳順的時候，石頭卻張開雙眼，在床上看了她好一會兒。

「蓮花，妳過來！」

蓮花聽到丈夫喚她的聲音，一手握著木梳子，一手握著自己長而烏黑的頭髮，在訝然中回頭！只見石頭撐起了上半身，用右手肘支著，兩眼癡癡望著自己。

蓮花不曾見過他如此，不由羞紅了臉，期期艾艾問了句：

「你醒了？」

石頭不答，只說：

「妳這樣子真水，想不到我娶了這樣一個美人！」

「一大早起來就說瘋話！要不要我打洗臉水給你？捧進來洗？」

「我不想這時候起身……妳過來！」

蓮花吃吃笑著，說：

「我可不要！」

「難道要我過去拉人？」

蓮花斜睇著躺在床上的夫婿。石頭因為長期勞動的關係，身子骨很結實；身量雖不如茂生那般高，魁梧壯碩卻有過之。此刻，他身上一件圓領棉布衫，底下是一身遒健的，成熟的男性體肌。蓮花不知怎的，跟了劉茂生那麼多年都不曾有過如此怦然心動的感覺，這下子卻像火燒身般渾身像要被熔化一般。

那邊石頭眼見蓮花秀髮披散下來，平日裡秀美中帶著端莊，多少有點教人不敢輕狎，此刻卻是在慵懶中風情千萬種，加上春光明媚，蓮花亦是衣衫不曾穿戴整齊，除了秀媚之外，更多了種說不出的誘人手采。

「妳來是不來？」石頭又開口催她，聲音聽起來酥酥的。

「大白天裡，人家以為咱們躲在房裡幹什麼？」

「嘿，尪與某，躲在房裡幹什麼？讓他們去想好了！」

蓮花在夫婿三催四請下嘀咕著：

「我頭都沒梳好，你急急吼吼直直叫——」

「梳做什麼？梳好我再弄壞，不白白梳了？」

蓮花拗不過，拿了梳子，款款走到床邊，不曾坐近，只沾著點床沿。不防石頭猛出手去拉她，她整個人便跌到石頭身上去！

石頭一反常態，在她頸間髮際猛鑽狂嗅，又伸手去掏抓她胸前。急促促在她耳邊說著：

「這麼兩個飽滿的奶仔，該當養兩個囝仔，蓮花，妳知道我至今沒有兒子——我想啊……如果是妳生的兒子，我這輩子就滿足了，死而無憾……」

蓮花一聽這話，嚇出一身冷汗，也不管石頭正揪著她一個奶頭在吮，她手一推，瞪著丈夫便埋怨：

「誰叫你提那個不祥的字？我、秀子，就是將來有子亦得仰仗你一人，你說這話，教人怎麼好？」

「不說，不說！實在是，對妳很愜意呀！何以不叫妳早嫁我呢！」

石頭擁抱著蓮花豐滿柔軟的身體，覺得自己慢慢被淹沒在那溫熱的潮水之中。

他滿足的趴在蓮花身上，感覺到她是他的；以及她身體之中，那像火山內部等待噴射而出的生命源頭。

三月十四大道公生的出巡，蓮花穿上相親時所做的兩件旗袍之一，挽了個鬆鬆的髻，和丈夫石頭、養女秀子，聯袂施施然向大浪泵宮行去。

大浪泵宮是俗名，供奉「畫龍睛，拔虎喉中刺」的吳真人，相傳明成祖時代，他的元配孝慈皇后乳房生癰，群醫束手，吳真人以針灸治好皇后，成祖要賜他財物官職，一概不受，翩然乘鶴而去。太子仁宗即位，乃下旨改建白礁吳真人之廟，並賜龍袍，追封為「昊天金闕御史慈濟醫靈妙道真君萬壽無極保生大帝」，民間簡稱為保生大帝，因之大浪泵宮亦稱保安宮，保人平安之意。

其實大浪泵的大浪泵宮是同安先民赴白礁祖廟，奉迎保生大帝香火，於清嘉慶十年建廟於大龍峒街，保安有保佑同安人的意義。這是臺北最有名的三大古剎之一。

保安宮經過一百一十二年，而於大正年間（一九一七年）重修。所以昭和十幾年間，一切廟殿梁柱依然十分莊嚴完好。

丘雅石帶著蓮花、秀子，一家人逕往保安宮前去，秀子手上提著謝籃，籃子裡裝了五牲香燭，準備敬拜保生大帝。

進了廟門，鎮守前殿中門的是一對牴牺的石獅子，廟前正門是一對大大的門神畫像。

「這是門神秦叔寶和尉遲恭，原是臭頭年先張長春所畫，這些簷楣梁棟，以及門窗戶扇的繪畫，多半都是臭頭年先所畫。」

石頭是世居大龍峒的本地人，所以對於保安宮的種種淵源，他十分清楚。

蓮花與秀子，恭恭敬敬將籃裡的五牲、香燭拿出，放在正殿中央，焚香禱祝：

「大浪泵宮大道公，信女丘劉許蓮花，年前承蒼天大道公諸神明菩薩保佑，得以婚配大浪泵弟子丘雅石，信女現此時生活非常美滿，深得尪婿疼惜，祈求大浪泵公保佑信女蓮花及夫婿石頭，小信女秀子，一家三口平安無事，石頭蓮花夫妻到老，秀子能覓一好尪婿。」

蓮花虔誠的將三炷香插在香爐上，又深深叩了三個頭，抬眼專注盯著黑臉的保生大帝金身，雙掌合十默默禱祝。

石頭此時悄悄掩至蓮花身邊，低聲說：

「我們卜個龜回去吧，明年再加倍還願。」

石頭由供桌上請了個三斤重的麵龜，向保生大帝祈求保平安，預定明年還願時，還六斤重的麵龜。

然後，夫妻、父女三人，沿著偏殿，一尊一尊拜過供奉的神祇。拜到註生娘娘殿時，蓮花更加虔誠認真的禱祝：

「註生娘娘啊，我尪婿丘雅石前妻未生男子，祈求註生娘娘賜信女蓮花，能生一、二貴子，如能如願，蓮花一定敬備麻油雞酒和油飯來答謝。」

敬拜完畢，燒完金箔，三人至對面廟埕，擠在人堆中看過火。

碎碎的生煤炭被火燒得赤紅赤紅，抬著神驕的信士，赤腳跳在燒熱的生煤炭之上，圍觀的民眾大聲叫好！

蓮花傍著石頭，不敢相信自己身閒心也閒的，竟能站在此地，如此幸福的與眾人一起看著熱鬧。人說姻緣天注定，自己和石頭，雖非初結髮，但他們才是真正三生石上有緣的夫妻吧！

「蓮花，快看！」

主轎來了。石頭搖了下蓮花的手臂，示意她不要錯過。

「來，妳和秀子站到我前頭。」

蓮花被石頭推到前面去，一個踉蹌不穩，差點給前面的人潮推回來跌向後面！幸好石頭厚實的肩膀擋著，又輕輕用手扶住她手臂，低聲問著：

「看到了嗎？看到了沒？」

蓮花揚著聲音，放心恣意的靠在尪婿懷裡：

「我看到了，你呢？」

石頭搭著她手臂的手緊了緊，歡聲答道：

「看到、看到！莫管我！」

三月天裡，日頭赤豔豔呀。

蓮花只覺自己從腳板底和心窩裡，一逕暖到身上的每一吋肌膚之中。

14

秀子過了十五歲以後，身子骨才有顯著的抽長；到了十七歲，慢慢便有女人的樣子出來。她燙了髮，學著人家用棒子鬈髮；頭髮慢慢養長，養出了一圈嫵媚。

跟著蓮花嫁到丘雅石的大浪泵之後，由於吃住不煩心，慢慢亦豐腴不少。

街坊同住一條巷子的未出嫁少女有好幾個，因為年紀相仿，所以來來去去、互相走訪的情形很頻繁。

秀子原來有些陌生，到了丘家得到疼惜，亦逐漸活潑起來。

鄰居有個姓陳的人家，女兒陳娥只比秀子大五個月，兩人很談得來。

陳娥上過三年公學校，會說寫少許日文，兩個女孩子一來由於閒極無聊，二來出於愛現和好奇，所以秀子跟著她學了些日語。

兩個女孩子，平時說說笑笑之外，也在陳娥那做店員的哥哥陳奇放工回來之後，一起玩撲克牌和下象棋。陳奇公學校畢業，舉凡算盤等一應做生意的本領都學過，玩的本事則是在學校時，同學間學來的。

陳奇十九歲，長得普通身材，但人活潑好動，還挺風趣。只比秀子大上兩歲。

這一日，秀子回來，在飯桌上顯得胃口全無。蓮花問起來，她才支吾其詞：

「一入晚，和他們去牛屠口，看到一頭牛被牽進屠場，兩眼都流下斗大的淚屎——接著前腿一矮，便朝著要殺牠的人跪了下去……我看到這裡，便被趕了出來……可是，已經覺得翻胃……」

蓮花不覺說她：

「一個女孩子，跟人不三不四亂亂走，那種地方也是妳去的！」

石頭不動聲色，只問：

「誰人帶妳去？」

「陳家的……陳娥和她哥哥陳奇……一大夥人一起去……」

石頭沒追問，淡淡的說：

「不說豬不知死活，牛知死活？牛臨死會怕，所以雙腳發軟，倒不一定是知道向人求饒。」

秀子不知輕重，接著說：

「我真想看看他們怎麼宰牛，阿奇說，用一把斧頭，對準牛的腦門一劈——」

「秀子！」蓮花厲聲喝斥，差點將嘴裡的飯噴出！

石頭放下飯碗，不慍不火看著自己的繼女，說道：

「阿爸不希望妳成天和男人走那麼近，相招相伴來來去去，街坊鄰居都看得現現的，將來說親事，被人講一兩句閒話，多不值得！」

石頭從未講過重話，為的是他亦疼惜秀子自小缺人疼少人愛，跟著蓮花受苦，所以他不太計較一些小事情。如今講這話，算是很重的了。秀子稍稍意識到事情的嚴重性。

蓮花亦深知丈夫脾性好，從未有句壞話，此刻如此訓示秀子，足見他對秀子的言行深不以為然。自己成天在家，竟不曾好好教會秀子，因此遂有不安。

「是我的疏忽，竟不曾注意她的來去，以為只是街坊……」

石頭揮揮手，說道：

「她是大人身小孩心，我們做父母的自然寵著她，怕的是別人。」

一餐飯吃得便各懷心事，蓮花此刻覷不著空隙私下責罵秀子，無法警告她不准再和阿奇走在一塊，只有懷著重重不安，等明日一早再做打算，要罵秀子罵得露骨，自然只好避開石頭。

石頭管自去洗手腳擦臉，院子裡幫浦打水的碰撞聲傳進房裡，呼應著蓮花忐忑的心。她不免想到許多，如今，親生兒子進財、進丁全成了別的女人現成的兒子，秀子並非親生，若是發生什麼差錯，不知情的人一定會說是養女無法同心，她這做養母的未善盡教養之責。如果秀子和人……唉，何以一直相信伊所言，以為伊只是和女孩兒做堆？

蓮花自思自嘆，想想丘家祖先牌位上供奉的，全是與她沒有淵源的祖先，其中還有個丘雅石的前妻，根本求告無門。或許，明日該去大浪泵宮求求大道公保庇才是。

石頭洗好手腳，自去和醬園的工人閒聊。

大東亞戰爭開戰數年，醬油因為原料不敷而減產，本來用不到四個工人，但石頭念舊，不忍裁去任何一人，所以醬園裡開始有閒下來的人手。

不久前，東一不好意思繼續坐領乾薪，辭職回家；過了一陣子，阿井又來請了長假，回老家看顧他生病的母親。所以園子裡只剩信夫和阿昌兩個工人，家裡頓時冷清不少。

原來蓮花亦曾因家中少了人口，想辭退阿菊子，自己操持家務，卻被石頭又一次否決。

「阿菊子是寡婦，家中有子有女，我們省一省，當做協助她，也是善事一件。」

石頭和信夫、阿昌聊了許久，又在院子裡巡了一圈，東摸摸西弄弄，蓮花趁這時摸到秀子房裡，厲聲責問：

「妳如此不是款！不知差恥！別人好命，早可嫁人生子，妳猶在此和男人出出入入的，妳不要臉，妳阿爸和我還要在此站起呢，由得了妳如此！」

秀子囁嚅著抗辯：

「不曾做什麼事嘛！阿奇說他認識牛屠裡一個屠宰手，問我們要不要去看宰牛？阿娥就慫恿我去，我也就——」

「對啊，妳沒頭殼，人家叫妳跳港去死，妳也去！」

秀子低下頭，不曾回應。

「明日開始，不准妳和阿奇在一塊，亦不准妳去尋阿娥。」

「阿母！不去尋阿娥，整日悶慌慌，要幹什麼才好？」

「悶慌慌？妳嫌好命是不是？若是像窮人家必須做工，看妳慌不慌？」

出了秀子房門，蓮花自己只覺胸口發悶起煩。

活到三十多歲，難得這時候夫疼惜日子好過，卻不知怎的，日日想起自己那兩個苦命的兒子！進財該當上了公學校，進丁說來亦五歲了，如果頭殼硬身體好長得快，再兩年亦可進公學校讀書。不知他們兄弟過得好嗎？可還記得她這個阿娘？

她日夜都在思念，卻苦於無處可問、無人可詢。嫁了石頭，石頭有情有義，她更不敢造次隨意託人去問。要是石頭以為她還在懷念過去，懷念那浪蕩人，豈不跳港也洗不清。

但是，她實在痛啊，好像胸口上一個碗大的傷口，自分別日起，日日都在淌血。她亦知，兒子不回來，她的傷勢不會好。而要孩子回來，那無異比登天更難！

聽到石頭的腳步聲，蓮花趕緊拭去淚水。

石頭一進門，便伸手開電火，邊問道：

「一個人躲在黑黑的房裡幹麼！」

戰爭開始以後，凡事都用配給；一般民眾的用電，由電力總局計算燈泡數量，統一在傍晚六時到次晨六時止供電，收費則以燈泡數為標準計費。除非較大商家、工廠或富戶自設電錶，其餘一般用戶皆如此。

石頭開亮燈，見蓮花眼眶紅紅，以為自己方才傷了她，忙說：

「秀子還是個孩子，我不過怕她出事才說她，妳別多心。」

「我——我亦是怕她鬧出事來。」

石頭走過去拍拍她的肩，順手又將她摟到床邊坐下，這才又說：

「秀子今年不是十七歲了？」

「是啊，叫名十七歲了。」

「女大不中留。」石頭沉吟著：「我有兩款想法，妳看看如何。第一，是找個對象將她嫁了，有家有業，伊自無暇亂跑。」

蓮花想到秀子出嫁這回事，雖然有些突兀，但亦並非不平常，自己不是十六歲就跟那夭壽茂生圓房？秀子如今十七，把她嫁了亦不嫌早。只是，捧人飯碗看人頭面，遇到好尪婿倒還罷了，如果嫁了個歹尪，不是年紀輕輕就得吃苦？

但是，石頭亦無義務養一個老姑婆到二十歲吧？秀子亦非他所生。

因此，蓮花很本分的回答：

「一切你做主吧。」

石頭沉默了會兒，又說：

「不過，十六歲、十七歲真的還太早，妳看依那個姑娘的性，只合稱做孩子，如果貿然將她嫁到有翁姑、大小叔伯姑嫂一大家的，豈不等於送她入火坑？」

石頭的寬宏大量和體恤可人，令蓮花感激得只有淚水盈眶的說：

「石頭，秀子如果再世為人，定得好好再做你子女來報答。」

「妳說什麼話？我們不是一家人？我不照顧她，誰來照顧？不要胡亂想些沒用的事。」

「我是覺得她仍孩子性，但孩子性凡事欠考慮，只怕不知不覺踏錯一步，等我們知曉就太晚了。」

「所以，該當設法叫伊去做點正經事。」石頭緩緩說道：「這是我的第二種想法。讓伊去街上三十三坎附近尋個裁縫師傅跟著學做一點手藝吧，勝似伊溜溜走，看不住。手藝學多少算多少，我們不靠她吃穿。也十七了，最多在家再待個兩年，不然就成了老姑婆。」

「難得你想得周到，秀子是坐不住的人，正該磨磨她，讓伊也學端莊樣子。」

「這兩年打仗，戰報都是打勝仗的消息，但戰事卻老打不完。戰事再打下去，物質必然更缺乏，像現在我們工廠只生產了往日的三分之二，收入減少。只有盼戰爭快快打完，恢復太平時日，大家才有心情好好辦喜事。」

「一切也看緣分。秀子不是那種心思細密的女孩子，我怕她捧不起人家有頭有臉大家族的飯碗。」

「正如妳所說，既看緣分，我們亦只能把握大的原則，最起碼，對方的男孩子要成器，倒不一定要有什麼大不了的家業。我開始留意留意，如果一切順利，先訂婚也好，過個一年半載再成婚，大家心定一定。」

事情就這麼說定。石頭是個行動很快的人，隔兩日，他到大龍峒街仔尾去，尋了個早相識的洋服師，夫婦二人都是大師，叫寶善師的，替秀子安排好白日裡去那裡，從最初的拆線、車線、釘扣子、縫褲腳、裙腳、袖口這些小事開始。

石頭並不要求寶善師付薪水，平白多了個幫手，雖然得教點手藝，不過做的比學的多，所以寶善師夫婦都很樂意，一口氣便答應了下來。

秀子去牛屠口後不過五日，便開始上寶善師那裡學洋服裁剪。

蓮花因之心上放下一塊大石頭。又由此而更明白石頭會打算，不與她分親不親生，自己終生若有這個尪婿，莫說大富大貴，最少溫飽是不必愁的。

她蓮花竟也有今天！一切皆是大浪泵宮保生大帝大道公保庇。蓮花因之初一、十五，不是備了三牲，便是奉上四果，按時去大浪泵宮敬拜大道公。

日子過得平順，約莫是秀子去寶善師那裡當學徒後的半年。

蓮花有日做了一夢，夢見她與前夫茂生所生的小兒子進丁，前來相告：謂他今生已了，但因與蓮花母子情緣尚未結束，所以特來投胎，轉世再做蓮花的兒子。

這一夢，但覺陰森森的像身處冥府，蓮花擁被驚醒，嚇出一身冷汗！

那一日，是冬至過後一日，陰森森寒徹徹的，兼又下了一夜苦雨，雨打在院子裡釀造的大木桶上、打在屋瓦上、打在屋簷上，擾得蓮花一夜不曾睡好。到了天將矇矇亮，人才睡熟了些，不想就做了那個夢。

夢裡進丁的臉不像蓮花記憶裡那般，倒有點像是進財！不！根本就是進財的模樣，進財的身量，但卻讓蓮花直覺認定他是進丁！

可不是，被劉茂生離緣時，進丁才兩歲，現在該是快五歲了，過個年就是五歲了！

母子睽違三年，進丁早該長大了些！

但這夢究竟是什麼意思？

今生已了，投胎轉世——莫非——

蓮花驚疑不定，不敢再想下去！

或許只是自己太憂懼擔心，太想念進財、進丁的緣故，才會做夢吧？夢有時亦不真是會代表什麼，只是一些在真實中不會顯形、不可能出現的片片段段——進丁身子骨弱，還是她這些年來最不放心的一件事，會不會是因如此才做這個夢？

況且，才幾歲的囡仔，哪裡會說出什麼「今生已了」的文明話？恐怕是連「投胎轉世」這種話也還不懂才對。

看來是自己多慮、胡思亂想的胡夢吧。

蓮花悄悄起身，怕驚擾了同床而眠的石頭。

她披上一件大襖，非常小心的下床，怕吵醒石頭，所以亦不敢捻亮燈泡，摸黑走出房間，慢慢踱到客廳。

灰濛濛的天際，透過灰色的毛玻璃看來，亦只是一片暗灰色。

蓮花伸手拿掉插在拉門後為防門被推開的木劍，盡可能小聲的把門拉開。

遠處傳來歷歷分明的雞啼——是不是第一聲雞啼呢？

如果是第一聲雞啼，那表示方才進丁是趕在天亮前來入夢，這就意味著凶多吉少——歸陰之人，不敢在天明之際入夢，莫非進丁真是——

離緣之時，她求過劉茂生把進丁給她，讓她養過五歲再交還給那夭壽茂生，因為身為母親，她完全明白進丁的孱弱啊！

如今，果真如她所怕，進丁活不過五足歲！

蓮花想得心肺迸裂，外面由於連夜陰雨，加上天將亮未亮之際，陰寒徹骨，而她又自心底深處發冷，所以此刻奇冷上身，幾乎要站不住腳。

她對著將亮未亮的天色，望空呼喊：

「進丁啊，你在何處？不管陰陽，都來跟你阿娘說個分明，好讓阿娘替你做主！」

然後，她即刻又意識到自己的無能為力，如果她真能做主，進丁還會被茂生帶走，還會有今天嗎？

這想法使蓮花大慟！她捶胸頓足，不由得咬牙切齒！劉茂生啊，劉茂生，你如此夭壽骨，害的卻是親生骨肉啊！為了那趁吃查某，害得我們母子乖離，連一面也見不上！

蓮花哭得聲氣俱弱。天色漸明，她警覺醬園工人信夫、阿昌約莫將要起身，而且天也快要大亮，若是進丁生命不在，斷也無法在此時前來相尋，因之，她強迫自己收起眼淚，關了大門，癡癡坐在廳裡胡想。

這一會兒，再回床上亦是枉然，絕對睡不著覺的，可又無處可去了，無人可尋！蓮花在茫然中，不免尋到秀子房間去。此時此地，亦只有秀子一人，才知道進丁這孩子！也才知蓮花此時的心境！因為，秀子是朝夕看著進丁長到兩歲，揹過他、抱過他、帶過他，他們有著一段共同的過去呀。

蓮花輕敲秀子的房門，輕輕的，唯恐吵醒別人，由於太輕，所以敲了有一陣子，才聽到房內秀子迷迷糊糊的嗓音在問：

「是誰？」

「秀子，是我，阿母。」蓮花輕聲回答。

秀子一看天色，意識到事情有些不尋常，睡意全消，顧不得披衣，匆匆便下床開了房門。

蓮花見了秀子，彷彿遇到唯一知道又肯諒解的人，情緒再度崩潰！

秀子大驚，即刻將房門關好，急急扶住母親的肩，讓蓮花坐在床沿，開口問道：

「是什麼事？阿爸他，對妳——」

蓮花急急搖頭，淚水更是不聽使喚，急速拋出！

「天才將將亮，究竟發生什麼事？阿母，妳這樣教人害怕死了，什麼都不知頭尾！既不是阿爸，又是誰呢？」

「秀子，進丁他——」

一聽是進丁，秀子心下一驚！

隨即又想，這大半夜，誰來通報進丁的什麼消息？

「阿母，是誰來過？」

蓮花搖搖頭，斷斷續續說道：

「我做了一個夢，夢見進丁——」

原來是夢！秀子心一寬，又聽蓮花說了夢境，雖然感覺不太吉祥，但牽強附會之處甚多，所以她一方面安慰自己，一方面叫母親寬心：

「做夢的事，常常都是正好相反，做不得準！阿母是太思念進丁了。」

「可是——」

「既然那麼擔心，不如叫阿爸去打聽一下，他在稻埕不是有些客人，打聽一下，應該會比較清楚，省得阿母在這裡胡思亂想。」

「我怕妳阿爸不高興，以為我還念著那邊。」

「那怎麼會？那邊是那邊，親生子是親生子，是兩回事。」

「妳想，可以嗎？」蓮花露出滿懷期待，小心的問著秀子。

「當然可以。阿爸大人大量，不似從前那個。」

蓮花沉吟著：

「那我今天就跟他提。」

「是啊，問個清楚。免得吹陣風就是雨，自己擔驚受怕。」

蓮花出了秀子房門，神魂不屬的回到自己房裡，石頭睡得仍熟，蓮花不敢吵他，可又自己無法安睡，只得仍回床上去臥著等石頭醒來。

這一等，就是兩個多小時。

石頭睡醒，瞥見妻子臉上有憂戚之色，便問：

「可是身子不好？」

蓮花搖搖頭，湊近石頭身側，帶點兒祈求：

「石頭，我求你一件事，但須不能不快，不然我寧願不講。」

「什麼事？說了才知曉。」

「不行！你先答應，我才敢講。」

「妳看我是會動怒的人嗎？」

蓮花想想，便開口求他：

「你知道我從前生了兩個兒子，最小的當時才兩歲，身體很弱，我——」蓮花把當日求茂生留下進丁被拒的事嚥下，改口說：「昨日，也不，該說今早天破曉前，我做了一個夢，夢見進丁來辭行。」

石頭聽了蓮花所述，安慰妻子說：

「如是夢，不能當真。」

「這些年來，我其實一直擔心那個孩子，我求你為我打聽一下，那孩子是不是——是不是好好活著？」

「這還不簡單，早些講不就成了，掛在心上發酵幹麼？」

「怕你不歡喜。」

「親生母親，說不想才不正常。我幾歲人了，會這樣不通情？」

「難怪秀子說你大人大量，一定不生氣。」

「秀子也知道這事？」

蓮花有些赧然：

「我哭了一早上，不知如何才好，就去叫醒秀子——」

「憨人啊，妳！」

石頭將她摟了過去，說道：

「我今日就去稻埕，無論如何，最慢晚飯時會給妳消息。」

蓮花千恩萬謝，更加刻意溫存的款待伺候。石頭用過早飯，雨衣一穿，蹬上自行車，匆忙便向稻埕去了。

騎到稻埕，石頭先往蓮花大嫂金鳳的娘家去打探，問不出什麼，石頭想想，決定自己親自出馬：

「請問，金源山銀樓，您老相熟的那個夥計叫什麼名字？」

金鳳家的管事說：

「叫慶仔。你就跟他說我要你去的，他會賣這面子。」
「多謝。我這就去。不問清楚，家裡查某人哭哭啼啼的。」
「也難怪，那麼小的囡仔，教她怎放心？像割她的心。」
「是是，那我即刻就去，改日再來拜訪。」
石頭又騎上孔明車，直接奔到金源山銀樓。
當時才十一點將近，對於一向晏起的劉茂生和月銀、阿婉而言，此刻連眼都還未張開，所以店面上只慶仔一人。
石頭跨入店面，笑咪咪便說：
「慶仔先生嗎？」
慶仔點點頭，狐疑的看著素昧平生的來客。
「我是順天茶行張老闆那邊來的人，可否借一步說話？」
慶仔人很機靈，即刻知道是茂林那邊的關係。點點頭，旋即走到店口外。
「是這樣的，順天茶行那裡差我來問問，你們家劉老闆那兩個兒子，可還頭殼硬？」
慶仔吃了一驚！老闆小兒子進丁才死幾日，因係小孩，所以薄板一殮就大葬了，沒什麼儀式；又因做生意，根本不讓左鄰右舍知道，何以遠在另一頭的順天茶行竟得知消息？
「您們府上，消息怎的如此靈通？」
一聽慶仔如此講，石頭心下一驚：糟了，一定出事！
「怎麼？是——」

「唉，那小的，前些日子天氣陰寒些，犯了感冒，轉成肺炎，病來得很急，等帶去給醫生看，偏偏那種特效藥缺貨，黑市裡要賣到一幢房子的錢，我們老闆一遲疑，不想孩子就不治了，才過世幾天而已，街坊鄰居全不知道，想不到你們倒先得到消息。」

石頭無心和他談及其他，只繼續追問：

「孩子現在——」

「火化了。醫生說肺炎不乾淨，感染的疾病，火化了才合乎衛生；加上我們頭家娘亦主張幼小孩子不宜鋪張，反而折了他，所以……死後兩日便火化了。」

石頭不由心驚！看來蓮花那一夢倒非無中生有胡亂夢，相反的，確實真有其事，如此說來，人的血親關係真的不是等閒，那是穿越時空，幽明亦會相尋的！

「多謝你告訴我這個消息，實是蓮花那邊這兩日做了夢，夢見進丁前去相尋辭行，說他……亡故……，蓮花哭得不成人形……」

「那倒是真可憐！聽人家說，蓮花很有婦德，人亦十分美麗，不知怎的……」

石頭打斷慶仔，又問：

「那大的囝仔，叫進財的，身子可好？」

「好得很！」慶仔一掃悲戚之色，欣然答道：「進財又聰明又懂事，從不哭鬧，在公學校讀書，年年第一！雖不是親生，但頭家娘可拿他當親腹生的，什麼都想到他。看來，人還是有緣分存在。」

石頭再一次拜謝慶仔，並且託他不要講出去：

「畢竟是離緣夫妻，莫告訴劉老闆，免得以為蓮花還放不開。」

慶仔表現得通情達理：

「那自然是。說開了，我自己亦不便。」

石頭揮別慶仔，無心再去做生意，想著蓮花在家翹盼，遂加緊踩著自行車，飛也似往大龍峒家裡的方向去了。

蓮花正在坐立不安，想要去大浪泵宮燒香為進丁祈求平安頭殼硬，又怕石頭打探到消息早晚會回，根本無心做什麼事，又哪裡也走不開腳去。

秀子凌晨聽到養母提到夢境，心中憂疑不定，早早去寶善師那兒告了假，亦回到家中陪著母親。

蓮花坐坐站站，眼看快要近午，忽然吩咐秀子：

「妳去廚房吩咐阿菊子姨，叫她多用一樣菜，豆干炒肉絲，說不定妳阿爸中午就趕回來，菜太少嘴淡，扒不下飯。」

秀子應聲轉到廚房，人才回到廳裡，卻見石頭放好自行車，人已跨進廳裡。

「阿爸！」

「石頭！」蓮花趕上去，顧不了丈夫會怎麼想，急急就去拉他的手！

「妳先坐下，先坐下，別急。」

石頭按住蓮花的雙肩，將她安置在太師椅上，對秀子說：

「妳也坐。」

「怎麼樣？」蓮花自丈夫臉上看不出端倪。

「進財在公學校成績很好，每年得第一，亦很得……那個後母疼愛。」石頭決定先講好消息，最少進財的事會給蓮花安慰：「我直接跑到金源山銀樓店口去問夥計，他們一家子全都還未起身，如此才方便詢問。」

蓮花聽到進財的事，不禁露出笑容：

「那孩子本來就知曉事情。」

石頭亦陪著笑，但遲遲未再提進丁的事，蓮花忽然有了警覺，反手拉住石頭，倉皇問道：

「進丁呢？進丁可是好好的？」

石頭的臉垮了下來，無可奈何嘆了聲：

「蓮花——妳要撐住，進丁——」

看到蓮花驚慌的神色，石頭心中那不忍之心油然而生，忽然說不下去。

蓮花那帶點兒尖的指甲，深深掐入石頭的手掌心，她張大雙眼，一個字也講不出！

「阿爸，進丁他——是怎的？」秀子忍不住，插話進來。

石頭亦知話一定得講，他任蓮花的指甲深深掐痛自己，和緩，但卻明確的敘述：

「進丁六、七天前過世了。說是感冒轉肺炎，特效藥因為戰爭缺貨，如果向黑市買，幾乎要一幢房子錢，那……那孩子的爸只遲疑了一下，把不定要買不買，不想孩子就死了……醫生說要火化比較衛生，所以，也就……幾天前火化了。」

秀子先哭出聲來，先是細細嚶嚶的啜泣，慢慢大聲起來，哭著哭著掌不住，伏下身，拍著自己的膝，悲悲切切哀號起來：

「進丁——進丁啊——」

蓮花手一鬆，整個人癱在石頭身上，既不哭也不叫，兩眼直勾勾望住前面，動也不動！

石頭急急將蓮花身子放倒，叫秀子道：

「快，妳阿母昏死過去了，來幫我抬她進屋子去！」

石頭與秀子一頭一腳，忙亂的將蓮花抬進屋子裡去，阿菊子也聞訊自廚房奔來，喊道：

「快把伊叫醒，讓她回過神來！」

石頭一壁搖著蓮花身子，一壁用巴掌拍著蓮花兩頰，嘴裡不停喚著她名字：

「蓮花，妳醒醒，蓮花！」

秀子則捏著她母親的手臂，邊哭邊叫：

「阿母，醒醒呀，阿母——」

蓮花就在眾人捏弄中悠悠醒來，張開眼，一見眾人，憶及方才的事，「哇」的一聲大哭，哭得聲氣都接不上來。

「進丁啊，我苦命的兒啊……進丁……我歹命的囝啊……」

菊子是四十開外的人了，深知人生種種滄桑，她攔住一心要勸止的石頭和秀子，說道：

「讓她哭個盡興吧，不哭個夠，在裡面鬱卒會成傷病呀。」

蓮花就那樣昏天黑地的哭了幾天幾夜。幸虧石頭是個體諒的丈夫，由著她去，除了沉默的等待時間讓她自然痊癒之外，也亦無能為力了。

兩個月後，蓮花發現自己非常明確的懷孕了。

15

進丁死後第二年的八月十五中秋，蓮花產下一名男嬰，為一直無子的丘雅石添了個白胖兒子。

由於一直希望蓮花能生子，石頭在蓮花懷孕期間無比的呵護和疼惜，不時便買點中藥滋補的方子來熬或燉，所以蓮花身子骨補得相當勇健。

蓮花自己，則認定這一胎是進丁投胎，因之有一種補償心理，疼惜加倍。在獲知自己已然懷孕之後，蓮花因進丁之死而產生的劇大悲痛，忽爾轉化為對腹中胎兒的深愛，因之格外小心謹慎。

四十八歲才得子的石頭，喜不自勝。若非大東亞戰爭一打四、五年，物質逐漸缺乏，先是米、油、肉和糖用配給的，一家每月有個固定的購買量，雖然一斗米公定價很便宜，才只一塊多，但有錢亦買不到民生用品，一切受限於非常有限的配給額。除非向黑市購買。黑市物質要買也得有門路，通常賣黑市的必會先主動到大戶人家兜售，像豬肉一賣一定得是一大片腿庫，幾乎要占去整條豬的四、五分之一。大戶人家若有一次未按黑市兜售的數額購買，後者可能自此不來，或必須隔好久才會再來，因此很少人願意得罪賣黑貨的。

不會，正由於黑市凡各種物品都昂貴無比，所以若非真正大戶，實在也買不起。

現在連釀造醬油的黑豆都減量供應了，更何況其他物質？

所以若非物質如此匱乏，石頭真會為新生兒子的滿月大肆請客一番。

石頭為了這兒子的命名，特別去請人算生辰、陰陽五行及筆畫，取了個名字叫道三。

道三一出生，石頭工作更賣力。原料短缺，為了應變，不得不把醬油的濃度降低，加重鹽分。雖然醇度和香味不如戰前的和平時代，但時局艱困，任何物質都缺的體認下，較淡的醬油遂也都普遍被接受。

石頭對於戰爭這無可奈何的事表現得非常樂觀，他的論調是自古以來，從來沒有打不完的戰爭，像大東亞戰爭這樣，打到五年已是盡頭，不可能再持續太久，反正天下事就是如此：分久必合、合久必分。

等戰爭結束，他最多五十，好好再賺幾年錢，將昭和醬油目前使用的四坎住家其中租來的兩家陸續買下，再存些現款，然後隨著年歲增加、工作量減少，屆時早已根基雄厚，秀子要嫁，道三長大的教育費用和生活根本，一切都不成問題。

除了工作，石頭最大的興趣便是抱道三和逗弄他了。蓮花從未見過比他更愛孩子的男人。有了兒子，石頭連帶對蓮花更見深情。他和蓮花，原來便情意相合，有了兒子，兩人更是投契，說說笑笑，跟前跟後如影隨形。

石頭有時會半真半假的告訴蓮花：

「蓮花，我們只有道三一個，太沒伴了，再來一個如何？」

蓮花便笑他：

「你呀，想兒子想得都快起痟了！」

「妳知道，就再生一個吧。」

「莫說一個，兩個也生，只要你——」蓮花發現自己說溜了嘴，不覺羞紅了臉即刻住口。

「這可是妳說的，莫反悔！」石頭最愜意的便是蓮花這欲說還羞、動不動便臉紅的嬌態。三十多歲的女人，每當這時候看起來便特別教人動心，在成熟體態中透著少女般羞澀，自然就散發出混合的特殊魅力。

然而，即令夫妻如此和睦，又經常燕好，但道三滿兩歲的時候，蓮花的肚皮依然不曾再有動靜。

昭和十九年，戰爭越打越疲，由於美國空軍不時前來轟炸，許多生產工廠紛紛遷至郊外，一般居民，不是躲警報就是避居鄉下，昭和醬油亦陷於半停工狀態中。

昭和醬油在院子的前方構築了一個水泥防空室，防空室出入口再用水泥築了一片類似門的水泥牆，以防炸彈滾入防空室中。

由於緊急警報太頻繁，加上阿昌的兵單已來，徵調在即，昭和醬油事實已沒有人手。

這一來，戰爭越來越吃緊，日本的敗象已現，全國皆兵的緊急現象令人人緊張和不安，大東亞戰爭打到第七年，人窮兵乏，官方不僅徵調十五、六歲的海軍工員到軍事工廠、兵工廠做工；而且除了公務員、學生、警員、教師及重要工廠如林務、造船廠的工員之外，徵調的軍夫越來越多。十九歲的阿昌，本來以為在昭和醬油工作不會被徵調，不想紅色兵單也來了。

兵單一來，不數日即遠調。為此，石頭特別設宴為他送別。

其實所謂的設宴，不過是比平常豐盛些的菜飯而已。

由於阿昌自十二、三歲即在昭和醬油做學徒、半師乃至師傅以迄於今，無異自己子弟，因此，石頭特為託人自黑市買了一小條肉，並將蓮花、秀子等家小一併叫出，大家圍成一桌。

徵調軍夫早在昭和十四、五年即開始，幾年間被調去的臺灣人子弟不知凡幾，除了受傷殘廢，戰死有身分可稽的之外，多的是生死不明的人。

送別被徵調者，通常都是用長方形大幡，上寫「歡送×××光榮出征」等類似字樣。數年來，這種大旗，不知歡送掉多少有為子弟的性命。送與被送者全知此去生死未卜，不知尚有回來的機會否？因此傷別的情緒非常濃厚。

這一天亦是如此。

不僅阿昌幾度沉不住氣，眼眶將紅未紅；就是石頭和蓮花夫婦，以及二十多歲的信夫，大家都強顏歡笑，情緒低落。

終於到了飯局該散的時候，石頭安慰阿昌說：

「吉人天相，看這情形，日本要吃敗仗，戰爭不會打太久了，也許你才到達戰場，就馬上可以回來也說不定。」

蓮花亦說：

「家裡如果有什麼事，可以託付我們，不要客氣，大家就像一家人。」

阿昌一聽蓮花這一說，深深看了靜靜坐在一旁，神情落寞的秀子一眼，這才離席，忽然跪倒在地上，對著石頭和蓮花深深一鞠躬到地，說道：

「頭家夫婦待我有如親生子一般，我不敢忘恩。但願很快就能平安回來，到時，我……一定好好報答——秀子小姐，也請保重。」

阿昌最後那一句充滿了感情，蓮花心下一動，看了一眼自己的女兒，悄悄揣測：莫非阿昌屬意秀子？

阿昌是個赤貧之家的子弟，又是長子，必須挑起家庭擔子。如果沒有任何奧援，要成家非常困難。如果秀子嫁給他，必然也將備嘗艱辛。

秀子雖不是一逕都在順境中成長，但一向也並非需要她挑起家計，所以可能沒有辦法勝任阿昌那樣的家庭。

反正，亦無須胡亂想來想去了，阿昌即將出征，這一去，誰知幾時會回來，又哪知回得來回不來呢？可憐啊，好好一個查埔囝啊。

倒是秀子，和阿昌同庚，亦叫十九歲，石頭原說要給伊物色一個人嫁過去，剛好這兩年生了道三，戰爭又老打不完，這事給耽誤下來了。過兩天，該再和石頭提一提，不然過了二十，就會被人笑是老姑婆了。這還事小，若是耽誤了秀子，豈不亦令秀子怨怪？

想到這裡，蓮花不禁又望了一下秀子，二十燭的電火之下，蓮花以為自己的眼花了，因為她彷彿看到秀子眼中像是淚光的東西。

也許，是她看錯了！不過是那一閃而逝的錯覺！

道三在她懷中睡去，蓮花因之便向眾人告了個罪，將道三抱回房去。

次日，石頭原來預定要出去收帳，不想早晨醒來，覺得身子不爽，在床上逗弄了一下道三，便要蓮花接手將兒子抱去。

蓮花不安的審視著他，問道：

「可是受了寒？有沒有發燒？」

石頭身體一向硬朗，很少生病，更別說主動躺下休息了。所以他這個樣子，格外教蓮花擔心。

「阿昌出征，黑豆配額越來越少，空襲又一天好幾次，我一定是被這些事情弄得胸口鬱卒，妳瞧，這裡。」石頭比了下左胸，不很在意：「人也不能不服老，早幾年少年時，管他什麼鬱卒不鬱卒，睡一覺就沒事了。不過，早幾年亦不打仗，這什麼太平洋戰爭，一打打了七年，誰受得了呀。」

蓮花不敢再談憂心的話，故意嘲弄他：

「現在也知自己不少年了？早些時，還一直叫我再生，多生幾個，生喔，父老子幼，看你要養他們到幾時？」

「那怕什麼？我再做個十年、二十年不成問題，多少孩子養不起？」

蓮花抱過道三，想起了秀子的事，順勢就說：

「講到兒女，現成我們那個十九歲的大姑娘，不是得安排安排？早兩年嫌她孩子氣，怕嫁人會吃苦；轉眼現在都十九了，你做阿爸的人，該給她做個主。」

「是啊！一直想風風光光將她嫁出去，不想戰爭一打這許多年給耽誤下來。」

「現在，可不能再管戰爭不戰爭了！如果仗一直打，秀子過了二十，豈不更難找對象？」

石頭皺了下眉，沉吟一下：

「過兩日我趕緊看看！妳說這戰爭害人不害，連個作媒的也沒上門！」

蓮花將道三抱出房門，轉了一圈，便轉到秀子房裡去。

秀子以前隨寶善師學了一陣子洋服的基本，後來空襲不斷，寶善師疏開到三重埔，秀子因之輟了學習，這一年來都在家裡。

「秀子姊，秀子姊，道三來啦。」蓮花逗著道三，未到秀子閨房，便一路低低這樣教道三講話。

秀子原來躺在床上發呆，聽見母親來了，忙坐了起來。

蓮花見她坐在床沿，便玩笑的對她說：

「這可是麻煩，家裡今天有兩個躺在床上。那阿昌有本事，自己出征，弄倒兩個。」

秀子訕訕應道：

「阿母說些什麼？我不過是悶悶的，也沒什麼事好做，所以偷懶又躺回床上。」

蓮花說那話原是無心，所以只顧和剛學說些話的道三玩耍。

「姊姊沒事做，道三交給妳，妳一定得忙他一陣。」

秀子將道三抱到她床上，問道：

「阿母說誰躺在床上？阿爸嗎？」

「不是他是誰？不曾生病，早上卻說胸口鬱卒。這兩年也真難為他了，戰爭拖這麼久，什麼事都綁手綁腳，我就怕他想太多，你阿爸是個會煩惱的人。」

「要不要去給醫生看看？」

「大概真是鬱卒吧，睡一覺再說。」蓮花看看秀子：「我跟他提了妳的婚事，他直怨戰爭打太久誤了妳，答應要在近期內加緊物色呢。」

「阿母，我還不想嫁。隨便找個人，又不熟稔就做堆，想起來就害怕。」

「哎呀，我和你阿爸還不是如此，才對看一次就……結果呢，不勝過以前那夭壽茂生千萬倍？」

「像阿爸的人有幾人？」

「放心啦，既然妳阿爸可以信靠，妳就安心讓他幫妳選一個好尪！」

「阿母，我不急……最少也過了二十再說不遲。」

「二十過了？」蓮花嗤之以鼻：「妳存心做老姑婆？」

母女倆這番交談，最後並沒有結論，就像許多人生中的交談一樣，彼此並無交集，各人有各人的心事和想法。

石頭事實亦不曾躺過兩天，自己掙著又騎上自行車送醬油去了。

戰爭並未如他所預期很快打完，送走阿昌之後的幾個月之內，空襲更加密集，而且更肆無忌憚。記得美國空軍初初來轟炸時，由於不知日本空軍的實力，所以白日前來轟炸，唯恐被雷達偵測到，往往自機上丟下成堆膠帶狀的鋁條，以搗亂雷達偵測，免被地上的高射砲所擊中。

後來，經過一陣子的觀察與實地轟炸，美軍發現日本空軍實在太弱了，可以說全無抵抗力可言，自此以後，由中途島或塞班島飛來的美國波音B－29，就經常堂堂皇皇，一次五至六架白日飛臨臺灣上空，對著大建物密集處丟下一噸或半噸的炸彈。

除了飛在高空的波音B－29轟炸機之外，另一種低空飛行的 NORTH AMERICAN AVIATION 製的小型爆破戰鬥機 GRAMAN（格拉曼機），雙管座，專門載二十公斤至三十公斤的燒夷彈，丟向都市人口集中處，如民宅、火車站等處，引起燃燒。格拉曼機大都由航空母艦上載飛而來。

為了防止大火蔓延，一般民家都備有以布袋裝砂而成的砂包，用以滅火。尋常人家，最少備有兩三個砂包，放置在門口處，隨時備用。

臺灣島當其時猶如俎上之肉，由於日本空軍已完全崩潰，所以臺灣的上空防禦力可以說是等於零。空襲的災害可以用慘重二字形容。一方面是波音B－29機針對大型目標物的大型炸彈轟炸，大建築物，軍用機場，跑道紛紛受創。另一方面則是瞬間燒夷彈的破壞和殺傷，西門町八角堂附近，炸死了不少臺北帝國大學理科乙類的豫科學生兵（即現臺大醫學院）無數，房舍、汽車、火車、漁船，甚至萬噸級以上的大和丸、高千穗丸，亦在魚雷及高空掃射中，紛紛被擊壞擊沉。

除此之外，機關槍掃射，亦造成不少傷亡。

如果不疏散到農村鄉下，只有忍受這種躲警報的痛苦與恐怖。

昭和醬油的業務，在最近半個月內可以說全然停頓，石頭將唯一留下的工人信夫也遣回去，囑他等日後可以工作，而且原料也夠的時候再恢復上工。

當然那是什麼時候，誰也沒有把握。

日本在做困獸之鬥，民生凋敝如此，出征的子弟，有傳回死訊的，亦有如斷線風箏般，音信全無。

這日，晚飯開得晚，石頭不出去工作之後，三餐全依著晨間他的晏起而往後順延，六時以後來電，可以上燈，雖然知道美軍現在全在白天堂而皇之的來轟炸，而無須利用黑夜空襲，但出於習慣，蓮花他們仍用紙板圍住窗戶，以防燈光外洩。

到了這時候，莫說米、油、糖、肉等全用配給，連肥皂、衣服、鞋及味精等亦採配給制度，限量購買之下，除非黑市貨，不然無處可買。

桌上是一盤炒豆干，和自己利用釀造醬油的副產品醃裂的蔭瓜，以及一小塊鹹魚。現在，即使是豆腐這樣平常的東西也吃不到了，不知怎的，在配給事項上，官方規定臺灣人配給豆干，而日本人則配給豆腐，因之餐桌上少見豆腐，用豆腐醃製的豆腐乳亦變得罕見。

今晚，他們吃的是番薯稀飯，阿菊子早早將稀飯盛好待涼，等要吃時，既容易下口，而且亦不費菜，所謂「熱粥多耗菜」，就是這個道理。

石頭看著桌上粥菜，摸摸肚皮，說道：

「沒有勞動，一點也沒胃口。」

蓮花便勸：「一夜那麼漫長，多少吃點不空胃。」

秀子坐在一邊，穿著件舊的，寬寬大大沒有腰身的大裀衫，皺著眉瞪著飯菜。

「妳苦著臉幹麼？缺肉少油腥，大家都嘴淡，這亦是沒辦法的事。能好好坐在這裡，有吃有穿有屋住就該感謝了，查某囡仔人，苦瓜臉會嚇跑多少姻緣？」蓮花自己心情亦不見好，所以開口說秀子，口氣便重了些。

秀子不敢回嘴，把原來擰在一起的眉頭舒了開去。

石頭在旁便打圓場：

「呷飯皇帝大，不說不說，開飯吧。」

道三因為小，所以蓮花曾攢了小塊豬肉給他揉成肉鬆，一餐飯約制著餵他兩匙配飯。這時，見桌上菜色實在素淡，蓮花一橫心，用湯匙掏了一匙放石頭面前盤裡，另挖一匙放到秀子碗裡，自己則省了下來。

不想原來靜坐一旁的秀子，碗裡突然多了一匙肉鬆，肉味嗆到鼻裡，猛地一聲乾嘔，把桌邊的人全嚇了一跳。

蓮花沉著的省視著她，半晌才問：

「有受到寒嗎？」

秀子搖搖頭，忽然又掏心翻肝的一陣翻騰，趕緊掩著嘴往後面跑。

蓮花忽然有了強烈的恐懼感，她瞪著秀子大裪衫裡裹著的身段，差點暈眩！耳裡卻只聽石頭不知不覺，無輕無重的半開玩笑的言語：

「這是乞丐命，吃不好的，人就好好的，給她一點肉味，倒撐不下來。」

蓮花匆匆對石頭說：

「看著道三。」

人亦隨後奔到秀子站著的大灶旁。

幸喜阿菊子人在屋外泵浦旁打水，沒注意到她們母女的動靜。

蓮花站在秀子身後，抖著聲音力圖鎮靜，簡單的問了句：

「幾個月了？」

秀子回過身，一張臉不知是因嘔得苦，還是怕得困窘，白得像一張紙。

聽到母親心知肚明這一問，再看到母親神色，她意識到困難兜頭湧到，眼淚即刻湧上眼眶。

蓮花一伸手，往秀子肚腹一摸，差點暈死過去！

「妳以為藏得住？再過十天半個月，除非不見人，否則怎藏得住？」

「阿母——」

「妳得告訴我，是誰下的種，我才有辦法做主。」

不想秀子搖搖頭，哭得更慘。

蓮花這時又氣又急，罵道：

「妳還能護著誰？妳連自己都護不了了！妳不說，難道放著對方干溜？」

秀子哭著雙膝一跪，哭道：

「阿母——不是我護著誰——而是，此刻——根本——無處——找人——」

蓮花腦門一轟，驚問：

「沒處——找人？妳告訴我怎麼回事！」

「他去南洋出征——自去後，一點——音信也無——」

蓮花眼前突然浮起數月前送別昭和醬園的工人阿昌出征時的餐會，阿昌深深看著秀子，口稱「秀子小姐保重」的那一幕，以及阿昌對他們夫婦叩頭的情景。

「是阿昌的種？」

秀子哭倒在蓮花腳邊，兩肩抽搐得十分厲害。

蓮花俯視著秀子，想起這幾個月間，她所獨自忍受的種種煎熬、憂懼與痛苦，忽然一顆心轉軟，伸手拉著秀子的衣袖，疲倦的說：

「起來吧，地太涼，冷氣鑽到體內對胎兒不好。」

阿昌出征已足足五個多月，秀子腹內胎兒至少也有五個月之大，蓮花想到這裡，不由自責：她這做母親的，怎會不曾見到秀子身材的變化？太荒唐了！

秀子依然哭得很傷心，蓮花將她拉起，柔著聲音對她說：

「妳先回房休息，不要讓阿菊子知曉這件事。我，我去和妳阿爸商量這件事。」

看著秀子的背影，蓮花不禁嘆了口氣，罵道：

「孽障啊！」

阿昌人現在不知在千里之外的何處？就是要解決這件事，也該有個對象才是。像現在這樣，就是要，亦無從解決起啊！

天啊，這可怎麼辦才好？

蓮花走回飯廳，待要先把這消息藏在心中，卻因茲事體大，而她一向不是城府太深的人。何況這件事亦是藏不住了，不論是在時間上，或在種種安排的計畫，都已刻不容緩。

石頭正餵道三又吃了口稀飯，看見妻子回來，高興的說：

「道三好胃口，不挑食就有福氣。」

見蓮花臉色陰晴不定，秀子又不曾跟著回來，不禁追問一句：

「秀子什麼病？我看伊最近沉靜許多。」

蓮花不禁脫口而出：

「是該沉靜了，鬧出大事啦！」

石頭也機靈，停了會兒，謹慎的問道：

「什麼事？看妳那樣子！」

蓮花這時不禁冒出又愧又急的眼淚：

「伊不知羞，懷了那阿昌的孩子，估算已五、六個月的身孕。」

石頭的臉色原本因經常在外風吹日晒而黝黑，此刻轉成灰敗，訥訥問道：

「阿昌……怎麼會？」

是啊，怎麼會？想不到出了內賊。平日裡亦不見秀子和阿昌有什麼交談，想不到出了這種有辱門風的大事。

「都怪我……沒盡到母責……，竟然不曾發現伊和阿昌之間有苟且……我亦缺管教，伊現世現眾，未出嫁，竟然……」

「現在，這些林林總總都不用說，眼前這大肚子的事如何解決？如果阿昌在此地，生米煮成熟飯，我們亦無可計較。反正查某囡仔是油蔴菜籽命，她自己要的，我們亦只有成全。可現在阿昌生死不明，我們要賴，亦沒法度呀！這、這，怎麼會出這種事？」

石頭「嘖嘖」自怨自嘆兩聲，又懷疑的探詢：

「真有身孕？妳沒……弄錯？看不出大肚子的樣子。」

「腰粗、肚腹全挺出來，若非衣裳遮住，必定現形。」

石頭本來就胃口缺缺，此刻更是推碗蹙眉，不再就食。

他前思後想許久，把可能解決的辦法全想過了，最後才開口對蓮花說：

「六個月的身孕，自然無法拿掉，要不中藥吃幾帖，亦能下掉。這個查某囡仔，看似巧巧聰明，實際卻如此沒計沒較，弄到這個地步，做父母的也難做。」

「是我沒教好──」

石頭揮揮手，攔住蓮花，又說：

「為今之計，只有生下孩子一途。我們偷偷讓她生下，當做是妳生的。」

「這，可以嗎？左鄰右舍——」

「妳今後和秀子就深居簡出，免被看破。生產時，我叫別地方的產婆來，人力車來，人力車去，不露一點口風。務必要保住秀子的名節。」

「阿菊子……」

「伊像自家人，守得住祕密。我另外對伊吩咐。」

蓮花歉疚囁嚅：

「又令您操心。」

「孩子不會想，這種事也能做得出，真是沒頭殼！現在，說什麼亦來不及了！孩子讓她平安生下，這期間，我去打探阿昌家裡，看有無音信回來。若是阿昌對伊有情有義，戰後回來，我們就讓他們少年的做堆，孩子亦帶過去。」

蓮花怯怯的，好似有點不敢問：

「若是阿昌……不回來呢？」

石頭沉吟起來：

「只怕我們必須把孩子認做自己的。秀子仍舊保持未嫁的身分，將來，看看有無緣分，找個不計較的，亦是得嫁出去。只是如此一來，我們就無法千嬌萬貴的去挑人家了！怪伊自己不會想……亦怪我蹉跎了伊，打這場戰爭，把人的頭殼都打空了，誰想到這些事？」

蓮花抱著道三去交給阿菊子，然後孤身轉到秀子房裡。

秀子淚痕未乾，見蓮花進來，又哭了起來，多半有愧怍的意味。

蓮花看看秀子，嘆了口氣：

「何至於做這糊塗事？不知道女子貞潔第一嗎？留得住貞潔，是我們挑人，不然，就像垃圾，任人嘲笑。」

秀子聽養母這一說，頗有責備之意，又思及自己的處境，只有哭得更兇，嗚嗚咽咽、斷斷續續哭道：

「原是……不肯，阿昌卻說……去打仗，不一定……回得來……」

蓮花忍不住罵道：

「這夭壽骨阿昌，如此自私！既知不一定回得來，將妳破身，不是害妳不得擇人而嫁？這叫什麼有情義？」

「他說……無論如何，一定保命回來，所以……」

「這也離奇，既要回來，就要回來之日再來提親，何至於急吼吼做這事？說來說去，全教人不能信服。」

「阿娘，阿昌雖是自私，卻出於……愛我之心。我，我亦不是頭殼壞掉，而是……」秀子抽抽噎噎，雖是哭得梨花帶雨，但坐在那裡，卻儼然有小婦人的姿態。蓮花一看，自己在心下嘆口氣：女大不中留，是自己疏於注意，都十九歲了，如狼似虎留幾個大男人在窩邊，難保不會發生這種尷尬事。怨誰哩？想想也嘔，平順日子裡，偏偏就遇到打仗；自家夫妻圓滿，沒得愁的，老天就教你去愁子女的事，唉！

只聽秀子又說：

「阿昌說是，我十九了，萬一他一去三五年，老姑婆留不住，您和阿爸會將我嫁出去，到時他回來，不就尋不著落空啦？所以……」

「所以就害得我們在這愁煩。」

「誰知會有這塊肉？」秀子說著又痛哭起來。

「現時亦不用說那些做不了主的廢話。這——孩子，妳打算如何？」蓮花忍不住有氣：「幾個月像鼈嘴，緊閉不說，我看妳是存心要將他生下。」

「原是不敢……跟阿母說，不想一眨眼就這麼大了。」

「那妳是要將之生下了？」蓮花換了一張臉，非常嚴肅：「妳準備要為他揹起一切？妳要明白，生一個囝，落九枝花，不是容易的事。養子育子更是艱辛，有個尪婿在，都不一定容易，何況是一個社會都不容的未婚查某。」

秀子的眼淚又落了下來。蓮花又氣又憐卻又無可奈何：

「我和妳阿爸商量了，事到如今，只有把孩子生下，當做是我生的，讓大家都好做人。將來，若是阿昌回來，讓你們結局。妳也不用怨我，若是婚後艱苦，妳自己挑的，自己咬牙認了。若是阿昌不回來……過兩年，將妳找個不嫌棄的人嫁了，亦是個歸宿。」

「阿母……」秀子哭得梨花亂顫，亦不知是接受或是反對。

「眼淚收住了！孕婦亂哭是會壞眼的，尤其坐月子，更不可掉淚，哭壞了眼，誰也不賠，是自己受苦。」

蓮花搖搖頭，站起身子，又吩咐秀子：

「妳從今和我一樣，都要深居簡出，人家才不會看出破綻。生產時，還得勞煩妳阿爸到遠地方去請產婆，不然傳出去如何是好？秀子啊！這阿爸雖非親生，親生亦好不過如此，人家是二十四孝，我看妳四十八孝都嫌不夠。」

「秀子知道，對阿母亦是如此。」

蓮花搖頭，又嘆了口氣：

「我最終有句話告訴妳，這是妳的命，妳自己選的，將來如何，一切均未可知。妳得認命，且要堅強。」

「我知道。」除了眼淚，秀子還能如何？闖出這麼個大禍，能如此了結，算是不幸中的大幸，不然，如果父母不支持，她何處可去棲身？再說阿昌家不知她這個人，若是知道，沒阿昌做依靠，誰人不輕視她？

既然有秀子這回事，石頭不能怠慢偷懶，第二天，早早跨上鐵馬，往五股鄉間去阿昌家裡問消息。

其實亦知多半沒有消息，沒有消息亦算一種好消息。

臺灣人子弟被強徵去當軍夫的，很少消息回來。主要是因戰事吃緊，有些軍隊，全連陣亡，無人可以通報消息回來：有些遠在菲律賓等南洋地區，通訊不易，或甚至不知外界戰況，亦無消息回來。

比較可能有消息報回家中的，是徵調至日本本土內的海軍工員。其餘如軍夫，境況危險，音訊中斷，每人家中無不在茫然無知中擔驚受怕的等待著。

石頭是存著萬一的心情前去阿昌家裡，事已至此，算是對秀子的前程盡一分力吧。

自行車騎了大約近三小時，才輾轉問到阿昌的老家。

一戶土角厝，屋外是廢棄的農舍和竹林，石頭長嘆一聲，將來秀子若真嫁到此地，她可受得住、撐得起、擔得了？真是胡塗呀，胡塗！看來，他除了得撫養道三這獨子亦是幼子之外，還得撥點力量拉拔這秀子繼女。

石頭停好自行車，向在厝外嬉耍的兩個十歲上下的男孩子問訊：

「借問一下，蘇隆昌的厝是此處嗎？」

大一點的男孩看看石頭，迷惑的回答：

「是啊，不過我阿兄去出征了，你是誰？」

「我是他的朋友，自大龍峒來的。」石頭指指厝內：「你阿爸、阿母在不在？」

「我阿母在。阿爸去田裡。」

「既如此，可否請你阿母借一步說話？請伊出來一下，就說是大龍峒昭和醬油姓丘的來找。」

大孩子丟下正在玩的竹枝兒，邊往厝內走，邊提著嗓門叫：

「阿母，阿母，有人來找阿兄！」

孩子進去不一會兒，一位五十左右的婦人，穿了一身黑衫褲，瞇著眼走出土塊厝，一直往石頭站的地方張望。

石頭看那模樣，知道這婦人的眼力不好，大約是油燈底下縫縫補補慣了，長久下來便將眼睛弄壞。因此，他走了好幾步，趨前到那婦人跟前去，陪著笑臉，說道：

「我是昭和醬油的丘仔，阿昌從前在我那裡做。」

婦人總算明白了，馬上堆下一臉笑：

「喔喔，是頭家唷！不知什麼貴事？雖然不舒適，還是裡面請坐吧。」

「不了！」石頭簡單說道：「我路過這裡，順道過來問問阿昌的消息，畢竟做陣那麼久了，大家像同一家人，很關心他是不是平安？不知——有無信件回來？」

「沒吔，去了半年，也不知到了哪裡，連一封信都不曾寄回。」

石頭一聽，頓覺自己前來撩起人家的擔心似乎有點過意不去，阿昌正如預料之內並未寫家信回來，所以石頭只得訕訕的說著好聽話藉以應酬：

「沒有消息回來，自然就是好消息，我們大家一起祈求他的平安——我今天是順道彎過來，那，就告辭了。」

阿昌的母親不明就裡，以為石頭真只是單純過來問消息的，因之感激至極，一再的道謝和殷勤相留：

「真歹勢啊，阿昌蒙您照顧那麼久，您這麼關心，大老遠跑來，吃過午飯再走吧，有一點雞肉。」

昭和十九年戰爭打到後來，反而農家比較有東西可吃，在一切按配置、配給的制度下，生產者除了大部分繳公之外，自己可以留下一小部分自用，像宰豬、養雞鴨者，均較有豬、雞、鴨等肉可吃；有些人在「官方」不知的狀況下，甚至可以私宰或私藏，因此，生產者的物資大體上比較豐富。但因為私藏的罪狀不輕，所以一般人並不敢太囂張。

石頭自然不會為此而留下用飯，客氣的婉謝之後，便騎上自行車返回大龍峒。

天命吧，亦只能依從天命！

戰爭一打這許多年，空襲亦連續一年多，什麼也不能做！有些人甚至連命也沒了，什麼前途呢？誰有自信提這兩字？

阿昌會不會回來？什麼時候回來？

秀子肚子裡面的孩子卻不會等阿昌回來才冒出頭。

孽障啊！

兒子才兩三歲，外孫卻先冒了出來，該生的不生，不該生的卻偏要生，孽障吔！

踩著自行車，大龍峒可是仍遠在天邊。第一次，石頭覺得自己有點力不從心——孽障啊！亂世裡，求存尚且不易，卻搞出這些不三不四的齣頭，教他想平平靜靜過日子都不成！

石頭喘了口大氣，每當有事煩惱，他便覺特別的氣悶難受。還是老了，想當初年輕時，什麼事沒碰過？又有什麼事難倒過他？

看來真是歲月不饒人呀。

石頭又喘了口大氣，用力踩動自行車。

16

昭和十九年一月，戰爭打到民窮國敝，一來鴉片原料全自南洋進口，戰情每況愈下，原料來源有了問題；其次，臺灣島的鴉片人口，因為老人凋零的緣故而日益減少，國庫收入仰賴它的相對銳減，繼續生產的必須性降低；第三，原來替鴉片公賣局嘗鴉片製成品味道的洪姓老煙槍過世。所以日本官方決定禁絕鴉片。

僅存那些鴉片癮者，經日本官方集體送往太平町的博愛醫院勒戒，勒戒過程十分艱辛與痛苦。月銀便是在這個狀況下被送進博愛醫院的。

長期養尊處優優渥日子過慣了，菸癮又深又久，她在裡面日子的辛苦不言可喻。

這些年，她女婿劉茂生與女兒阿婉的金源山銀樓，生意一直不錯，如果不是遇上戰爭和美軍轟作，境況更不可同日而語。

戰爭期間，民生物質匱乏的窘境，並未影響到劉茂生這一家。未必是因資產多麼雄厚，而是茂生與阿婉俱是吃慣好東西的人，無法忍受清苦的吃食，因之，劉家就成為黑市定期來兜售的富戶之一。

空襲開始以後，必須常常躲警報，高空投彈的波音B－29固然可怕，低飛投燒夷彈和做機關槍掃射的格拉曼機，威脅更大。金源山銀樓雖很幸運不曾被砲火殃及，但遠一點的店舖，被燒夷彈炸到，起火燃燒，雖有砂包備用，並由學生組成的學徒兵防衛團協助滅火，但全部家業被毀於一旦的人不是沒有。劉茂生看了幾回，便要阿婉收了金源山，把阿忠和幾個師傅全遣回，暫且只留下春嬌，一家人過日子。

進丁死了四年，死因雖是肺炎，但真正卻由於疏忽。十多歲的阿娟本來就心性不定，剛來時，進丁哭鬧，阿娟還會偷偷掐他、擰他，欺他不太會說話，自然不會告狀。後來還是進財看到弟弟被虐待，跑去和茂生講的。

十五歲到劉家看進丁，進丁五歲的時候，伊已十八。和隔鄰幾家店的夥計眉來眼去的，哪裡還有心思看進丁？一方面，大家也覺得五歲的孩子夠大了，事實也無須再有專人照顧，所以阿娟如果願意，阿婉就想，將之嫁掉也就算了，還少一分工錢和一張嘴吃飯。

進丁先是感冒、發燒，高熱不退第三天，阿娟才草草去抓了草藥回來煎給他喝，把他當做一般風寒處理。

劉茂生當時一心在享受生活，好不容易有家業有餘錢，還有個自己合意的女人在身旁陪伴，生意有夥計，他只要飯來張口茶來伸手即可，最好什麼事都別煩他最好。

進丁既有阿娟在看顧，雖不頂理想，也差強可以了。

他的後妻詹清婉亦是個不喜小孩廝纏的女人，所以對於進丁甚少照看。

等發現進丁危急，呼吸困難時，劉茂生才急急抱著這小兒子去看郭小兒科。

即使當時醫院裡有專治肺炎的特效膏藥，進丁亦不一定有救；何況當時醫藥缺貨，肺炎藥膏黑市開出的價格要三百多元，劉茂生大約只猶豫了幾個小時，進丁就告沒救。

進丁彌留時，抓著的是進財的手，一直叫著：

「阿兄──阿兄──」

在極度痛苦時，進丁迷迷糊糊、昏昏沉沉之中，口裡不停喊著的是「阿母」，而平日裡，他一逕喊阿婉為「阿娘」。

劉茂生當時不免猜測：難道他喊的是那蓮花，進丁的生母？

應該不會才對！進丁離開蓮花，不過才兩歲罷了，兩歲的孩子，記得什麼？兩歲多，什麼都不清楚才對！

但他叫的是阿母。正是昔時他喊蓮花的稱謂。

十歲的進財，一直在弟弟進丁的臥榻旁，進丁在昏迷高熱中受苦，進財時而摸他的臉，時而拉他的手，不住的擦著眼淚。

「進丁，你撐著啊，撐過去就活了，進丁，阿兄在這裡啊。」

劉茂生不要大兒子一直守在小兒子身旁。他就這兩個根，小的眼看不行，不能再冒著失去另一個的險，他可是，要再生亦無人可生的了！

「進財，你回房去，你知道，如果傳染到，你也活不成。」

一向聽話懂事的進財，這回相當堅持，他拉著床柱，說道：

「不會傳染，進丁不會害我。」

「伊娘咄，這病──還聽你不成？去！去！」

「阿爸！」進財滾下眼淚，懇求著：「進丁孤單一人，我要陪伴他，他……可憐啊，只有這麼小，他害怕，他驚啊……」

十歲的孩子會說出這種話，真是出乎他的意料之外。劉茂生突然有種莫名的悲哀之感，三年前離緣時，蓮花曾求他將進丁留在她身邊，等進丁過五歲，再由他帶回。不想，進丁偏偏沒過五歲！

伊娘吔！這是巧合，如何能信！

「阿母——阿母——」昏迷中的進丁，喃喃而焦灼的囈語著。

進財跪在他床邊，叫了一聲：

「進丁——」

眼淚再次滾下，然後，他開始用一種顫抖而斷續的聲音唱了起來：

囡啊囡　　囡囡睏

一暝大一寸

囡啊囡　　囡囡惜

一暝大一尺

囡啊囡　　囡囡睏

……

到了這時候，劉茂生再也撐不住了，眼淚亦滾滾而下。進財所唱，正是昔時蓮花每日必唱給他們兄弟催眠的曲！

劉茂生掉淚，不是因為憶起蓮花，而是想起兩個孩子有親生阿母在身旁的歲月。進丁如果不是跟他，應該不致會有今日……唉，伊娘咃，兩歲時救得活，何至於五歲反而過不去？

而進財，這個十歲的孩子，是不是很思念他的阿母？幼時蓮花夜夜唱給他和進丁聽的催眠曲，到現在事隔三年，他仍記得如此清楚！進丁病得周身不寧，進財以十歲孩子的心，唱著昔日阿母唱慣的催眠曲，希望弟弟能夠安眠……

而進丁，真的是在進財的催眠歌聲中過去的。

進丁嚥氣後，進財撫屍大慟，劉茂生從未見過自制謹慎的進財如此放聲痛哭，如此哀號，如此不能自己！

茂生站在那裡，亦只落得兩行淚奔流不停！

當時若不爭他，或許這孩子仍活著，難道這是天意？

火化了進丁，茂生即刻叫阿娟回去。

阿婉很不同意：

「小孩說病就病，這也怪不得阿娟，何至於就叫伊回去？」

「怪不得伊？該怪我自己，沒有這個兒子的命，是不是？」

劉茂生一對牛眼紅赤赤的，像要殺人放火。

阿婉見他這次反常，不敢正面力爭，拿了些錢，當天就叫阿娟回鄉下去。

茂生和進財父子，兩個人都像失神一般，不同的是，茂生出門去賭了兩天兩夜，回家時又是一條好漢，至少表面上看不出什麼。而進財的悲哀，卻在他看人的眼眸深處深深埋著。這孩子可清楚，從今而後，只有他一個人了！

這沉默寡言的進財，在弟弟進丁死後三年，以優異成績考上臺北州立第二中學，開始他的中學生活。臺北原有州立第一中學和州立第二中學，前者專收日本人子弟，臺灣人子弟大約只有百分之二、三。後者正好相反，臺籍子弟約占百分之八十五左右。

昭和十二年中日事變之後，才又創立臺北州立第三中學。

進財進州立第二中學那一年，月銀被送至博愛醫院勒戒鴉片。許是戒菸過程太辛苦，加上年事已高，月銀出院之後，顯得癡呆落寞，常常一個人坐在店口的長條椅上發呆，竟至有口涎流滿身卻不知清理的情況。

空襲時，月銀恍如未知未覺，不像從前匆匆忙忙躲進亭仔腳的防空室，唯恐落於人後。現在，幾乎要阿婉兩手叉住她的腋下，將她送進防空室裡去。

自然伊現在也不塗脂抹粉了，伊的髮，落得稀稀疏疏，連梳個髻都很勉強。

那年九月重陽過不幾天，月銀忽然在床上不省人事，兩天後旋即撒手西歸。

月銀的死，大家都鬆了口氣。反正阿婉不是伊親生，又自認已對伊這做養母的仁至義盡做了許多，所以其實沒什麼悲泣可言。

劉茂生更不用說了，經歷了進丁的死，他所有有關這一方面的感覺似乎就在那一刻枯死！何況他對月銀只是類似義務罷了。

茂生到了四十多歲，情欲的事似乎不像以往般占去他所有的思維。阿婉又掌控得非常嚴格，也許這也是他不再像從前那般浪蕩的原因。

對於進財的成器向學，茂生自然十分高興，但兒子對他似乎一直有著距離，進財不像一般孩子好動、明朗，七歲離開生母，或許這對他的個性是有一些影響。

進財現此時身體已經抽長，不像茂生的魁偉粗壯，而是瘦瘦高高的斯文樣子。猛然從某一個角度看去，居然有蓮花的影子。

剛離緣時，茂生幾乎不曾想過蓮花，新人笑盈盈，哪裡會再去思及蓮花的苦瓜臉？

進丁死後，他偶然想起蓮花，倒非思念她本人，而是想到蓮花能生，若是未曾離緣，說不定伊又為他再生幾個孩子也說不定。

人上了四十，就會想到一些傳承問題。只有進財一個孩子，真是太少了，何況進財與他又不親。

就在這片段而極其偶然的思及情況下，有一天，茂生心血來潮，驅車至圓山舊址他和蓮花賃居之處，自然是換了人家住啦，哪裡還有伊人蹤跡？

年歲斑駁，記憶裡蓮花粗糙的應對磨圓了，逐漸亦有些溫馨的畫面。茂生在附近彳亍好一會兒，第一次自問：是不是自己對伊，確實無情了些？

伊該不會去自殺吧？

伊娘咍，真荒唐，想到這上頭去！

一千元，認真論起來，坐吃山空不可能維持太久，昔時伊常念著要去稻埕撿茶枝，不知會去麼？

若真去了，大家都在同一個地區，怎會不曾碰著？

其實，當日若不是碰見阿婉，分了家產有錢在手，娶個三妻四妾，或照樣花天酒地，蓮花必然不會多管。那也是一種可以過的、適合他過的日子！何至於將伊離緣？

像現在，日日跟著阿婉，若說多濃稠的情分也是騙人的。夫妻嘛，橫豎就是如此，能有什麼新鮮刺激？

如果不離緣，進財該不至於有些怨他——誰知道？七歲的孩子懂多少？

至少懂得唱昔時蓮花哼唱的催眠曲給他弟弟聽，至少知道有個生母——

蓮花——這些年，自己竟不曾想過要打探伊的消息——也不容易吧，這個女人，連娘家也不曾有！哪有根源可尋？

離緣他去，茫茫人海，伊會落腳何處？

茂生自問，並非舊情難忘，實是日子過得太狹窄，太千篇一律了！

也是人有了點年紀的關係吧，竟然都想些舊有的東西。

那一年，趁著清明上墳，劉茂生把進財帶在身邊，父子倆提了謝籃，僱車到風南山去，然後一步步拾級上山。

除了茂生的父母和祖墳之外，進丁的骨灰，另外在旁邊有個小穴安置著。

父子倆祭拜完畢，又相率在墳墓周圍拔草，就在中途休息時，茂生看著兒子，突然問了一句：

「你還記得你生母嗎？」

進財有好一陣子沒講話，過了許久，頭也沒抬，只說：

「伊叫蓮花。」

茂生忽然覺得有向兒子解釋當年離緣的必要，他很粗魯的說了一句：

「你阿母沒我的緣。」

進財沉默著，眼眶慢慢紅了起來。他想起昔時一些恐怖事件，想起父親帶走他和進丁那日，進丁哭鬧，他恐懼，而母親哀哀號著；他想起進丁死時的孤單可憐；想起幼時母親揹著進丁、牽著他手，走過許多地方，而父親卻長年不在……想起父親常當著他們兄弟的面打母親……他記得母親是個美麗的婦人，但卻絲毫想不起她的模樣……

茂生突然又莽撞的問道：

「你恨我嗎？」

進財的眼淚終於滾了下來！進丁的死、母親下落不明、他自己的不快樂，一切全因父親的放誕自私。然而，他讓眼淚落下，落到自己垂放著的手背上，卻只說了一句：

「阿母可憐。」

這句話，像萬馬千軍，擊碎了劉茂生設防的心障！茂生像瘋了般，突然聲淚俱下：

「都怪伊！個性烈得像查埔……」

茂生的話，在風裡送向荒郊野外亂墳堆裡。

進財的淚，熱熱又滾了下來！

阿母為劉家生了兩個兒子，卻連劉家祖墳也葬不進來，或許，伊死了，誰知道呢？一個女人，什麼都沒有，靠什麼活下去？至少人該有希望嘛！伊有什麼？

進財耳裡聽到父親「嗚——嗚」如牛的號聲，他任茂生嚎著，一點也沒有想要安慰父親的意思。

那年，劉進財十四歲，是臺北州立第二中學二年級的學生。距離他生母蓮花被棄時已是第八個年頭，而進丁死去亦已將近五年。

他的父親劉茂生，八年來首次對他提起他生母蓮花。進財到了這一刻，才明白原來自己生命的某一部分，早已隨著八年前分離的那一天死去。

17

昭和二十年的春天，足月的秀子開始陣痛，石頭急匆匆騎上自行車，要踩到稻埕去請產婆來接生。未婚生子，所以只得到遠地接產婆，免得傳出流言。

生過五胎的阿菊子安慰石頭說：

「頭家，免趕緊，第一胎沒那麼快，有的要痛幾天幾夜的。」

蓮花雖不敢如此篤定，卻也怕丈夫著慌，因此拉住石頭叮嚀：

「小心騎，別急壞，稻埕不遠，一定來得及的。」

石頭反倒催促蓮花：

「妳別出來露面，生產的可是妳呀。」

夫妻倆會心一笑，石頭管自騎上車走了。

阿菊子生大灶燒開水，準備了乾淨破布和剪刀，磨刀霍霍大有親自上陣接生的架勢。

秀子滿身大汗，淚珠夾著汗水，儘管想要抑制哭聲，卻忍不住還是嘶叫出來。

陣痛間歇的空檔，她伏在被上哀哀哭著自己的命運和痛徹心肺的產前折磨。戀慕的滋味如此短暫，昔時的種種，只怕要成回憶。一想到這裡，秀子就更拚死命哭著，彷彿在向天公聲討她的不平。

蓮花看她那樣放膽沒命的哭，終於說話了：

「囡仔要生時，正是得用全力的時候，妳此時如把力氣用盡，等會怎麼生？痛還在後頭咧。」

不過，畢竟是年輕，產婆來後也不過兩個時辰，孩子就出來了，小小的，是個女嬰。

弄妥當後，石頭包了紅包，親自又將產婆送上人力車，跟著車子出了牛屠口和豬屠口，目送車子遠去，這才放心轉回。

秀子的女兒，取名美津。對外只說是蓮花所生，秀子因之成了姊姊。

那年八月十五，日本戰敗，臺灣光復，國民政府接收臺灣。

美津五個月大。

石頭特為騎上自行車，再到蘇隆昌家去探詢，阿昌的死訊在前三個月傳來，石頭站在竹林下廢棄的豬舍前，聽阿昌的母親一把眼淚一把鼻涕傾訴。

好幾次想脫口而出說：

「阿昌有後，阿昌生了個女兒。」

終於還是把話嚥了下去。

如果生的是兒子，或許講出來阿昌家人會比較高興。但也難說，像蘇家窮成這樣子，多一個囡仔，不會是值得高興的事。

何況，要將粉嫩的美津交給蘇家，石頭還真猶豫。

終於，石頭陪著阿昌母親唏噓了一頓，什麼也不曾吐露，照舊騎上車子回大龍峒。

冬天來臨的時候，有一天，石頭穿上他那套工作服——黑色雙排扣西服，蹬上自行車，準備拜訪舊日的客戶，等原料有著落、黑豆買得齊全時，他準備將信夫、東一和阿井找回，重新讓昭和醬油復工，恢復生產。

當然，現在不可能再叫昭和醬油這名號，已經戰敗的日本人全撤了回去，他得想個純中國味道的名字。雅石醬油？蓮花醬油？甚至是道三醬油？

不，道三長大，不一定會繼承父業，這醬油行業雖足可教人溫飽有餘，不過畢竟不是讀冊人的行業，道三若去讀點書，將來做什麼都可以，就是不要像他這麼奔波了。

想得太遠，道三現此時不過五歲。到他長大成人，足足還有十多年。也許道三會讀醫科也說不定，丘家子弟如果出個醫生，真是不錯。可惜蓮花終究還是不曾懷第二胎，倒是秀子生下阿昌的女兒美津。

秀子……石頭的頭大起來，這個女孩子，該如何安排才是？現在，阿昌那邊無可期待了，若是不替伊再找個對象，難道就讓伊守寡下去？

提到守寡也真可笑！誰知曉伊在守誰的寡？

不行！還是得將秀子找個人嫁出去！

石頭的胸口突然劇烈揪痛起來，害他差一點把不穩龍頭。

當天天冷異常，加上北風很緊，石頭逆風吃力的踩著，大約才踩了十多分鐘。不過想及秀子的前途有些著惱又著急，不想胸口就一陣揪緊與劇痛。

石頭踉蹌了一下，將車停住。天啊，真是疼啊。

幾分鐘後，劇痛停止，石頭喘口大氣，決定繼續他預定的計畫。所以，他又蹬上車繼續踩。

但過不了幾分鐘，那種可怕的痛又起，不！是比方才更痛上百倍千倍的痛！

石頭雙腳支在地上，將自己的頭俯靠在自行車的龍頭，人跨著鐵馬，原地喘息著、驚懼著、等待著。

等待那致命的一擊！

等待命運翹盼出手的這個緊要關卡！

不成！他也許會死在這裡，沒人知道他何方何處什麼人氏！

他必須回家去！回到蓮花、道三身旁，在妻、子圍繞下離開人世！他……不，他不能死啊，道三才五歲，蓮花一個弱女子，還有那美津囡仔和秀子……一家子全是女流稚子，如何在沒有他的情況下生活？

石頭奮力將自行車掉了個頭，斗大的汗珠順腮而下，他咬著牙，機械式的踩動自行車，向「家」的方向跨去！

絞痛一陣陣，像有隻大魔爪，自前胸伸進他的胸腔，緊緊勒住他的心臟，揪它、扭它、揉它、攢它、捏它！

石頭緊咬著牙，視野茫茫，不知是淚、是汗或兩者交融。他一定要回去，無論多遠、多痛、多寸步難行！

他很自然就想起大浪泵宮的大道公保生大帝來。石頭「嘶——嘶——嘶——」的吐著氣，在吐氣的空檔裡，失聲祈求著。

「大浪泵宮大道公——保生大帝，保佑弟子我丘雅石平安到家，不可半路而死——保佑我見到我妻子蓮——花——」

石頭拚了一切老命，像在和死神拚鬥，用盡一切力量掙脫祂的魔掌，往有光的地方奮力前進。

當他終於跨進自家院子，左腳跨下自行車的同時，他筋疲力竭的兩手一撒，任由自行車倒在地上！

然後，他兩手揪著他那黑色雙排扣西裝的前襟，像是要把難忍的痛揪掉一般，跌跌撞撞奔向大門，嘴裡高喊：

「蓮花——蓮花——」

蓮花、秀子和道三全在前廳，被這突如其來的聲響驚到，全部齊集到門口去。

蓮花一見丈夫那個情形，嚇得差點沒有主意！本能的趨前去扶住他，急急往大廳裡走！

秀子亦趨前來，不敢伸手去碰觸疼得臉上已全部變色的石頭。

「痛啊……痛……」

石頭拚命抓胸、捶胸，人像困獸一般翻騰、扭曲、亂動！

蓮花全力扶持著他，這是結婚幾近十年，石頭第一次這麼無助的依靠著她！

蓮花感到夫婿生命的危急、壞死、崩潰、無力，忽爾萌生一種近於智和勇的力量。

她一邊攙扶石頭至客廳太師椅上半坐半躺，動手去拉開石頭襯衫的領子，然後當機立斷吩咐秀子：

「快去街口叫人力車來，要送妳阿爸去醫院！有一部叫一部，有兩部就叫兩部，快！快！快！」

秀子聞言奔跑出去。蓮花抱住石頭，一邊為他拭汗，一邊安慰他說：

「你放心，石頭，我們馬上去醫院，醫生一定會有方法。你放寬心，有我在！」

道三早已嚇得哭哭啼啼，蓮花沒工夫管他，揚著聲音對裡面喊：

「阿菊子！阿菊子，快出來！」

菊子早已老邁，若非大家主僕多年，蓮花不會處處擔待著她。

菊子自裡面探身出來，一見石頭如此也呆了，訥訥只會叫：

「頭家——」

「妳看著美津，我和秀子、道三送石頭去病院——我房裡梳妝鏡最下面一個抽屜有一包錢，替我取來。」

菊子一聽，跑帶走往蓮花房裡去，即刻帶來那包紙幣。

日據時代，殖民地銀行的臺灣銀行發行「臺灣銀行券」一種，到了昭和二十年日本戰敗、臺灣光復，依然准許照舊行使。蓮花房裡那包紙幣，就是臺灣銀行券。

秀子叫了人力車來，伊坐著一部，還另空著一部。

蓮花大叫：

「來攙妳阿爸！」

母女倆一人一邊，將痛得臉形全扭曲掉了的石頭架上人力車，蓮花隨後亦上了車，轉頭吩咐秀子：

「妳帶著道三一起來。」

蓮花的意思，是怕石頭若有了萬一，親生子道三應該在旁送終，石頭亦走得瞑目。

至於為什麼會想到死，純粹只是一種直覺。

等坐在人力車上，人力車飛奔向前，蓮花才感到一種徹頭徹尾的害怕。十年前經歷一次夫離子散的慘痛，但當時，她不是害怕劉茂生棄她而去，她怕的是進財、進丁兩個孩子要被帶走！

那時，她本來亦不想活了，所以一點也不擔心往後的日子如何過下去。但現在，石頭是她唯一可親可靠的尪婿，她怕失去他，更捨不得失去他！何況還有道三、秀子和美津，一大家子全靠他一人！

「石頭，快到了，你千萬忍著點。」

人力車將他們送到有四層樓高的阮綜合醫院。由於是急診，石頭一去，便躺到可以滑動的病床上，秀子認得一點日文和少許漢字，在護士的指引下辦了住院手續。

病房在四樓，一個醫護人員加上蓮花、秀子他們，七手八腳將石頭抬上四樓。石頭的那種可怕劇痛似乎稍緩了些，蓮花察看一下病床的床褥被子，覺得不夠暖和，便囑秀子再回家去拿被，順便帶兩套石頭的盥洗衣服。

秀子走了之後，蓮花坐在石頭的床頭，半摟著道三，心疼的省視著石頭。她低低說道：

「石頭，真是苦了你。讓你這樣辛苦！其實家裡節約一點過，不必再讓你這樣辛苦！我見你如此，怎麼捨得？」

蓮花自言自語，亦不指望石頭回她的話。

她原本的慌亂、不安，及至到了醫院，見醫生如此處理一陣，石頭病情似乎就穩定下來，因此她天真的以為一切都沒事了，整顆心因之便安定不少。

道三是個頑皮好動的孩子，根本不可能乖乖待著。因此蓮花讓他到病房一隅的看護人睡的床玩耍。

她靜靜的盯著石頭，有很長一段時間，她以為石頭沉睡著。

「蓮花。」石頭忽然張開眼睛喚她。

蓮花忙俯下半身，溫柔的答道：

「我在此。」

石頭移動了下身子，緊皺了皺眉頭：

「我有話吩咐，妳仔細聽好。」

石頭嚴肅幾近嚴重的語氣，使蓮花心頭忽然緊了起來。她握住石頭的手，求道：

「好人，你就歇一歇吧！話什麼時候講都一樣。」

「我這個病……來得奇怪，只怕是早有了，我們自己不曾曉得……心臟這個物件，不像其他部分，是個很麻煩的病。我……我也不是嚇妳，只是，有些話，我先講了，若是有個萬一，我也比較放心。」

「石頭，你這是存心要教我流眼淚？」蓮花從心到外，一下子悽楚無助起來，眼淚很自然亦滾到眼眶外。

「蓮花，妳先別哭，聽我說，不然我不放心。」

「你說。」蓮花拭著淚，佯裝鎮定。

「道三只有五歲，妳一個女人家，左右沒半個親戚，我實在不放心。如果，我當然是說如果，如果我有了萬一，葬式簡單就好，我以前那個某過世時，我買了塊墳地，夠大，夠三、四人葬在一起。我要妳將我葬在那裡，旁邊一個穴，就留給妳百年之後。我那前某，身體不好，性子不歹，妳和伊，應該處得來，這件事，妳記住了？」

蓮花低低啜泣，這明明是交代後事！

「我……如果去了，要通知美江、美林回來做式……」

美江、美林是石頭前妻所生之女兒，由於嫁得遠，又怨父親再娶，分不到財產，因此平時甚少來往。

「我會。我知道。」

「接下來的事，妳要聽清楚。秀子……找個合適的人嫁了，做後妻亦沒關係，只要他肯善待秀子和美津母女就好。妳，不要攔著秀子的事，看在夫妻情分上，好好替我將道三帶大，我畢竟只有那塊肉。」

蓮花再也撐不住哭了起來。孤兒寡婦，今後可怎麼好？

「阿菊子讓伊回家去，伊也老了，該當享享清福。我死後，要撫養道三，可以變賣一戶房子，留著另一戶自己安居。」

石頭的話，使蓮花泣不成聲，她無法答腔，一顆心全被恐懼和悲哀罩住。

「我自忖……會死，從來沒有這種情形……」

「石頭，你說這些，要教我如何？」

「蓮花，真失禮，不能照顧妳到老……」

兩夫妻的話才告一個段落，眼淚都沒擦乾，護士便來請蓮花下樓。

蓮花走進診療室，五十開外的醫生開門見山對蓮花說：

「你頭家這病是不會好的，住院亦是沒用，白住的。因此，他若想回家去，就讓他回去，有些人希望在家裡——過去。」

蓮花聽到這話，撐不住當場便慟哭起來，也顧不得什麼尊嚴不尊嚴、體統不體統了。

醫生讓她哭了一會兒，才又說：

「病人不知道最好，所以……」

蓮花明白他的意思，但一時半時又止不住眼淚。方才聽石頭「交代後事」，難免會想，是石頭自己的揣測；等聽到醫生宣布，一切落實，無異宣布死刑。

真冤枉啊，石頭一心在盼望戰爭趕快過去，想不到戰爭一打八年，真的過去了，他卻病倒，「昭和醫園」至今還沒能復工哪。

她和石頭如此恩愛，竟然只能做十年夫妻，甚至還不如她和那無緣的劉茂生！

蒼天實在不公平，石頭這樣的好人，卻如此短命，六十歲都呷未透，教人忍不住怨恨！而她這輩子亦未做什麼虧節失德的事，為什麼教她兩度失去丈夫？劉茂生倒也罷了，進財、進丁被奪走亦無可奈何，但既然要再給她一個丈夫，另一個家庭，就不該這麼快就將他奪走！

難道是為了給她一個兒子道三？

但道三才五歲，她一個女人家，如何將他拉拔長大？

許是這十年來，石頭把一切安排得好好的，讓她不曾經受風雨，好命了十年，突然要自己面對一切從前石頭為她擔負的一切，所以才特別感到害怕吧！

蓮花哭到抽搐哆嗦，這才想到石頭和道三還在樓上病房。她強迫自己即刻止住淚水，換一張臉去面對命在旦夕的丈夫。

既然石頭已把後事全交代了，她就按照他的心願去做，然後在剩下的日子，陪伴他平靜地走完。

蓮花想透這一層，忽然覺得有股勇氣衍生出來。

是的，石頭給她幸福的十年，她要給他平靜安詳的最後人生。

想到這裡，蓮花挺挺腰桿，慢慢拾級而上。

再走進病房時，石頭緊閉著眼睛，似乎是睡著的。道三看到蓮花，正要開口，被蓮花食指壓唇上阻止了。

蓮花趨前抱住道三，想到這五歲囡仔，即將失去父親，不禁又悲從中來。進丁兩歲離開她身邊，五歲肺炎死去……唉，如何偏偏去想起這些？

「蓮花——」

聽到石頭出聲叫她，蓮花趕緊用袖口將淚水拭去，轉回頭到石頭床前。

「有沒有睡一下？」蓮花含笑問他。

石頭沒有回答，一雙眼睛搜尋著蓮花的臉，問道：

「醫生跟妳說什麼？」

蓮花一驚，強自鎮定，答道：

「並無講什麼，只問你以前是不是有這樣痛過？是不是吃很鹹，就是這些話罷了。」

「哪會去這麼久？」

「那是……也得問問你能吃什麼，不能吃什麼……我亦該看看病院周圍的環境，要摸索才有辦法呀。」

石頭沉默了一下，才又說：

「妳目眶這樣紅——」

「全怪你呀，方才講那些憨話。」

石頭沉默了一下，忽然翻身坐起，大聲說：

「我要轉去，我要回家。」

蓮花吃了一驚。莫非石頭聽到方才醫生所言？不然怎麼突然說要回家？

「石頭，才剛住院，生了病莫如此勞動，對身體不好！」

「我這病……住院亦無用，要死就死在家裡！」

「石頭，莫說憨話！在這裡有先生照顧，我才放心！」

石頭的固執，每每在緊要關頭表現得最徹底。他兩腿跨下床，坐了一會兒，便站了起來。

蓮花伸手去扶他，卻被石頭用手給揮掉。

「我自己的病自己知道，走吧！」

蓮花知道石頭一旦決定的事情，誰也別想影響他，因此不敢去攔他，匆匆抓下他掛在衣架上的黑色雙排扣西裝，另一隻手趕緊拉了道三的小手，把西裝披上石頭身子，要他穿了。一家三口蹣跚走下樓。

石頭扶著欄杆，走一階停一會兒，但他不肯讓蓮花攙扶，他說：

「人來人去，全是自己一個。何況一個男子漢，這才病，便要人家攙扶，不像話。何況妳得把道三拉好——今後，道三就全靠妳了。」

後面一句話，差點又催下蓮花的眼淚。幸而她了解此時非是流淚示弱的時候，咬咬牙，她拉著道三的手，搶到石頭前面先下階，以防石頭萬一一個踉蹌，她還可在下面擋住。

三人來到樓下，正巧遇見拿了石頭的被子和衣物匆匆而來的秀子，蓮花不遑解釋，抽出幾張紙幣給秀子，吩咐她結帳再回家。

「醫生如開藥，請他多開幾天份。我和妳阿爸先回——道三亦讓妳帶。」

蓮花將道三交給秀子，和石頭上了人力車往回家的方向奔去。

路其實不遠，蓮花偷偷看石頭臉色，暗灰灰的，一點生氣也沒有。

人力車拉到巷口，石頭不等蓮花付錢，自己先行跨下車去，然後踉踉蹌蹌、歪歪扭扭，一路將放在院子裡的那些空醬油木桶碰撞倒地，散了滿滿一個院子。

石頭心拙力窮，只想將自己摔在床上，躺平了休息。

而蓮花付過錢，打發了車夫，一回頭見石頭沿路撞倒醬油桶，踉蹌仆跌衝進家門口，蓮花呆呆立在那兒，心裡有種絕望的冷意掃過。

她覺悟到：丈夫的日子真的不多了。醫生既說無藥可醫，情況自然無法改善，那麼，今天這個情形，可能是石頭從今而後最好的狀況了。

蓮花不敢哭泣，低著頭快步跑進屋裡。

她心裡隱然萌生一股決意：她不哭！夫妻一場，她要讓石頭走得平平靜靜，安安心心，什麼也不擔心掛慮。

蓮花追上石頭，他攙往床上，掀開被子，扶著石頭躺上去。石頭要加個枕頭，不然……

「像沒辦法喘氣。」

石頭躺著，精神委靡，慢慢似乎就沒了力氣，像睡著一般。

蓮花守了一會兒，彎到廚房囑咐阿菊子熬瘦肉稀飯，愈爛愈好。

才出了廚房，遇見剛回來的秀子和道三，秀子顯然亦剛哭過，只問蓮花：

「怎會說病就病？先生說——」

蓮花攔住她，說道：

「既是如此，讓他好好安心的走。」

石頭只小睡了一下子，醒來時叫蓮花開燈。燈開處，石頭臉色一片灰敗。蓮花忙問：

「要不要喝點什麼？我去廚房盛碗稀粥，好不好？」

石頭不答，兩眼目光不聚，忽然緩緩的開口：

「我見到桂枝，還有我阿爸和阿叔，他們一群人，全來看我。」

桂枝是石頭死去的前妻，石頭話裡提到的那些人，全是作古之人。蓮花聽人家說，將死之人，往往會見到作古的親戚來接他。石頭此夢，只怕就在這一兩天之內會……蓮花不敢想下去，順著他的話，打起笑臉問道：

「怎麼沒見著妳阿母呢？伊去哪裡？」

「是啊，沒看到伊。」

不久，石頭又昏昏沉沉睡去。

蓮花雖不敢驚動他，但石頭一旦大去，總得準備入殮的衣服。事情來得倉促，教人做也不是，不做也不是，蓮花想得心都要碎了，信步走到秀子房裡去。

石頭發病，蓮花將道三放在秀子房裡，此刻道三正和美津一道睡著。

看到蓮花進房，秀子開口問道：

「阿爸一個人在房裡，可以嗎？」

「才剛睡一下。我有事和妳商量。」

蓮花看看睡著的道三與美津，嘆了口氣：

「一家子全靠他，他卻要走了。剛剛，說是見著桂枝和他阿爸、阿叔……只怕過得了今晚，亦過不了明日。」

秀子眼眶猛一紅，悽然說道：

「指望要四十八孝報答他，如今什麼都來不及。」

蓮花拭拭眼角，說道：

「不是我們忍心，當然指望他逃過這一劫，活到百二歲。只是，亦得準備準備，免得到時準備不及。我勞煩妳去問寶善師，入殮的衣服需要的尺寸，然後就去布店裡裁好，拜託寶善師連夜幫我們裁製——孩子就叫阿菊子看著，我得再回房裡，怕他找人。」

石頭自黃昏一直斷斷續續的昏睡，醒來時蹙著眉喊心痛，又叫頭痛，到了後來全身都痛。將近夜半三點時人又醒轉，看來神清氣爽，蓮花以為病情大好，忙問他要不要喝點稀飯。

石頭搖搖頭，只問：

「道三呢？」

「在秀子房裡睡著。」

「讓秀子把他帶來房裡。」

蓮花不敢違逆病人的意思，到秀子房裡，只見秀子和衣躺著，人亦未睡。母女倆又叫又搖，把正熟睡中的道三喚醒，道三哭了起來，還想再睡回去。蓮花嚴峻的對孩子說：

「你阿爸快死了，你還不乖乖去見他？晚了見不到，你一輩子後悔。」

道三其實也不太明白什麼死不死的究竟怎麼回事，但孩子知道阿爸突然生病，母親非比尋常的嚴格起來，到底有些教人害怕。因此，他邊嗚咽邊穿衣，仍然聽話的隨母親和姊姊回父母房裡。

石頭見到妻女、兒子全來了，掙扎著要躺高些，蓮花來扶他，他反手抓住她的手，望住道三，說道：

「我這命根，一切拜託妳了，道三，來，阿爸摸摸。」

秀子將道三推到父親床前，石頭伸手撫著道三的頭，溫和的對孩子說：

「道三，要聽阿母的話，乖乖讀書，做個有用的人。」

父親臉色灰敗而狼狽，五歲的道三十分害怕，拚命要掙脫父親的手逃到母親懷裡。

石頭嘆了口氣，放他去了。轉而對秀子說：

「女人的命，要到嫁出去才算數。阿爸希望妳找個妥當的人嫁了，母女也有個依靠。」

「阿爸——」

「幫助妳阿母照顧道三，算是我們父女一場……」

「阿爸，我會，我會的。」

「蓮花，我知妳是個好女人，如果有妥當的人，能善待道三，妳可以再嫁。只是要讓道三姓丘，奉我的香火……」

「你說什麼憨話？石頭，我不會再嫁……你會好的，不要再胡言亂語……」

石頭搖搖頭，許是累了，不一會兒又闔眼休息。

蓮花忽然明白，這就是所謂的迴光返照。

因此，她不敢讓道三離開，就叫秀子抱了他，在併靠的椅上歇著。

石頭是在凌晨五點二十分走的。

做了最後遺言的交代之後，石頭便一直昏睡，到了五點二十分，蓮花只見他吐了幾口大氣，就這樣嚥氣了。

蓮花跪著抱住他的遺體，餘溫仍在，她想起第一次相親對看時，石頭溫柔的凝視；她也想起十年來石頭對她的種種恩愛和疼惜；石頭櫛風沐雨的勤奮工作，石頭對家人的體恤愛惜，對不是親生女兒的秀子的呵護和容忍。

石頭留下了許多「臺灣銀行券」和兩戶房子，石頭亦給她留下了一個兒子……

蓮花覺得石頭的餘溫，轉到她心頭上，成為一盆不熄的火。她很哀傷，但不絕望；她極悲痛，可是卻不害怕。石頭的愛澤，給了她活下去的勇氣。

她只是心疼，疼惜石頭受了這許多罪，吃了這麼多苦！他畢生努力辛勤，自己沒有任何享受，甚至連菸酒也不沾；可是，他給妻女溫飽以上的待遇，他什麼事都想在前面，甚至連蓮花百年後的安息之所也有了安排。

想到這裡，蓮花不管周圍那許多人的存在，拿自己的臉，溫柔的、輕巧的、無限依戀的揉著石頭的臉蛋。她覺得自己的淚，像這十年夫妻滋生的無限的情愫，點點滴滴敷布在石頭的臉上。

安心去吧！石頭！道三，蓮花會全心全力將他帶大，不讓他再叫別的男人「阿爸」。

然後，蓮花抬起臉，深情的看著石頭的臉，輕輕叫道：

「憨人啊！」

憨人啊，好好走吧。

「阿菊子，勞煩妳拿盆熱水和毛巾，我要幫石頭淨身。」

蓮花吩咐完畢，輕輕用自己的手，撩整著石頭雜亂而灰白的頭髮。

不甘啊！不捨啊，憨人！

蓮花突然抑止不住，大聲嚎哭起來。

18

石頭走後不久，民國三十五年的五月二十日，國民政府發行臺幣，以等值兌換對等日幣，亦即一元換一元。

蓮花把她十多年來自石頭給的家用錢攢積下來的，加上石頭留給她的手尾錢，算算也有兩萬多塊錢之譜。

她依石頭遺言，辭退了阿菊子，給了她一筆錢，一千元，算是挺優厚的，讓這兩年老苦於痛風的阿菊子退休回家。

秀子的將來，石頭雖有令之找個合適的人結婚的遺言，事實卻有困難。蓮花無娘家，石頭父母早逝、又是獨子，所以都無有力的近親，根本不可能有什麼可以打點作媒的。

秀子經過了未婚生子、情人戰死的打擊，緊跟著一家倚靠的繼父又猝死，二十歲的秀子，已然對人生無常有了椎心的感受。

石頭對年之後，有一日秀子開口向蓮花借錢，蓮花一楞，才想到以前秀子是個閨女，不曾給她金錢使用，現在不同了，秀子既主中饋，總該給她固定的一筆費用支使才對。

「阿母，我倒不是要用什麼錢，而是寶善師介紹我買部二手的縫紉車，可以放在家裡，接些車衣來做。寶善師裁好，我拿回家車，一件一件算工錢，做多少算多少。」

蓮花想，石頭才死不久，想不到辭了阿菊子，一切自己來了之後，緊接著，秀子還要攬工作進來做。境況一下子差了這麼多，令人不勝唏噓。

「妳阿爸留下的錢，省吃儉用也夠我們母子四人用了，不必妳這麼辛苦。美津這麼小，現在又無替手，我亦不要妳年紀輕輕就折磨得那麼老。」

「阿母，量度著在家中做，算不得辛苦，道三、美津都還這麼小，坐吃亦會山空，我不是成天在店中為人做，不會太吃力的。況且，買了縫紉車，阿母亦可試試，比妳用手縫快得太多了，我教阿母車。」

秀子講得亦是有理，坐吃亦會山空，兩個孩子都這麼小，教人怎能安心？

況且秀子出外有點接觸，說不定還有做媒的人找上門。因此，動一動總比一池死水來得有生氣。石頭死後，也跟著封閉的那顆心，終於因為這一點點變動，而產生了微妙的新機，蓮花想著，明年，道三該要上公學校，不，現在叫國民小學了。她可也得和這新社會接觸接觸，不然以後怎麼教養道三？

買了縫紉機，秀子因生育之前，在寶善師那兒學過，所以現在熟悉一陣，即刻就可工作。蓮花看了許多天，愈看愈上眼，躍躍欲試，就在秀子的指導下，慢慢也上陣練習。

母女倆都有家中人不得再有傷損的意識，因此對於縫紉機始終非常小心，只要停手不工作，便將車針取下，蓋上機套，以免調皮的道三和剛會爬會走的美津受了傷。

蓮花學了一陣子，慢慢也有心得，對車針的恐懼消失，踩車時亦不會再倒著走，秀子拿回來的衣件，有時母女交替著做，越車越順，越接也就越多。

那三、四年間，道三上了太平國小，美津亦已逐漸曉事，蓮花和秀子母女通力合作，小小的家庭本來算是安定的。

無奈那幾年，臺灣因戰時損失慘重，戰後工商業重建，需款太殷切；加上中國大陸經濟發生劇變，法幣及金圓券相繼貶值，為了墊付軍政各項費用，大量發行，到民國三十八年六月十四日為止，總共發行五千兩百七十億餘元之多。

通貨膨脹到這個程度，一斤白米飆到幾十萬元之巨，幣制非改革不可。

所以民國三十八年六月十五日發行新臺幣，總額兩億元，面額有一元、五元、十元、一百元四種；輔幣面額有一分、五分、一角和五角四種。

在民國三十五年發行的舊臺幣，自六月十五日起，以四萬元換兌新臺幣一元計算，規定在民國三十八年十二月底以前兌換完畢，以後一律使用新臺幣。

蓮花手頭上存的那兩萬多元舊臺幣，轉瞬之間，全在通貨膨脹時期變得毫無價值。兩萬多的舊臺幣，只兌了半塊錢新臺幣。

蓮花在一夕之間，因憂急攻心而病倒。

她時而昏昏沉沉的睡，時而惡夢輾轉，時而哀哀哭泣，不睡不哭時，兩眼空洞茫然。

秀子不敢接工作來做，一方面她一個人必須照顧道三和美津，還得服侍蓮花，實在料理不來，另一方面，她眼看著家裡的儲蓄由有到無，著實也遭受極大的打擊，既驚嚇又不肯接受，若非蓮花病倒，她必須撐住，否則只怕也會倒下。

過去石頭努力半生所攢下的儲蓄全成泡影，就連三年來，她和蓮花母女胼手胝足車衣賺來的工錢也全落空。

秀子不僅不甘心、痛心，尚且憂心。家裡沒個大柱，兩個孩子都這麼小，萬一蓮花有個三長兩短，她一個人如何帶大這兩個小孩子？

背著蓮花，她一個人不知偷偷掉過多少眼淚。

最不濟是賣掉兩幢房子中的一幢，用房款來救急，再找個容易賺點的工作來做。

但有什麼工作是容易賺的呢？

秀子想到盡頭，真是欲哭無淚。

才幾年的時光，變故這麼大。父死母病，連大環境也起了如此巨大的變化，人，尤其像她和蓮花這樣的弱女子，又能如何抗拒？如何圖存？

不該賣掉她繼父留下的房子，房子是根本，將來道三要受教育，要做生意用到成本，房子都是最好的保障，早早就賣房子，往後的路那麼漫長怎麼辦？

千算萬算難逃時局一變，秀子這時，想想自己的半生，真也坎坷，前幾年發生那些大事，幸而有她繼父和養母將之擋卻，否則她哪有今天這尚受人敬重的日子？

現在，繼父撒手沒幾年，養母又病倒，她一定得堅強起來，現此時，一家子只有她年富力強，她有繼父唯一的親血脈和自己與阿昌所生的女兒需要撫養，除了堅強，不可能寄望奇蹟。

秀子千想萬想，終於還是牽著美津的手，一路走到大浪泵宮去。

三炷香拜天，求天公庇佑，三炷香求大道公保生大帝：

「大道公祖，信女秀子不曾信守婦德，未曾結婚就與已故弟子蘇隆昌生下一女，這是信女當初年紀輕不曉事所犯下的錯誤，祈求大道公祖原諒。事實上，信女亦已為這個錯誤遭受懲罰。」

秀子默默禱祝著，眼淚不自覺湧了上來。

「就是這個查某囡仔。信女為了伊，忍受種種苦楚至今，孩子注定沒有阿爸，信女本身，則錯失了姻緣。信女從前犯的錯，這幾年來，算是處罰，信女為此吃的這許多苦，如果算是報應，就請大道公祖赦免，從今而後，指點信女秀子一條生路，賜給秀子一線生機。」

秀子將三炷香插上主爐，人在跪凳上跪了下來，合掌虔誠再祝禱：

「大道公祖，請保庇信女秀子的阿母蓮花，身體趕緊復原，伊是心病，多年積蓄，一下子成空，急出病來，心病無人醫，只有祈求大道公祖保庇，賜她人趕緊清楚，趕緊健康，信女秀子來求三包爐丹回去給我阿母吃，他日病癒定來答謝。」

秀子禱祝完畢，深深叩了三個響頭，起身，在油燈處取下三張紅色四方形紙，然後在主爐內，分別用那三張紅紙，包了大約一次份的香火，每包包妥，拿到香爐前過香火，這才小心翼翼放到口袋中，牽著美津的小手，步出保安宮。

經過寶善師的店口，寶善的妻子阿猜遠遠望見秀子，出聲招呼：

「秀子，秀子，妳阿母的病好了沒？」

秀子邊搖頭邊走近，憂形於色：

「我到保安宮去求大道公祖的爐丹回去給伊服用。」

「唉，局勢如此，大家都是一樣，勸妳阿母寬寬心，天無絕人之路呀。」

「伊若是人清楚，還有什麼不能講的？問題是伊的人，憨神憨神，不甚清楚。」
「既是如此，妳亦該想想辦法才行，家中還有兩個弟妹這麼小，也得想想生計。」
「是啊，我今日就想順便來揹兩件衣裳回去車，加減賺，卡未窮，穿衣吃飯，件件要錢啊。」
阿猜聽說，便在裁板上找了好幾件裁好的料子，邊摺邊說：
「來得好！雖說人人喊窮，有錢的人亦不少，妳看這些料子，不能嫌的好布呀，我正在想，這些日子妳不來，我手上積壓了這些欠客人的，車的車，縫的縫，快被催急跳港，還好妳來啦，」
秀子看看阿猜包那布料，正是自己放在這裡的大方巾。她有些遲疑的提出問題：
「阿猜嬸，我盡量趕，但是，我阿母的病時好時壞，又有兩個囡仔要照顧，萬一慢幾天，勞煩你寬待一點——我就是因為我阿母這病不能預測，所以這陣子都不敢來接衣去車，怕誤了你的客人。」
「這點妳莫煩惱，我會跟客人多延幾天。」阿猜自縫紉車的抽屜裡取出三、四張十元和五元面額的新臺幣紙鈔，遞到秀子手裡，說道：
「這些先拿去，以後扣工錢回來就好。如果有欠用，千萬不要客氣，向我講。大家都是那麼久的厝邊頭尾，妳阿爸人又好，不要跟我客氣。」
秀子沒料到阿猜會如此厚道又體恤的先把工錢墊給她，一時情緒激動，想到這一陣子，自己孤軍奮鬥，呼天不應，叫地不靈，不由得就哽咽起來：
「阿猜嬸……我，我不知道要怎麼說才是，真……多謝……」
「什麼話？我們做生意，錢比較活絡，反正大家互相嘛，不要放在心上。妳阿母既是一個人在家，妳就趕快回去吧。道三是不是亦要回來了？」

「是啊，他這禮拜讀下午班，就快回來。」秀子抱起方布巾的包袱，向阿猜頷首示意：「那我回去了。美津，跟阿婆說要回去了。」

美津小聲的咕噥：

「阿婆，要回去了。」

「乖，這個查某囡仔，生得可真伶俐，長得像妳阿娘，將來亦是美人一個。」

秀子唯唯諾諾，不敢接腔。這麼多年了，每當有人提到美津的長相，她就緊張兮兮，怕人說，美津長得像她。

其實，一般人的眼睛都糊了蜆仔肉，不是說美津像蓮花，就是像石頭，居然沒人指出美津像煞阿昌。這是理所當然的應酬話罷了。

秀子牽著美津的手，轉身才走了兩步。忽聽阿猜又在她身後喚道：

「秀子——妳等等，」

秀子心下一驚，不知阿猜又要問有關美津的什麼，因此懷著戒懼之心，緩緩回頭。

阿猜有點猶豫，苦笑著說：

「我呢，本來有點私心，不想提這消息，但是，妳現在這個情況又教人同情，我實在不能不講。」

秀子聽得心裡七上八下，不知阿猜什麼意思，握著美津的手心都因緊張而出汗不止。

「妳知道，最近美軍仔帶來很多新花樣，有一種女人穿的什麼……絲襪仔，妳知否？」

秀子一聽是談這事，心上石頭放下，不禁搖搖頭。

「那絲襪一穿就破，又貴得要命，所以破了補一補，比較經濟。我有個表妹會補絲襪，聽她說，這工作雖然很傷眼力，不過收入還不錯，而且最主要是熟手以後，補得很快，不像車衣服，耗時、工資又低。」阿猜熱心的說道：「妳年輕，眼力好，現在又缺錢養家，不如去跟我表妹學補襪，補會了，自己在街頭擺個小位置，這樣好了，我們店口那一角借妳擺，不收妳半分錢。」

秀子聽了，一時沒有頭緒。只聽阿猜又說：

「我本來不想跟妳說，說了我就少人手。可是，另一方面，卻又不忍心不告訴妳。」

秀子滿腹疑團，問道：

「真的好學？何以沒什麼人學？」

「絲襪這東西，有多少人穿？人人都去學，哪有那麼多襪子可補？何況腳上的東西，誰高興摸來摸去？這就像補鞋，一般以為不是什麼高尚行業。如果有別的行當可做，大約也不會有太多人想去做這了。在我想，職業哪有什麼高尚不高尚的？憑自己真本事，不偷不搶就是高尚了。當然，這是各人的想法，我就不太明白妳是怎麼想的。」

「我不是想貴賤的問題。我怕的是自己笨，學不來。」

「這一點可以放心。我知道妳手巧。」

「如果想學——」

「一切好辦，我告訴我表妹，看妳幾時能去。」

「是否可以等我阿母身體好些，我才放心走得開腳。」

「那自然，那自然。」

秀子謝了阿猜，懷著一分新希望，握著阿猜方才給她的三十元，到雜貨店買了一把麵線，幾個雞蛋，邊走邊對美津高興的說：

「回家煎蛋包給妳和道三吃，高不高興？」

回到家中，蓮花半睡半醒，聽到聲響，出聲喊著：

「秀子——石頭——石頭——」

秀子聽得心酸，繼父死了這許多年，阿母到現在還在叫他、找他，不知她是病昏了，抑或是如人之將死，總是會「見」到一些過去的故人？

秀子不敢再想，倒了一碗白水，溫溫的，正好下口，走進蓮花房間。

「阿母，特地去求大浪泵宮大道公祖的爐丹，吃下去保佑您病體康癒。」

秀子將爐丹的紅包裝紙打開，和那碗水一起放在床邊，然後將蓮花瘦得只剩一身骨頭的身體半抱半扶，溫柔的餵下那包爐丹。

蓮花不知是氣虛力弱，還是心頭明白，居然非常平順的吞下那包爐丹。

秀子拍拍她的背，怕爐丹灰太多，嗆在喉裡，不敢讓蓮花即刻躺下，因此拿手順著脊背來來回回的輕撫著。

美津看到了，爭著便爬到椅子上去：

「我幫阿母揉，我幫阿母揉。」

秀子略略側開身子，坐到蓮花的腳邊，正好可以看到蓮花和美津。

很奇怪，一點點血緣也沒有的蓮花和美津，看起來真的很像，尤其是那鼻梁和下巴。美津自生下即當做是蓮花的女兒被撫養，秀子對自己親腹所生的這個女兒，一直是百感交集，她對美津只能以姊妹相稱，有時真想聽伊叫她一聲「阿母」或媽媽；但亦偶然心情最壞時，不免會怨自己懷伊、生伊，斷送了前程。

「美津，夠啦，我要讓阿母躺下休息。妳下來。」

秀子把蓮花輕輕放回床上，掖好了被子，輕輕對蓮花說：

「阿母，我今日專門蒸蛋給您吃，加些水，比較軟，容易入口。」

蓮花半闔著眼，似醒未醒。秀子亦不知她省不省人事，只得將那剩下的半碗水端出，準備去做晚飯。

按照平常下課時間，道三此時應該早已到家，可是今天還不見蹤影。蓮花未病時，道三經常在下課後和同學在學校看人家打棒球，要不也拿石頭和隨便撿來的木條竹棍玩「野球」遊戲。但蓮花生病之後，他都準時回家。

秀子生了火，淘米下鍋，趁這空檔，打開包袱，開始車衣。

然後，她將美津叫到身旁，指著那一小堆菜豆叫美津幫忙撿：

「從頭摘下，兩旁的線就會順著摘下，就這樣。」

美津雖只六歲，但非常伶俐，已經可以幫忙做些簡易的家事了。像摘豆子，秀子只教兩次，伊已能摘得可以入口。

秀子就在邊車衣、邊煮食中等待著道三。

她不禁喟嘆，到底是查埔囝仔不會想，已經十歲了，居然還能在母親重病時，和同學玩到這時候！

道三自小就常給她帶，和她算是非常親密，道三亦十分聽她的話，所以秀子對道三，就如親弟弟般，愛則愛之，該罵時亦不留情或避諱。

天黑之後，道三才回到家裡。赤著腳，學校制服脫下掛在手上，內衣褲卻看起來汙汙髒髒的，那張臉更不用說了。不知做了什麼大事，一臉的神祕。

秀子就坐在前廳等他，見他進門，劈頭就問：

「少爺，你去做什麼事，讓人眼睛巴巴張著等到現在？你可知道阿母病成這樣，我一個人，又要張羅家事，又要車衣，還得照顧她，都快瘋掉了！我不是怕吃苦，是做不來，恨不得一人拆成數身──」

秀子說著說著，眼淚便又上來。

道三原來右手一直藏在身後，這時悄悄放到前面，對著秀子攤開手掌，裡面赫然是張十元和一張一元的紙幣。

秀子馬上變色，嚴厲質問：

「錢哪裡來的？」

道三有點赧然，但臉上充滿笑意，說道：

「阿姊辛苦我知道，這錢給妳過日子，給阿母吃點營養的，也許病就好了！」

「錢怎麼來的？我們是清白人家，不能偷也不能騙。」

「我賺的！」道三理直氣壯的辯白：「我哪會去偷去騙？」

「你能幹？十歲就這麼會賺？你騙憨的是不是？以為阿姊沒讀過書好騙。」

「我騙過妳嗎？阿姊！」道三有點急了：「我在圓山下那條河裡摸銅沙，亮晶晶的，整條河都是，摸了一堆，拿到壞銅舊錫那裡去賣了二十二元五角，我同學多分五角，因為是他帶我去的，報這個好坑的給我。」

道三向不說謊，一聽這話，秀子的臉不覺緩了下來，既心疼又帶點歉疚，說道：

「阿姊——錯罵你了。」

道三將那十一塊錢塞到秀子手中，無所謂的回道：

「阿姊太辛苦了——我明日下午還去。河裡還好多，不去淘，太可惜了，這麼好的價錢。」

秀子拿著錢，不知不覺又紅起眼眶，想到繼父若是在世，何至於要這才十歲的心肝寶貝去河裡淘銅沙？石頭是個凡事有計畫、有擔當的男人啊。

道三看見秀子的表情，故意裝成大男人的口吻說道：

「賺錢回家妳也哭，阿姊的眼淚太多了吧？」

吃飯的時候，道三見桌上有蛋，便問：

「阿姊又開始車衣了？」

「是啊，過一陣子阿母如果人好一點，我打算去學補襪子，以後在寶善師店口借一角做攤，只要一張椅子和一個補襪檯就夠了，不需什麼本錢。」秀子高興的說著。

道三聽著，忽然沒頭沒腦問了一句：

「阿姊難道不嫁人了？」

秀子詭異的看著道三，剎那間，發現十歲的道三比他平時表現出來的成熟。秀子亦不太清楚，她生美津時，道三五歲，這孩子究竟知不知道美津是她所生？

「我必須將你和美津養大，而且阿母還害著病。」

道三想想，說道：

「我只要小學畢業就好了，反正我亦不十分愛讀。所以過幾年我就可以出去做工，阿姊自然可以嫁人。」

秀子第一次聽到道三不要讀書，大驚失色，急急就勸：

「阿爸遺言叫你要好好讀書，丘家的指望全在你身上，你怎麼可以不讀書？」

道三無趣，訥訥說道：

「我只是想想罷了。」

飯後，秀子正在洗碗筷，道三忽然來喚：

「阿母人醒了，喊餓……」

秀子一聽，喜形於色，歡聲道：

「大道公祖真靈感，早知道該早早去請領祂的爐丹……道三，這碗蒸蛋先拿進去餵阿母，我再盛碗麵線湯進去。」

那晚蓮花吃了一小碗蒸蛋和兩口麵線，秀子不敢讓伊多吃，怕一下子脹壞了。

但蓮花這一好轉，說起來真是奇蹟，連伊自己亦相信好幾次在鬼門關前徘徊，見到石頭站在一個煙雨縹緲的地方盯著她看，然後一直揮手叫伊離開……

不管如何，自那日以後，蓮花一天好過一天，已可起來走動。

秀子就等這一兩日之間，要去學學補襪。

道三自那日一舉拿回十一塊錢之後，幾乎連著三、四日都去淘銅沙，有時賣個七、八元，亦有賣五、六塊的。

雖然有錢進帳不是壞事，但道三的本職依然是讀書才對，所以秀子這日怕蓮花病癒會查問，便想親自去看看道三淘銅沙的地方究竟是個什麼所在。

她用鋅鍋煮好晚飯，怕等久飯冷，因之把整鍋米飯連鍋蓋一起，包在棉被裡頭保溫，搭了兩站公車，又走了一小段路，終於來到圓山橋下。

秀子小心翼翼，走下河岸張望，終於看到道三和他的同學。

這一看，嚇得非同小可。

原來，道三所謂的淘銅沙，是一件這麼可怕的事！

兩個孩子站在河水裡，河水的高度在道三的下巴之間。道三忽爾將頭栽到水中，閉氣在河床上淘起銅沙，很快又鑽出水面，將瀝好淘出的銅沙拿到放在岸上的容器。

然後再涉回河中，再重複入河的動作！

原來，淘銅沙竟如此恐怖，又如此驚險！

「道三——道——三——」

秀子連一分鐘也不能等，扯開喉嚨便叫著弟弟的名字。

道三聽見叫聲，見是姊姊，極為詫異。見秀子拚命招手，只得上岸。

秀子趨前，拉住道三，差點又要掉淚。這十歲孩子，竟然用這賣命的工作在賺錢！

「你知道，只要一失閃就沒命嗎？那水又不乾淨，你那樣潛進潛出，不怕傷了眼睛？」秀子只差沒有哭出來：「回去、回去！這麼危險，就是再有十倍錢，也不准你再來，丘家只有你這命根子呀！」

「為什麼？不會有危險啦！我們不去深的地方……」道三不肯放棄。

「道三！你如果孝順，就跟我回去，而且發誓不會再來！不然，阿母會活活被你嚇死！」

提到蓮花，道三就沒法子，雖然還在抗辯，卻被秀子一句話給堵住嘴巴：

「我回去一講這情形，阿母不跪下來求你的話，算我輸你！」

道三的淘銅沙去賣的好營生，就這樣在秀子軟硬兼施的堅持下匆匆結束。

堅持是有理由的，在丘家，誰人或什麼東西，會比丘道三更為珍貴？

一等蓮花身體復原，身上的肉又漸漸長了回去，秀子才安心的去跟阿猜嬸的表妹阿好學補襪。

補襪真的也不難，將絲襪的破洞張開撐平，再由相近顏色的絲襪，抽出絲線來綴補。

方法不是太難，但眼力要好，手腳要快，熟練更是賺得多不多的關鍵。

秀子跟阿好學了十個多月，由於知道秀子的家境，又得阿猜的極力關說，所以阿好對秀子並不藏私，把自己知道的盡量傳給秀子。

有一天，秀子到市場買菜，不知怎的靈機一動，見市場內，一群又一群的女人湧進湧出、熱鬧滾滾。她忽然想，該也到了自己出來獨當一面的時候了。

設攤的地點很重要！直接影響生意好壞。

而什麼地方，會比市場有更多的女人出入？

與其要在阿猜嬸和寶善師的店口擺個攤補襪，倒不如到市場去租個攤位來得好。

但市場只有半天市面——秀子忽然野心勃勃的算計著：上午在市場，過午後在寶善師的店口擺，兩全其美。趁著年輕時賣力一點，辛勤不會有錯！

秀子想到這兒，決定即刻行動，既要找市場，就該找市面旺的大市場。她什麼也不曾多想，第一個目標便到艋舺市場。

兩天以後，秀子便租定市場內一個洋裁店的店口一角，決定擇吉「開張」。

19

秀子決定到艋舺市場開張補襪之後，心裡十分複雜。

長久以來，她都生活在保守而老式的環境之中，除了曾經到寶善師那裡學過短暫的縫紉之外，幾乎算是足不出戶的舊式女子。與蘇隆昌未婚生下美津，為了社會輿論，必須認女做妹，也給了她極大的心靈斲喪，讓她加倍的退縮與自慚形穢。

若非家庭變故，必須她挺身而出，只怕她依然藏身陰影之中，不敢探頭出來。

然則，秀子其實滿有點腦筋和膽識。

她雖對於自己拋頭露面出外「做生意」十分緊張虛怯，但卻也橫了心存著背水一戰的覺悟，仔細準備著。

首先，她將自己的外形，從頭到尾重新設計過。

秀子過去曾燙過一次頭髮，幾年下來，髮長長也留直了。秀子最大的優點，其實是秀髮烏黑發亮，肌膚雪白如玉，五官只是普通。

但，「一白遮三醜」，雪膚配上烏髮，早已構成美女的基本要件。秀子自己深深掌握了這個優點，她將秀髮在腦後盤了個麵線髻或貴妃髻，臉上脂粉不施，益發顯得白是白，黑是黑，予人極強烈的注目率。

她換掉大褂衫，改穿花旗袍和洋裝，盡量讓自己顯得時髦而仍保有獨特的風格。絲襪是種時髦東西，修補它的人，豈能像個從陰暗角落冒出來的人？

秀子就這樣出現在艋舺市場內，真的是一張椅子，加上一個補襪的木檯，還有頭上那塊寫著紅字的「補襪」小招牌。

開始的時候，秀子自阿好那裡拿來一堆未必要補的破襪子擺個樣子，頭些天，拿襪子來補的人，幾乎沒有，只偶爾有人來探問：

「補一個洞多少錢？」

秀子總是微微笑，輕聲細語回答：

「要看破多大才知道。不會算妳貴啦，放心。」

慢慢逐漸有客人上門了。秀子盡量力求動作快和繡工細，決心要打出名號，立下口碑。

不久，工作慢慢上了軌道，有時工作半天往往無法做完，所以，秀子常留到下午三、四點鐘，再搭公共汽車回家。

蓮花現在身體也康健了，偶然寶善師那裡趕工，她還可接手車衣。

不過，年紀大了，眼睛花了，有時車工不甚精緻，所以後來，蓮花又改接了一些茶葉袋子來車。袋子的工不那麼講究，車起來又容易，儘管工錢低些，但蓮花寧願做這個，免得砸了寶善師的招牌。

日子忙起來就過得容易，不久，美津也進了專收女生的蓬萊國小，開始她的求學生涯。

蓮花一下子空了下來，自年輕時忙到現在，家裡總有些要她守著的人或事。哪裡像現在，這家裡年紀最小的美津也上學了，美津原就乖巧懂事，五、六歲時已經凡事都自己來，上學之後，更知道要幫忙，所以蓮花的工作量事實不多。

秀子亦很體貼，並不因她在外工作，負擔大部分的家用而把家事全放給蓮花做。母女倆反倒常因搶工作而嚷嚷，但嚷嚷之間，心裡倒很篤定，知道對方不欺心，「受他人點水之恩，當報湧泉」，秀子是在報這二十六年蓮花對伊的養育之恩啊。對蓮花孝順之深，其實還加了一分秀子來不及回報繼父石頭的感激之情。

蓮花原來是個大門不出、二門不邁的女人，再嫁石頭前兩年，因感謝她前夫劉茂生的兄嫂茂林與金鳳的恩惠，所以還偶然和石頭相偕到新莊仔去看茂林、金鳳。後來戰爭一打那麼多年，加上美軍轟炸，漸漸較少來往。

她嫂子金鳳在光復前一年病逝，正值秀子懷孕生產多事之秋，蓮花和石頭聯袂前去拈香告別，那是最後一次前往新莊仔。

石頭猝逝，茂林的兒子興善、興文相繼成婚，蓮花想著第二代又隔了一層，自己並無血緣關係，因此便斷了走動之心。

大病方癒，為著生活，秀子與她都很緊張。直到最近，秀子生意上了軌道，熟門熟路，開始慫恿蓮花和伊到伊的生意場看看。

三催四請，母女倆終於在某一天的早晨，搭上公共巴士，一齊來到艋舺。

秀子亦不直接去市場攤位，卻帶母親進龍山寺去燒香：

「龍山寺也是古廟，主神是觀世音菩薩，香火很盛。」

秀子出來補襪之後，人改變許多，有種歷練之後的成熟之美。
蓮花看看這情逾親生的女兒，嘆道：
「妳何不每天一早來上炷香，祈求觀世音菩薩保佑妳早日嫁個好尪婿？」
「我嫁了，那道三和美津怎麼辦？正是用錢的時候。」
「我靠房租，再車點茶葉袋，勉強也過得下去。」
「阿母，您是快五十的人哪，還以為三十幾尚青春？還做得動！」
「妳自己——亦不二十六、七了？」
「二十六就二十六，阿母給我加一歲幹什麼？愈老是愈不值錢呀。」
母女倆說說笑笑來到秀子擺生意的地方，蓮花看看周遭，不勝安慰的說道：
「我正奇怪妳怎麼不鬱卒？原來是這般鬧熱所在！」
「鬧熱，日子過得快。」秀子笑笑，說道：「現在再叫我回寶善師那裡去做，打死我也不回去了！」
「自己做卡好，賺得也多。不過，畢竟是辛苦錢，一針一線累積起來的，我們好歹要愛惜，省著用，積存才有底。」
「我們厝內，有哪一個是不節省的。我現此時倒有一個信念，人是餓不死、苦不死的，只要不自尋死路，沒有活不下去的。」
一個上午，母女倆談談說說的，有客人上門補襪，難免好奇的問秀子：
「這歐巴桑是妳什麼人呀？」

一說出來是母親，問話的人接下來的話幾乎千篇一律：
「歐巴桑，妳真好命呀，女兒這麼水又這麼能幹，你還這麼年輕，真好命呀！」
蓮花笑咪咪，十分謙遜，卻總要千篇一律來上一段：
「哪裡唷，你們大家疼痛她！若有好的對象，幫我們介紹一下。」
客人一走，秀子就埋怨：
「阿母，您要幫我嫁幾次？見一個說一個，不怕人見笑？」
「有什麼不好？人面闊，較有機會。」
「我如此怎能結婚？您亦知曉，放不開哩。這件事就莫講啦。」
「現在不趁少年時趕快嫁，難道還等阿媽時候才嫁？跟妳說過，我們三人不是問題，絕對有辦法自己生活，妳不用掛這個心，放不開腳步。」
「好啦——」
「難道不是？」蓮花搶白著：「我五十未到，尚做得動。等做不動時，道三就大漢了，一個接一個，妳不用愁。」
秀子無可奈何，苦笑說：
「真沒辦法，帶您來散步，您卻來賣我。」
那一上午，見蓮花很開心，秀子也高興，仔細帶她各處看，回家時又細心指路給蓮花，說：
「阿母仔細認路，下回如果妳鬱卒，或想來走走，只要妳會認路，隨時都可自己來來去去，就不用在那裡枯等我一個上午。」

「也不枯等，很有趣味呀。」

蓮花自來到秀子工作的場所之後，忽然有種認識，這是一個不同的時代，她已經不是屬於這個時代的人了，是過去、過時的人。而秀子卻是這個時代的人，充滿生命力。

她相信秀子會找到伊自己的幸福。

這一日，秀子正如一般時候，聚精會神的在繡補，已近中午十二點，市場的尖峰時期已過，人潮漸少。突然有個男人的聲音，帶著濃厚的福州腔，開口說：

「這個，請妳——補一補。」

秀子詫異的抬頭。

眼前是個大約三十歲的白皙瘦長男子，帶著靦腆，很不自然的遞出一雙簇新男襪。

秀子的攤位，從未有男人光顧過。繡補工錢貴，男襪一雙沒幾個錢，不值得拿來繡補耗工資。

秀子一照眼，見那襪子簇新；又見那男子眼熟，心念一動，便知是怎麼回事。

她接過那隻男襪，翻開來找破洞，一看那個用剪刀刻意剪破的圓洞，不禁在心中啞然失笑起來，可臉上卻不動聲色，委婉的對那男子說：

「這個洞補起來，工錢比新買一雙還要貴，不值得的。」

「沒關係。」男人臉一陣潮紅，因為皮膚太白的緣故，所以更顯得臉紅。

秀子這時亦為難起來，她可不願賺這分明是不該賺的錢。

「我補的是絲襪……」

「沒關係，隨便補一補就好。」男人顯出決心，繼續勇敢的堅持。

秀子心想，這怎能隨便？補不好，是她的好口碑受威脅；要補好，那麼大一個洞。

她因之耐心的解釋：

「平常絲襪，不是抽一兩條絲，就是破這樣小小一個洞，不像這，剪成恁大一個……」

「我說過沒關係，妳補就好。」男人放下一張五元鈔票，問道：「如果還不夠，我下回取襪子時再拿來。」

秀子雖不太聽得懂他的福州閩南話，不過半猜半聽加拿出來那五元錢，約略也就明白。

她笑笑將襪子收進紙袋。大凡客人的襪子，她都各用一個紙袋收好，寫上姓氏或名字。這男襪特殊，其實沒人雷同，但她還是問了句：

「貴姓？」

「我姓楊，我是……那轉角的餅店，那裡……」男人好意的指著對面，用福州腔努力介紹自己的來處。

秀子順著他的手勢，忽然明白了！

原來這男子是市場內一家做餅的，當然，是福州餅、鹹光餅、馬蹄薯……等等，難怪覺得眼熟！

秀子憶起有幾回自己走過那店時，曾經和他照眼過……

不知怎的，秀子忽然覺得臉熱熱的。

那男子一離開，秀子便感受到來自洋裁店眾多的「關懷」。

「喂，秀子，那福州仔拿襪子來補呀？」

「這分明是……哈、哈、哈。」

「福州仔的店，生意不錯，他是頭家吔。」

其實洋裁店的老闆也是福州人。

秀子被這七嘴八舌的調笑弄得臊臊的，回答不是，不答也不是。她不禁有點怪那福州仔，什麼時候不來，偏偏等這時大家都閒時跑來！

但大家都忙時，那福州仔也忙呀！

餅店的東西，三、五角一個，尤其是馬蹄薯剛炸時熱熱的極好吃，店裡師傅邊炸，客人邊搶，生意好極！市場人越多，他們生意越好！

這福州仔店，不知是入境隨俗還是怎的，過年過節另賣麵龜、糖年糕、發糕，現做現賣，生意應接不暇！

原來他是頭家，看來亦不過三十上下而已。

秀子將他那隻剪破的襪子拿出來看，不禁啞然失笑。真是剪的！要剪也得剪得技巧，讓人看來像鉤破或什麼的！

秀子當然也想到他所為何來的事。

不可能！唐山來的，又是福州仔，講話伊伊喔喔的！

自己想到哪裡去了？人家只不過來補隻襪子，她就想到天外去了！

秀子想想不成！仍將他的襪子往待補的地方一丟，照舊依序補那些絲襪。

經這一擾，她心緒全無。想著今日何不提早回去陪她阿娘，反正家中另有一個補襪檯，遂把未補的襪子放入提袋中，匆匆收拾好，彎到魚攤上買了一小塊鯊魚，又另買了幾個福州丸，包肉的福州丸，是道三喜歡吃的食物之一。

秀子走經福州仔的餅店，那福州仔正坐在店內面向外，應該是早早就看著她走來了，一見她出現在他店口，他便對她笑了笑。

秀子待要不理，最終還是勉強笑笑，便匆匆走過，很快走出市場。

這也不便！每回要經這福州仔餅店，好像被監視一般。

第二天差不多同一時間，福州仔又來。秀子一見他，歉疚的說：

「還沒補吔。」

「沒關係、沒關係，不急、不急！」

說完，翻身就走了，亦不曾囉嗦。

秀子因著他來催，便將那隻男襪拿出來補，預備次日給他。

次日，福州仔倒未如預期般出現。

秀子回家時，他仍舊站在店內，不，這會兒是在店口，距離更近。

她匆匆走過，沒跟他提襪子補好的事。

她可是懷了心事在想：像她這個年紀，一般早已結婚生了好幾個孩子，這福州仔若是真對她有意，難道不會想到這個？

還是她自己胡亂想到這上頭了？

人家或許真是不小心剪破了那襪子也難說，這人世，有什麼事不會發生？

第三日，福州仔終於來了，秀子將襪子遞給他，另找了兩塊錢。

福州仔楊，一看那找錢，像見了鬼般跳開，結結巴巴說道：

「不行、不行，妳會賠錢！」

「三塊錢夠了！」

他也不等秀子在那找錢，轉身匆匆逃了。

秀子想想也罷了，不想再和他牽扯，洋裁店一屋子全在「密切注意」這事的發展。

他們或許是好意，但……不管這些！不能給人說閒話就是。

那天秀子晚了些回家，還沒走到福州仔餅店，她遠遠便看到他候在店口了。

這人也真是，全不管人言人語，做得這樣顯眼，他不做人，她可還要！這市場再大，也盡是這些人在轉來轉去！

福州仔楊，一等她走近，忽將手上一包用紙包好的東西遞給她，秀子吃了一驚。

「補那隻襪子不夠本錢……這些餅，請妳帶回去。」

「不……不好！」秀子一急，亦講不出拒絕的道理，只拚命將東西往他手上推。

「我要多謝妳……」

「夠了！夠了！」秀子急急要走，怕被周遭的人看見。

「這些餅……，下午客人少，放到明天不好吃，可惜了。」

福州仔楊硬將紙包放到她手上，秀子聽他如此說，也不肯和他糾纏不休，索性接下來。

福州仔這時才露出笑容，在秀子身後追了一句：

「要吃的時候熱一熱更好吃。」

秀子沒有答腔，埋著頭走了。心裡可是在嘀咕：這下子，全市場都知道福州仔送她一包餅了！

秀子搋了那包餅回到家，當著蓮花的面打開來，原來炸得酥酥的餅皮，因為包著擠壓的緣故而碎了，看起來有點糊的感覺。餅皮上用龜印印上去的紅字，夾在酥黃的碎皮之中，確實也很狼狽的樣子。

蓮花見了心疼，便帶點責備的口吻說：

「可惜了這些錢！妳看買這一大堆，如何吃得了？要懂得節省呀，不要以為錢來得容易。」

秀子悶悶的回了句：

「免錢的。」

「免錢。天公伯仔給妳的？」

秀子無奈，只有照實回答：

「市場裡一個福州仔賣餅的，前些時拿了一隻襪子來補，我收了他五塊錢，他歹勢，認為我短收了他的，硬塞給我這包餅。」

蓮花一時，忽然就覺逆耳刺心，口氣便生硬起來：

「做生意求公道，夠了就夠，不夠就不夠，妳何以要短收他的錢，再來和他膏膏纏？」

「我哪有短收？兩隻襪子多少錢？我多拿了，人家還不如再去買雙新的？一切是歡喜甘願，是那福州仔自己想不開……」

「他想不開，妳可沒義務收下那些餅，不知道的人，還以為我們狷貪。」

「阿母！」秀子揚著聲音：「我回來時經過他的店，他硬塞給我。大庭廣眾之下，我在那與他膏膏纏，反不如接了走路省事！這也錯啦？」

蓮花心想，錯不錯怎麼說？很多大錯，都是從小錯開始，像從前秀子和蘇隆昌那段孽緣。她也並非愛管，都二十好幾近三十了，如果能說，也是八歲小孩的母親，何勞她這老阿婆多管？

蓮花嘆了口氣，忽問：

「那福州仔可有妻小？」

「我管他有妻小無？」秀子一方面賭氣，一方面撇清。

「有妻有室，還對妳如此，豈不要壞我們的門風？妳不能講，我去和伊講！」

「阿母，您莫是起狷？」秀子忽覺蓮花反應過度：「送個餅，您以為是什麼大事？您如果一攪，糞坑不是更臭？」

「沒做什麼，怕人講！」

秀子無奈，只好回答：

「是沒妻室。市場的人，話傳來傳去，我聽說是沒有妻小，他是餅店頭家。」

「頭家？哼！」蓮花不知怎的，火氣特旺，對秀子的話嗤之以鼻：「頭家有大有小，推車叫賣的也是頭家，頭家有三不五等，頭家？哼！」

秀子不懂母親何以一反常態，為這一件小事弄得劍拔弩張的？看來母親是不喜歡福州仔和她接近。可阿母連看也不曾看過福州仔呀。

秀子雖覺委屈，但決定不接腔。到底是老大人，犯不著與之嘔氣。

蓮花見秀子不答話，悶了一陣子，忽然又說：

「妳可知道，那些唐山來的阿山仔，唐山老家都有妻室。到了臺灣，反正音信斷絕，就騙這裡的憨查某，說他未娶妻——」

「他根本沒跟我說，話都是旁人在傳。」

「這邊騙騙再娶，別以為這樣就可以長長久久和他做一輩子夫妻了，哪一天他再回唐山，人家那邊的，依然是結髮正式夫妻！到時候，欲哭無淚，看妳哪裡討人？」

秀子聽蓮花這一說，似乎也有理，心緒不免受了影響。原來飄浮著的一些模模糊糊的憧憬，此刻都像泡沫一般一顆顆幻滅了。

「誰要跟他做夫妻？」秀子賭氣恨道：「不過是補一隻襪，拿一包餅！」

蓮花將語氣放軟，半哄半勸：

「我剛剛講的是一例。阿山仔，不知何時要回去？妳是跟去呢或不跟？要跟，人家肯不肯叫妳跟？別高高興興、歡歡喜喜開始，落得哭哭啼啼結局！我要妳想清楚，該找個有根柢的。」

「我沒說跟他有什麼，阿母講一堆，像是真要跟他怎的。」

「妳沒聽過，烈女難敵纏郎？女人就怕纏，一開始好像沒什麼，這樣那樣的膏膏纏，到時候，周圍的人都認定妳跟他如何，再也沒人肯介紹對象給妳，妳豈不白白斷送機會？」

母親千說萬說都像有理，秀子的心思，左衝右突衝撞不出一條生路，頓覺無趣又無望，只是悶和累。

「唐山男子早早就結婚了，妳不說這福州仔有三十？算他三十好了，四、五年前來，亦二十好幾，怎會在家鄉不曾娶？」

蓮花見秀子臉上有怨氣，不覺就嘆氣：

「我不是攔妳，我豈不願意妳尋了正當人家好好嫁出去？不必在這兒歹命！可我是妳阿母，我不管、不提防、不勸阻，難道由著妳去撲火？」

秀子眼一紅，起身轉頭走進屋裡。

蓮花看著那包碎餅，心裡很苦，想著：女大不中留，誰說不是？秀子似已心動，她做阿母的，說不是，不說亦不是，究竟如何才好？

秀子算是歹命，十九歲就生了美津，連個有名有分，共枕一整夜的尪婿也不曾有；若是唐山仔真心實意待她倒也罷了，語言講不十分通，日久朝夕相處自會通，這都不是問題。

怕的是，唐山仔在大陸有無妻室？若有，秀子不就成了外室？千山萬水的阻隔，誰有本領探問這事真假？有朝一日，若是唐山仔的髮妻正室出面，秀子是當小，還是得做棄婦？不是她蓮花胡思亂想，而是這事大有可能。

若唐山仔真的未娶，將來若能回去，秀子不也嫁雞隨雞，得跟他回唐山？

人生地不熟，孤鳥插人群下，實在也可憐啊。

可秀子若已動心，她做阿母的再多說多阻攔，卻又傷了母女感情……

蓮花左思右想，自己也傷感無趣。若是石頭在就好了，男人見識多，有他做主頂著那片天，她何用如此吃苦？何用在此成了嘮叨老太婆，不僅說話不足輕重，兼且又討人嫌棄……她哪裡喜歡這樣？

道三還那麼小，國小尚未畢業。等他能替她這做阿母的做主，又是迢迢長呀。

蓮花想得心焦眼乾，索性躺到床上去，不想這一躺，又躺出了心病外帶一身的不爽快。到了該做晚餐時，她不曾起身；該吃晚餐時，她亦無法起床，躺在床上，人滾熱滾熱的，昏昏沉沉，幾乎又要像舊臺幣換新臺幣那一次般，一病數月不省人事。

秀子為她煮了碗瘦肉薑絲湯，拿到床前伺候她吃。覷著她精神恢復一些時，款款對她說了些寬解的話：

「阿母，福州仔的事，您不用煩惱，我……從今而後，不與他……有任何交叉……您不用操心，我亦非年輕不會想……」

蓮花這一病，忽也有了醒悟，說話大不相同：

「秀子，我下午對妳說的那些話，全不算數，妳不用將它放在心上。妳自去做妳愛做的事好啦！」

秀子以為蓮花還在賭氣，忙忙辯白：

「阿母，我是說真的，不是在和妳說氣話，妳別如此才好。」

「秀子，阿母亦說的是真話，不是氣話。」蓮花示意秀子將其枕頭墊高，人亦在秀子的扶持下坐高些：「妳看，我這樣動不動就生病，一生病就風來雨來的，誰知何時會走？我剛剛在想，我管這麼多有什麼用？管你們一年、兩年，最多五年、十年好了，接下去怎麼辦？難道還要將這些煩惱帶到棺材裡去跟自己過不去？俗語說，兒孫自有兒孫福，老大人管太多是多煩惱，又不能保證兒孫幸福，反而讓被管和管人的兩方面都痛苦。秀子，妳也快三十了，自己的事，自己去判斷、去決定，到時莫要怨人才是。」

「阿母，我亦無要決定什麼事。」

「憨人！」蓮花慈祥的拍拍秀子的手臂：「福州仔這事，說不定是椿過得去的姻緣，我打算讓妳自己去探聽、去決定，妳得好好看看這個人，心狠不狠？人可不可靠？」

秀子想了想，委婉的說：

「阿母，人心隔肚皮，我哪知？」

蓮花搖搖頭，說道：

「人，實不實，看眼神、聽說話，一定知道。這事沒人能幫妳，全得靠自己。」

蓮花話說多了，覺得累，便歇了歇，接著又講起另一層憂慮：

「我中午亦跟妳提過唐山那麼隔閡，萬事都掌握不住，一切亦是妳的命了。我唯有兩個要求，第一，要明媒正娶，我呢，聘金、禮餅都要他按禮數來。不是我刁難他，我的用意在維護妳。第二，妳不可輕賤自己，美津的事不可說，亦不准妳私下和他出去，要就差人來說媒。」

秀子聽聽蓮花所言，亦不無道理。然而，那福州仔可沒表示什麼呀！

「阿母，福州仔其實沒說什麼，只不過補隻襪，送些餅亦不為過，可能他覺得我們算他便宜……也許，他不是那個意思。」

「哼！騙我這個老先覺！男找女，還有什麼事？平白無故，拿隻男襪來補，付了錢，又找個理由來接近，說什麼送餅啦——」蓮花闔上眼，顯出疲累的樣子，慢慢躺了下去，再也不肯說一言半語。

而蓮花所說，不是虛妄。

自那日以後，只要秀子未收工，而福州仔店內客人又不多，他便彎到裁縫店，名義上是講來找他的同鄉——裁縫店老闆閒聊，然而，秀子總覺得他是藉機來找她的，他的眼神蘊藏著萬千言語對她說，不管是自正面、側面或背面，秀子都感覺到他那灼熱的目光，像一團火，熊熊衝越時間和空間，焚燒到她的身上來。

終於有一天，秀子收工後，離開市場要去搭車回家，還沒走到站牌，忽聽背後有人叫喚：

「丘小姐。」

蓮花嫁給丘雅石之後，秀子也就跟著姓丘，對外都告訴人家她姓丘。

秀子回頭，正如預料，是福州仔。

秀子的臉，不聽使喚的燒紅起來。

福州仔今日穿件白襯衫，漿洗得又挺又白，黑色西褲看來亦十分的新，好像要去做客的穿著。

「妳要回去了？」

「是。」秀子緊張的壓了壓手下的提袋，忽然想起蓮花所告誡的「不得與福州仔單獨出遊」的話來，匆忙說了一句：

「我要走了！」

轉身便匆匆往候車的地方走去。

「秀子小姐，請等一下！」

福州仔趕了上來，和秀子並肩走在一起，秀子緊張的看看周圍，怕有熟人看見。

秀子不知要加快或放慢腳步，忽然覺得自己絆著了自己，一個踉蹌，差點仆倒。

福州仔伸手去扶她。秀子一站穩，即刻甩開他的手。

「秀子小姐，我有事和妳商量，請妳等一下再走好不好？」

秀子終於停下腳步，問道：

「什麼事？」

「我是想，我們……可不可以做個朋友？」

秀子的臉飛紅，強自鎮定，說道：

「閒言閒語，我們這種人家是禁不起的。市場裡人來人往那麼多，商家又密密麻麻，莫說做朋友，只要說兩句話，謠言不就滿天飛？我，我是要做生意的。」

「可是，我是很誠心的。」福州仔顯然很著急。

秀子站在那裡，盯著福州仔的臉，奇怪竟有這等白皙好看的男人！

她畢竟也是歷練過的女人了。自出來補襪子，更加見識過許多男男女女。她曾經有過一個男人，很短暫的，不能算是擁有，蘇隆昌的臉，經過這幾年，逐漸模模糊糊、記不真切。而眼前這個男人，如此真切、如此熱誠的映在面前，只要她伸手，即可觸及……

秀子忽然打定主意，要慢慢將他的軍。

「做什麼朋友呢？我沒有……出嫁，如果做朋友，被別人知道了，將來嫁不出去。」

福州仔一聽，急了，結結巴巴便說：

「我誠心……不會害妳，我是準備，如果妳願意，也許我們……可以……結……婚……我是說……」

秀子的臉迅即飛紅。但她想起蓮花的話，覺悟到自己的終生必須靠自己打算，因之，把心一橫，也顧不了羞不羞了，開口說：

「你這人亦是，我連你是誰都不清楚，如何和你……交往，我只知你做餅，其餘完全不知，包括你的家裡……」

秀子想要給他一個交往前提，那就是：如果她和他交往，那一定是要結婚的，她不準備和他玩玩罷了。他也別想只和她玩玩。

「如果妳給我機會，我一定清清楚楚告訴妳。」

秀子亦不曾忘記她自己的問題。她該不該跟他提美津的事？如果要提，什麼時機最好？他會不會因而卻步？她會不會因之失去？

「妳沒吃飯，是吧？」福州仔生怕她改變主意要走，急，但又小心的問道：「我也沒吃。我請妳到別地方去吃，不會被……那些認識的人看見。」

「不行……」秀子遲疑著：「我阿母會等我吃飯。」

福州仔突然福至心靈，反駁她說：

「妳平時也常常過午才回的，那妳阿母等不等？」

秀子抿抿嘴，隱含笑意：

「你怎麼知道？」

「我每天都在注意。上回妳阿母來，我也知道。」

秀子不禁嗔道：

「你這樣，難怪別人會說閒話。」

「所以，我們到別處去吃飯，好吧？」

秀子低頭想了一下，轉身默默走了。

福州仔楊緊跟著她，不知她是答應還是拒絕？可又不敢即刻就問，怕遭到毫不留情的峻拒。

如此一前一後走了一會兒，秀子頭也不回，忽然問了一句：

「到底往哪兒走？」

一聽這話，福州仔大喜過望，即刻喜孜孜的跨前一步，往左挪了挪身子，示意秀子往左轉：

「我請……我們去西門町，我請妳吃日本料理。」

福州仔楊的全名叫楊天成，隻身來臺，家裡在福州原來就是做餅的。二十四歲來臺灣，來臺之前不曾在大陸娶親。

當然，這都是楊天成自己說的。信不信、真不真，是另一回事。

秀子決定不管蓮花的告誡，要私下和楊天成交往一陣子。

她把一切事情都在心裡前後思考過。她必須把楊天成的背景弄清楚，她也要讓楊天成對她的環境有點了解，這樣結婚才會有基本的成功把握。她可不能像她阿娘一樣，全憑天意和運氣，第一個嫁的奇差無比，第二個則幸喜不錯。她呢，已經錯了一次，可不能再錯一次，否則，只怕這輩子都不會再有機會。

從那天之後，秀子和楊天成便在每一個前一天約好次日要見面的時間，然後，到了約會時間，秀子開始收拾東西，遠在斜對面的楊天成看到了，也管自料理好，先行出門到公車站牌附近見面。有時楊天成恰巧走不開，當秀子經過他店面時，算是最後通牒，他務必會趕緊隨後趕出。

楊天成有時騎自行車出去，讓秀子坐在前桿上，載她到稍遠的地方去，譬如螢橋河畔、圓山頂上，他們一起聽過歌、喝過茶，在那輛腳踏車上，度過了數不清的甜蜜時光。

戀愛越深入，日子過得越甜蜜，秀子越無法將美津的事告訴楊天成。

好幾次幾乎下定決心要講，臨到尾又說不出口，畢竟，她不能冒失去楊天成這個大險呀。

兩個人躲開眾人，交往了半年多，這一日，楊天成又對她提起結婚的事：

「既然我們合得來，成天在外相聚短時間，又得各自匆匆回去，不如就結婚吧。何況我都三十了，也希望能快點有自己的孩子。」

現在，兩人用臺語、國語交叉混合，已可十分溝通；楊天成的福州腔調，秀子更是掌握得八九不離十。

秀子知道他有一點錢，有市場那個攤位，但並無居處，而是和餅店夥計一起宿在市場內的攤位裡，非常克難。

結婚以後，總不能教她也跟他窩在那種地方。

「我們先租個房子，等賺夠錢，再買房子，我想，只要存個五萬塊錢便夠了，最慢三、五年，一定讓妳有自己的屋子住。妳知道，我希望自己的孩子，即便不能在自己的屋頂下誕生，最少也要在自己的屋頂下成長。這一點，妳要相信我。我不賭、不玩、不抽菸、不喝酒，唯一的興趣只是工作賺錢，我一定會給妳和我們的孩子好日子過的。」

這一點，秀子倒是絕對相信。

秀子擔心的是蓮花會要求聘金和禮餅，其次她煩惱自己婚後是不是還能繼續以工作所得養家？

聘金禮餅是風俗，楊天成認了，只要不離譜，可以接受。

至於第二點，他也沒有好理由反對，秀子有一個弟弟、一個妹妹和養母需要她養，這是事實，所以他同意秀子結婚後依舊在市場內補襪子，繼續盡養家的責任，直到道三能夠接棒為止。

於是，楊天成請了一位娶寶島姑娘為妻的福州同鄉夫婦去秀子家提親。

一聽秀子說姓王的夫婦要來提親，蓮花心中有譜，知道秀子心中早已千萬個願意了。這長達半年來，秀子每天不入晚不會進門，有時甚至遲至夜裡十點以後才回家，這是以前絕不曾有的事。

蓮花問過她，秀子總是支吾其詞，說是工作。蓮花心裡有數，也不追根究柢。

但她亦怕事情拖久，秀子又出毛病，反而不佳。所以楊天成要來提親，她倒鬆了口氣。

蓮花是個天性不愛囉嗦的人，這亦是秀子敬她的原因之一。

蓮花只問：

「美津的事，楊天成知道嗎？」

秀子搖搖頭。

蓮花又問，倒並非要問出什麼答案，只像是一種照會：

「那麼，我們就不打算讓他知道了？」

秀子想了很久，為難的答道：

「不是存心要騙他，但試了好幾次，都說不出口。」

蓮花點點頭，說道：

「不管存不存心，總是瞞著他了。也罷！從前種種，放它任水流，自今而後，妳做主婦要有個主婦的樣，只要妳全心為那個家打拚，自然可以功抵過，過去那件事又不是汙點，即使往後他知道了，應該不會太震怒才對，聖賢亦會有錯呀。」

蓮花的通達寬厚，一直是秀子安定與勇氣的來源。一直到這時候，秀子才真正明白，蓮花其實一切均是為她著想。

「我明白會要他的禮餅聘金，倒並非我要這個錢，而是，規矩不能無端就廢，我要他明白，娶我女兒，得來不易，往後要好好珍惜。」

「阿母，他明白，女兒也明白。」

「秀子，我們雖不是親母女，但這二十年的相處，我覺得——我很感謝天公讓我領養了妳，說實在的，親女兒也就只是這樣罷了。」

秀子聽了蓮花這番話，忽的跪在蓮花面前，說道：

「阿母，您待我，比親生更好……」

「起來、起來，人是互相，將心比心就是了。」

王姓夫婦來時，蓮花穿上她最好的衣服，雍容華貴的在前廳接待他們。

楊天成差請來提親的夫婦，一個是楊天成的同鄉，另一個是講著和蓮花同樣的母語的婦人，可謂再恰當不過了。

王先生說明來意，王太太即刻以臺語翻譯，唯恐蓮花會聽不懂。

而蓮花，以一種雍容而不失親切的語氣說道：

「我這個女兒，雖不曾正式讀過書，但她跟人學過，漢文、日文都能看能讀，手藝好，這是兩位都知道的。難得的是，自我頭家過世之後，這個家，幸虧是她。但也因為要拉拔這兩個幼弟幼妹，所以誤了她的終生。老實講，若非緣分已到，我還真的捨不得呀。」

蓮花這番話，說得既尊嚴又得體，不僅將秀子的珍貴、優點，全歷歷說出，而且亦將秀子遲至二十六歲仍未嫁的原因，說成是為養家，泯除了外人對這一點的疑慮。

王氏夫婦自然只有唯唯諾諾。

蓮花自有她的兵法，她又說：「做媒提親，造就好姻緣，勝過別人行善許多功德。王先生、王太太，我代表秀子，在此向兩位致謝。來、來，請用茶。」

三人各啜了口茶之後，蓮花毫不稍待，繼續說：「我這裡有個疑點，想請問王先生。王先生既是和楊天成先生同鄉，應該知道他娶過親沒有，這事可不能說謊，因為說謊有損陰德呀。」

王氏夫婦雖覺蓮花這話，有辱他們的人格，因此臉色不由自主變了變，但很快又恢復自然，王先生鄭重的回道：「自然是沒娶，如果曾娶過，我們敢來提親嗎？這是騙婚呀。」

蓮花笑咪咪接口：「有王先生這句話就好了，我完全放心，失禮的地方，請你們原諒。但也請你們體諒一個做母親的人的心情，唐山，對我們真是陌生又隔閡呀。」

王太太是明白這種感受的，即刻接口道：

「我們是同一條船上的人，不會騙妳的，人啊，要有良心啊。」

蓮花和他們又聊了兩句，這才提出小小的條件：

「我要求不多，但禮不可廢。我想，要三十六盒禮餅，二千六百元聘金，不會過分吧！」

提親的王氏夫婦一聽，如釋重負，沒想到居然只提出這個小小的數目，趕緊說道：

「應該、應該。」

「但是，相對的，我也無法給秀子什麼像樣的嫁妝，一切萬望他們小倆口能和好到老，恩恩愛愛。」

「是啊，難得老太太這麼明理。」

蓮花一笑，又說：

「秀子要穿禮服，要公開宴客，我要風風光光將她嫁出去。聽說宴客不會賠錢，既然不花錢，讓年輕人一輩子永遠記得這個日子，這個形式，我覺得很好。你們二位的意見怎麼樣？」

既是蓮花提出的要求，又既然不是故意刁難，王先生夫婦遂慨然替楊天成答應了。

在決定婚期之前，蓮花要求先見見楊天成。

「明後日都行，請他來用晚飯好了，晚上應該不妨害他做生意才對。」

楊天成在隔日下午五點多來到秀子家。經秀子示意，帶來了一盒香腸和肉脯當見面禮。

蓮花見他長身玉立，膚白臉秀，倒不像是做餅的工人，雖然看來不很鎮定，但眼神倒很篤定。

有關他的家世背景，蓮花全由王先生和秀子那裡得知，因此她也不打算再問。

吃飯的時候，道三和美津似乎亦不討厭他，蓮花亦頻頻為他夾菜，好像一家子都準備要接納這個人了。

「結婚以後，要住哪裡？」蓮花又切入正題：「我聽說你並沒有房子。」

「是。我隻身來臺灣，身上只有路費，原來這個攤位是租的，做了四年多才買下來，所以暫時還沒有能力買住家。」

蓮花仔細聽了，「哦」了一聲。

楊天成又說：

「我答應過秀子小姐，少則三年，多則五年，我一定會買一戶房子。」

蓮花靜靜聽了好一會兒，才開口說：

「天成，我想你既要娶秀子，我就叫你名字吧——」

「是，我，我不知該叫您——」楊天成結結巴巴的，不敢厚臉皮的逕稱蓮花為「媽媽」或什麼的。

蓮花笑笑，擺了擺手，彼此心照不宣算了。她只針對自己的重點，說道：

「天成，我只有一個要求，秀子是好女人，你要好好待她，不要辜負她。」

「我會的，我——」

蓮花笑笑，又說：

「秀子既要嫁給你，將來你就是我的半子，你好，秀子好，我就放心，我也不求什麼。」

「秀子婚後，我讓她繼續工作養家。」

蓮花一笑：

「這其實不必，我可以將一戶房子租出去，用那租金，加上我車茶葉袋子的工錢，亦夠我們母子生活。」

楊天成忽然被婉拒，有點不知如何是好，訥訥的接不上腔。

蓮花卻又把話一轉，說道：

「當然，我又有另一番想法。房子與其租給外人，不如讓女兒女婿自己住，這也有個照應。等你們自己買了房子，要搬再搬出去住，只不過，不知你的意思怎麼樣？」

「這，這——」

「如果你覺得離你的攤位太遠，不方便，那就另外去租也是一樣，我是自己多煩多操勞，怕你們另外租屋不方便。」

「不、不，我不是這個意思，我是覺得歹勢，不好意思──」

「既是自己人，那就不用客氣。你和秀子自己看著，要漆、要隔或要怎麼布置，統統由你們兩人自己負責，我就不操這個心了。」

「謝謝，謝謝！」楊天成萬萬沒想到未來岳母還會提議把房子給他們住。這房子又深又長，勝似去向人家租那種有時連廁所也沒有的、漏水或雨大點就淹水的房子。

蓮花的意思亦很明白，如要布置新房，她一概不管，那是新郎的事了。

還有一層意思。秀子婚後即使拿錢貼補家用，楊天成亦無好理可占，因為他住了秀子這邊的房子。

蓮花不要秀子屈了身分，可謂用心良苦。

當然，這些計較和用心，最好都用不上，蓮花最大的期待，其實還不是秀子和天成白首偕老，恩愛愛到永遠？

秀子和天成選在農曆十二月十二日成婚。

喜筵就辦在蓮花家門口。

偌大的前院外加巷子，擺了整整十桌酒席，連蓮花的第一任丈夫劉茂生的哥哥也來了，不過，茂林此番來的身分是母舅，「母舅王」最大，坐首位，送的禮也重，一大件西裝料，上面將茂林送的六張百元大鈔用大頭針綴在西裝料子上，掛在最醒目的地方──大紅囍字旁。

秀子穿的是綴金色龍鳳的及地大紅長旗袍，是裁縫店老闆和幾個夥計合送的。

新娘子挽起高髻，顯得華貴美麗。

蓮花坐在主婚席上，百感交集。十多年前，自己和石頭結婚時的情景歷歷在目，恍如只是昨日。石頭溫和而持重的臉容似乎出現在她眼前，含笑對她贊許：做得好，蓮花！

石頭和她的婚期亦在冬季靠新春時。自己過了十年非常幸福的日子。

秀子和天成都年輕，但願他們好好到老。

茂林舉杯向她恭喜。蓮花也拿起杯子，含笑回禮。真是，時光飛逝，茂林如今只是個頤養得非常好的老頭子，他們，茂林、她和茂生，如今都老了，這已不是他們的時代，屬於他們的時代都過去了！

蓮花觥籌交錯間想起茂生，無怨、無恨，像想起一個舊識罷了。很奇怪的感覺。

十幾年間，她很少想起茂生，即使想到，也只有恨怨罷了，恨他奪走了她的孩子進財與進丁，恨他讓她的前半生過得那樣悲慘！

十幾年間，她想的男人只有石頭。石頭生前，她想到要和丈夫好好廝磨；石頭過去之後，她想起他，只有懷念。

石頭才是她丈夫；劉茂生只是個她認識的人罷了。

時間真是過得太快。算算，她的第一個孩子進財，今年也二十一歲了。

蓮花的眼光掃過另一桌的道三，忽然有潛藏的願望竄了上來。她此生最大的心願，就是能再見進財一面，看看他長得什麼樣子，讓他和道三兄弟相認，聽他叫一聲「阿母」。

蓮花在鬧熱的喜筵中，不知不覺眼眶濕潤起來。

20

秀子和楊天成婚後，在蓮花用心觀察之下，似乎沒有什麼心結。

天成做餅，必須早起，雖然舖內有兩個夥計，但他仍每天起個大早，不到五點就趕到市場的餅舖，加入夥計行列中做餅。

由於是現金生意，很容易在不注意下被混水摸魚揩了油，因此天成亦須時刻坐鎮。在此之前，為了談戀愛所流失的金錢，他此刻像要補回來似的，非常認真的工作著。

晚上，他必須等到交代好工作，多少麵粉、多少糖，派定之後，囑咐夥計預先揉好麵糰，等著發妥，第二天才來得及做餅現賣。

所以，天成的工作，幾乎可用早出晚歸來形容。

天成亦是個不喜囉嗦的男人，他每一個月固定在同一天給秀子家用，蓮花估算了一下，那些，夠五個人用了。也就是說，秀子即使不拿錢出來，亦夠她和道三、美津三個人一起用。

蓮花有時在夜深人靜時，還時常會聽到天成和秀子在房間內調笑的聲音。那情景，令蓮花懸著的一顆心逐漸安定下來。至少美津那件事不曾影響他們夫婦的感情，天成亦未吹毛求疵找麻煩。

一年半以後，秀子生了她和天成的第一個孩子，一個男嬰，取名楊明勇。

滿月以後，秀子仍去市場補襪，不過時間大為縮短，主要只在市場人潮最旺時去接要補襪的客人，一袋一袋註明客人的名姓、多少錢、來件時間等等，收集好，大約在中午時分就匆匆趕回哺乳，然後下午留在家中補襪。

孩子就交給蓮花照顧。蓮花一來眼力較衰，二來要照顧外孫，早已不再車茶葉袋子了。

天成原來曾不要秀子再去市場補襪，因為他一個人賺的錢足夠養家了，不過秀子堅持繼續。因為孩子會長大，目前又有自己的母親照顧，根本沒有後顧之憂；何況，每天早上去三個小時招攬生意，時間很短，也不影響家庭和孩子。

所以秀子仍舊每天去艋舺市場，最少還可看看在工作中的丈夫。

天成的生意，每逢年節或拜拜最好。春節、正月初九、七月十五、五月初五、七月七日、七月二十九日、八月十五、九月重陽、每月初一、十五或初二、十六，各神祇誕辰等等，小拜拜小生意，大拜拜大生意，常要通宵達旦的做綠豆糕、麵龜、紅龜粿、各種粿糕等，節日越大，越是忙得不可開交。

每逢節日，只要道三和美津有空，秀子便帶他們到餅舖裡幫忙，幫著賣東西、包東西，自家人信得過，天成十分高興。道三放寒、暑假，幾乎全在天成的餅舖裡幫忙，和天成同出同進，連做餅的手藝也學了一些。

第三年，秀子又生了明仁。

連續兩個兒子，把天成樂得什麼似的。

現在，秀子每早只去市場兩個小時。而由於住家附近漸漸有人知道她在補襪，所以主動找來的客人也不少，秀子索性在巷口掛了一塊小小的「補襪」招牌，多少招徠一些客人。

道三國小畢業，初中聯考沒能考上，只混了個私立商職就讀，蓮花雖謹記著石頭要兒子好好讀書的遺言，奈何道三自小不愛讀書，蓮花亦無可如何，連私立初職，都是蓮花千求萬求，道三才勉強去讀。

初職畢業之後，道三認為已經讀了初中，對母親交代得過去，因此執意不肯再繼續讀高商學業。蓮花想想，真要做什麼小生意，初商亦可應付一些，因之亦只得斷了要道三再升學的念頭。

同一段時間，劉茂生和阿婉繼續經營金源山銀樓。

光復後，結婚、訂婚飾物流行金飾，金源山所在的位置，是臺北最有名的金飾街之一，非常結市，非常繁榮。

蓮花所生的進財，和道三正好相反，書讀得意料之外的好，自小無人督促，但功課名列前茅，第一流的初中、高中、大學，服役以後，他默默申請了美國大學的獎學金，決定赴美就讀。

雖然自蓮花手中奪走了這個兒子，但進財嚴格說起來，不像茂生的兒子，卻更像蓮花一個人的。七歲被迫離開母親，三年後，跟著他一起被迫到了新家的唯一的弟弟進丁，肺炎死去。進財小小心靈中被壓抑的仇恨所腐蝕、催化的痛苦，長久不褪。

他恨父親對母親的絕情寡義，也恨父親疏於照顧弟弟。

那麼多年來，他眼看著自己的父親和新人——後母詹清婉，日子過得奢華浪費，而且毫無意義。所有父系的親戚，無一人和他家有交往、肯走動。劉家來來往往、進進出出的親戚，全是月銀和阿婉那邊的。

他的生母，徹底被這阿婉逐出。

初中畢業時，進財曾到圓山仔附近，就記憶所及去找過生母蓮花。七歲前的記憶，無法周全，將近十年時光，變化又如此大，無論如何都喚不回來。

他甚至試著從圓山動物園開始，勉力回想唯一的一次，秀子姊如何自動物園帶他回家，左轉右旋，還是尋不到他們從前住過的家。

茂林阿伯，他的印象也很模糊，不，根本沒有直接的印象！

他生出來那七年間，他的父親因殺人逃亡在外，和老家斷了關係。

他所以知道茂林阿伯，純是後來茂生和阿婉在閒談中提及。從他父親的談話中，進財知道父親和阿伯，因為分產而決裂，兩個人早已不相往來。

他不曾想到，生母和茂林阿伯他們會有什麼聯絡。因此不知道從那裡打聽蓮花的下落。

將近二十年間，他始終和自己的父親與後母保持一種冷淡而相安無事的狀況。他的恨、他的思念，全化做上進的力量，使他倖免於發瘋或變壞。

等到他告知父親他要出國時，茂生目瞪口呆：

「留什麼學？讀到大學還不夠？還要讀？要讀到呆憨嗎？」

茂生罵了以後，想想讀書也不是壞事，因之改口又說：

「你是我唯一的兒子，這坎店，要你繼承，你怎麼不和我商量，一個人擅自決定？」

進財委婉但堅定的說：

「店可以收起來，要不租給人家，我是不會做生意顧店的。」

「要去幾年？」

進財仍說不出「不回來」的絕情話，他想了一下，回答得很模糊：

「五、六年吧。」

這裡，若說還有什麼值得他繫戀的地方，應該就是他那行蹤不明的母親蓮花吧！然而，母親將近二十年前斷了線，她應該也不知他在哪裡？若是知道，亦不敢前來相認。

這是一個無法圓滿的夢。

進財出國以後，有時一個月，有時兩三個月才有一封信回家。茂生終於覺得，他逐漸在失去這唯一的兒子。

而連生二子的秀子，到了長子明勇七歲時，又生了第三個兒子明智。三個壯丁吵翻天，秀子至此才不再到市場補襪。

也就在那一年，楊天成在東門買了一幢有前後院的大瓦房，本來要搬出去住，但秀子一人帶三個小孩，嫌沒有幫手，當然亦不肯將美津丟給母親，所以不肯搬去。天成只得將買來的房子租出去，繼續和丈母娘一塊兒住。

道三學了幾年做餅技術，沒有長性，不肯再做，整天只跟豬屠口一個姓黃的青年混。

姓黃的青年會開卡車。民國四十多年間，會開車的人本來不多，有車開的人更少，而開卡車的人簡直像天之驕子。那時候，當教員薪水只有七、八百塊錢，而卡車司機月薪可以拿到三千多塊錢，底薪加抽成，每個月都油水不斷，又可東去西往，看起來非常自由。

道三在黃仔的鼓吹下，跟著黃仔學會了開卡車。服了兩年充員兵的兵役之後，退伍便一心要去開卡車，蓮花攔也攔他不住。

他最常開的是臺北到基隆那一段。

路面儘管不好走，但往來車輛不多，道三好開快車，由臺北到基隆，居然一趟只要二十三分鐘。

道三個性一點不像石頭，石頭穩重謹慎，凡事都有計畫，道三卻隨心所欲，莽撞孟浪。

這兒子唯一還讓蓮花寬心的是，非常孝順。除了開車南來北往，或者貨主安排招待之外，道三在下工後，倒是經常待在家中。有時逗逗明智，有時則和兩個大的明勇和明仁玩耍。

十八歲的美津，正在讀師範最後一年。這個不知自己真正身世的女孩，一直將蓮花看做母親，而把生自己的秀子稱做姊姊。

美津自幼聰敏好學，初中畢業後同時考上母校的高中部和師範學校，最後她自己選擇了師範學校。原因大約有兩個，第一，師範是免費的，第二，出來以後當老師，聽起來是很清高的行業。

秀子和蓮花，對於美津，一直是以疼愛和欣賞的態度對待，兩人都沒有想到家裡要出個「女先生」了。這是十年，不，五年前想都想不到的事。

蓮花經過這十八年來做美津假母的「經歷」，到了此刻，有時會混淆不清，就把美津當成是她自己的女兒，是道三的妹妹。因此，她甚至還對美津的好成績與道三的不肯讀書做了慨嘆，她說：

「豬不長，長到狗身上去！」

美津的身量比蓮花、秀子都高，很奇怪，她猛一看竟然十分像沒有血緣關係的蓮花，而不像自己的生母秀子。她的眼睛雙眼皮雙得十分深而清楚，是她臉上最耀眼的地方。

美津愛唱歌，她的嗓音亮而高，經常在家裡教明勇、明仁唱童謠，唱得好到蓮花常常傾耳細聽。

每當這個時候，蓮花便要想：

「到底哪一個男人，才有這個福氣娶到她呢？」

蓮花此生的兩大心願，一是能再見到分離二十年的進財，二是看道三和美津分別成家。

21

卡車風馳電掣向雲林猛開，這是丘道三常走的路線，去時是載空木桶下去，空木桶自中間切開成兩半，裝好鹹菜之後，又原車載回臺北銷售。

道三大約三、五天要跑一趟雲林載鹹菜。車過臺中，視野漸闊，平疇沃野，常要好久才看得到零零落落的幾戶房子，卡車呼嘯而過，不斷都有趕不上公路局或無車可搭的人舉手希望搭便車。

路遠田野遼闊，無車代步是很艱苦的。

丘道三一起開卡車的同僚，大家每趟出去皆有被路人請求搭載的經驗，有時日頭當空照，紅豔豔對腦門直照下來，頭熱腳熱，中心更是煎熬，一趟路等閒都要走三、四個小時，如有便車可搭，真是太幸運了。

起初開車的人，心腸也熱，將心比心，往往肯停下讓舉手的人搭個便車，反正順路嘛，也不少張皮缺塊肉的。

但是，年深日久，柔軟的心逐漸被滄桑磨硬，車子好好在路上奔馳，沒有必要為個陌生人特別停車，所以道三聽到許多開車的同行閒聊，有些人同情心漸泯，有些人則看到對象再決定停不停車。

「長得漂亮的再停車。」

那也是一個方法，開車的人，工作單調苦悶，自己不找點樂趣湊湊趣，未免辛苦。

道三慢慢有些了解他的那些同行了。

讓人搭個便車，有時也會發展出露水孽緣，不然，偶爾吃吃豆腐，亦很稱心。

從前和黃仔出過車，在宜蘭線上奔馳，有一次碰到要轉移陣地的歌仔戲班。

黃仔停車讓他們一班人搭車，然後指著團中長得最漂亮的花旦，要伊坐到駕駛座旁。

道三明白這是「特別座」，專給團中唱主角的花旦保留的。

道三乖乖讓到窗口那邊坐好。

一路上，道三只看到黃仔邊開車邊用手肘去碰撞那花旦的胸部，後者一開始拿手去打黃仔的魔肘，幾次以後，女人遂也半推半就，和黃仔打情罵俏起來了。

那一段路，看得道三血脈賁張。

歌仔戲團下車時，黃仔還順勢摸了一下那花旦的屁股。

之後那段路，只剩道三和黃仔兩人。黃仔無所謂的對他說：

「女人就是這樣，其實她們愛得要死。」

道三不明白，女人是不是都是這樣，不過，那花旦倒是非但不以為忤，而且很自得其樂的樣子。

當然，並非每一次都這樣得心應手。

有回亦是搭載歌仔戲團，團員們正在上車，黃仔指著其中看來較好看的一個女子，叫伊坐前面駕駛座旁。

這時，團裡面的一個男子出了聲：

「伊是咱的某，不坐前面。」

原來是女子的丈夫，原來也曉得司機這一套，不肯讓他得逞。

後來坐前座的是另一個女子，道三猜是打雜或跑龍套的。如此倒是一路無事。

等客人一下車，黃仔啐了一口，幹道：

「他娘的！叫我翻肚！」

居然會有女人令黃仔反胃，那也是少見的，道三在肚裡笑他一個前仰後合。

這些，都是幾年前的舊事了。

道三自己開車之後，幾乎不蹈黃仔這些覆轍。

黃仔那種半下流社會的生猛作風，道三並不以為忤：然而，他也沒興趣和黃仔一樣如此胡搞。

記得有一回到宜蘭載橘子。橘園主人非常巴結卡車司機，將最好的橘子請司機吃，但黃仔似乎志不在橘子，在等待載運之前，道三看到黃仔在橘園和一個採摘橘子的女人追逐，甚至趴在地上，佯做在看女人的內褲。

黃仔當時沒有娶妻，道三不免想，是不是有了自己的女人之後，黃仔就不致如此？

他並沒因此就看低黃仔。但他想，一個男人，除了女人之外，總該還有點別的事可想、可做吧？如果一天到晚只是追逐女人，他還能做什麼事呢？

這也是道三自己開車以後，不搞這一套的原因。

車子開過不少魚塭，道三忽見路旁有個中年人舉手。

離雲林已是不遠，來人即使要搭便車，也不可能搭得再遠。雖然這樣想著，道三仍然慢慢減速，停了車。

「多謝，多謝，多謝你停車。」

招手的人，近看起來沒有遠看那麼年輕，尤其那個眼神，流露著疲憊的波轉。不過，這人不像個做莊稼或做粗活的，雖然皮膚很黝黑，但那個樣子，看起來就不像做粗重工作的。

道三開車門讓人坐定，才說：

「我只到雲林，你到哪裡？」

不等回答，道三便發動車子，朝前駛去。

「你到哪裡，我就到哪裡。不敢勞煩你。」來人偏頭看了看道三，帶著笑意，問道三：「載鹹菜？」

「嗯。」道三悶哼了一聲，把方向盤轉向右邊。

「抽菸？」那人遞了枝新樂園的菸給道三。

道三搖搖頭。

那人便收回，管自咬到嘴裡，點了火，吐了菸圈，說道：

「開長途車，不抽菸，不嚼檳榔的實在很少，很多司機都藉這些東西提神。」

道三笑笑，說道：

「習慣就好。」

忽爾不經意瞥到那人修長、不見指關節的手指，道三有些好奇，隨口問道：

「你做哪一行的？」

「現在還是以前？」那人有點自嘲的笑笑，說：「從前在公司上班，現在在鹿港養鰻。」

道三忍不住扭頭看他一眼：

「你看起來就不像做粗活的。養鰻，這一行好不好？」

「那要看你從哪個角度看囉。養鰻，一甲地可以賺到一百多萬，種稻子才賺個五、六萬了不起。但是，這也得運氣好，不碰到天災人禍。」

「我倒沒想到養鰻這麼好賺。」

「是啊，前幾年，就是四十八年的時候，八七水災，我養了一甲地的海鰻，本來養到一尺多的時候，可以賣給新竹南寮漁港釣鯊魚，那個價錢很好。誰知道八七水災一來，大肚溪南壩潰堤，短短一點時間，下了四、五百公釐的大雨，彰化、鹿港全完了，鹿港水淹一人高，據說彰化還淹到一層樓高，所以嘛，心血全泡湯了！我之所以講看情形，也是這個道理，一甲地養鰻，收成時是種稻所得的二十倍，但天災一來，大家一樣死！人，一直在講人定勝天，你看看這情形，有什麼用？美國，據說科學那麼發達，農業的生產、耕作全靠機器，他們就人定勝天嗎？也沒有，龍捲風一來，他們還不是全完了，人啊——」

道三聽他講了一大套，果如所料，不是拿慣鋤頭的人。

「被水沖走了，你現在還不怕？仍然繼續養鰻？」

「少年的，我已經潦下水了，反正衣服濕透，也沒有什麼好寶惜的，濕就濕個透！」

車過烏日，很快又到王田。

那人咕咕噥噥說了一句：

「普天之下莫非王田。」

「什麼？」道三沒聽懂他說什麼。

「沒什麼。」那人笑笑：「我當初啊，民國四十七年的時候，在臺北賣掉一坪三千元的土地，到鹿港買下一甲十萬元的土地養鰻，我是決心堅定的，放棄拿筆的手，改拿鋤頭，不容易呀。」

道三對這些數字並沒有什麼概念，但他知道一坪三千元和一甲十萬元，是很大的差距。不過，付出心血，投資了精神和物質，到頭來，被水一沖，也沒落到什麼好處。

人生嘛，海海啊，馬馬虎虎就可，不必太計較啦。道三腦裡浮起母親蓮花常講的那些口頭禪，特別是當她講起這輩子的許多波折，慣常會用「人生海海啊」做結。當然，唯有講起她和第一任丈夫所生的長子劉進財，蓮花才沒有這種消極認命的表示，她心中，一定是想再見進財哥一面吧？

道三直到最近，才聽蓮花談起，他居然有個同母異父的兄哥。母親大約覺著自己漸老，才會對他吐露心中隱藏的痛。

「八七水災時，豪雨連下十二小時，那天一早，我就覺得勢頭不對，可怕啊，六十年來最大的雨勢。」中年人搖搖頭，忽然想起，問道三：「還沒請教貴姓？」

「丘。丘逢甲的丘。」

「喔喔，丘先生，我姓蔡。」

道三扯扯嘴角，略略頷首，算是招呼。

車速飛快，將近彰化。

「那你是到鹿港了？在哪裡？」

中年的蔡先生謙卑的笑著說：

「到彰化就可以，隨便哪裡讓我下車就好，不必轉進鹿港。」

「沒關係啦，車子快，這麼多輪子在跑，何必勞累你的腿。」道三說著。他亦不明白為何自己對這中年人，如此好脾性？也許是因為蔡仔對他一見如故，告訴他許多新鮮事吧？獨自開長途車，有時真是無聊呢。

「你知道，我現在養鰻是賣外銷嗎？」蔡仔又絮絮說起自己的養殖事業：「賣給阿本仔，臺灣鰻魚每年外銷日本有好幾億美金。」

「外銷？誰幫你賣？」

「我自己。」蔡仔得意的說道：「我會講日語，戰前讀過幾年日文。我大學念的是外文，英語啦，所以，我自己找管道，自己聯絡。阿本仔喜歡一尺二左右的鰻條，不老。你不知道，阿本仔很喜歡吃鰻，他們還有鰻日呢，那天大家都吃鰻飯。」

原來還是大學畢業的哪。

蔡仔自上衣口袋抽出一張名片，遞到道三眼前，道三稍稍瞥了一下，好像還有公司似的，名字則叫蔡文星。蔡文星將自己的名片放在車前窗座下，誠懇的說道：

「丘先生回臺北時，彎到我那裡坐坐，看看我的養鰻場。難得你這麼豪爽，我們又談得來——你知道，脫離臺北，雖說是下了很大的決心，不過，長久面對那些魚塭，也是很鬱卒的啊，尤其是鰻苗還很小時，更是擔驚受怕、小心翼翼的。」

道三將他送到鹿港他的養殖場入口才掉轉車頭，蔡文星非常懇切的邀道三進去坐，道三搖搖頭婉拒了：

「今天耽擱久了，下回下來時，如果時間允許，一定來叨擾。」

「一定囉？」蔡文星再三追問：「一定！」

道三把車開走，拿起那張名片，不經意看了一眼，又放回原處。他想，自己不一定會有興趣去看個萍水相逢的人吧？

當日，道三到雲林載了鹹菜，回程時，卡車呼嘯而過，根本忘了還有這個人、這件事。

十多日以後，道三南下高雄，卡車開到彰化，人疲車乏，眼光偶然落到前窗下那張名片，忽然心念一動：何不去看看蔡文星？反正最多坐一坐，耽擱十分鐘。

憑著記憶開到蔡文星的鰻場，那日風很大，道三一早摸黑出門了，開了三個多小時，又疲又冷，才剛來到養殖場，看看一干人圍在飼料檯旁，一時不知要問誰才好。

突聽有人高聲叫道：

「丘仔、丘仔——」

道三循聲望去，正是蔡文星。

「來，來，來看餵鰻。」蔡文星讓道三站在他身旁，說道：「餵鰻要在風頭，牠們才會知道聞香過來。」

「吱、吱、吱」的吃食聲還挺大聲的，道三不知道鰻吃東西時還會發出這麼大的聲音。

「大聲才健康，是好鰻。」蔡文星得意的對道三說。然後，他將道三帶開，帶到磚造房子內。

「八七水災前，這裡全是土角厝，水災以後，才把它翻蓋起來。」

蔡文星泡了茶，兩人說說看看的，才不過十點多光景，蔡文星留道三吃午飯。

「叫他們早點開飯，不會太耽誤時間。」

「下回吧，反正這條路常常走。」

「哪一天留住一夜，不要儘趕。」

道三又匆匆告別。

說也奇怪，自從去過一次之後，道三每走縱貫線，不管海線、山線，總要特地再多走一趟路去看蔡文星。

道三有時帶去水果，有時帶去甘薯，有時則捎去鹹菜，總看當天卡車載運的是什麼。

蔡文星亦不白要他的，蔡的鰻池和魚塭都有放殖，道三一去，只要是回程，蔡總給他帶回好大一條大頭鰱，或者土味甚重的草魚。

兩人慢慢就像兄弟般要好起來。

第二年的夏季某一天，道三接到蔡文星的電話，說他後天有事上臺北，將去拜訪，請道三務必將晚上時間留給他。

道三那日因此不敢出車，請了假留在家中。

蓮花知道兒子一向對朋友死忠，卻不明白，何以道三會和一個搭便車的人建立起這麼好的交情，而且還是個年紀差很多的中年人！道三平時即使重感冒也不肯請假的。

蔡文星入晚才摸到丘家。手上提了兩盒豐原雪花齋的綠豆椪月餅和一盒蘋果。

蔡文星見了蓮花，以「阿嬸」相稱。蓮花看到他帶來那麼貴的蘋果，開口說道：

「你和道三這麼知己，每回道三一去，不是帶這個就帶那個，我們肚子裡全是你魚塭的魚。現在呢，又買這個……蘋果，貴得像金呢。下回你再帶這種東西來，我就叫你帶回去。」

「嬸仔，第一次嘛，以後就空手來了。」

「這才對。」

蓮花留蔡文星吃飯，楊天成一向是到夜裡九點多才回來，長年不在家用午、晚餐。道三不喝酒，所以這餐飯無酒就吃不久，不到一個小時便結束了。

飯吃完，蓮花連蔡先生也不叫，改口叫他文星仔，蔡文星自然也就順理成章留宿丘家。

原就約好要和道三出去的蔡文星，一出丘家便神祕兮兮的對道三說：

「還好你今天穿得還像樣，不然可欠缺說服力。」

「什麼說服力？」道三疑惑的問。他今日穿著一件白襯衫，一條黑色西裝褲，少有的斯文乾淨打扮。「不是說要看一個朋友？你的生意夥伴，是不是？跟我有什麼關係？」

文星也不多說，走到三輪車招呼站，出聲問道：

「三重埔，去不去，橋頭而已，過橋沒兩步。」

車夫伸手指比了十五塊錢。文星沒講價，拉著道三上車。

「到底什麼朋友？這麼神祕？」

文星不理問詢，只反問一句：

「你今年二十九了，是不是？」

道三點點頭，不明白自己的年齡，跟今天晚上的出遊有什麼關係？

「你這樣沒打沒算，準備羅漢腳做一世人嗎？像你這個年紀，我已經兩個小孩了。你再不娶某，將來父老子幼，吃力啊。」

道三忽然笑了開來：

「怎麼跟我阿母同樣聲勢？我快要有兩個嘮叨的長輩了。」

「這可不好笑，我看你落拓落拓沒個了局。」文星話鋒一轉：「敢無合意的人？」

道三忽然臉一熱，老老實實說道：

「緣分未到，沒看到一個合意的，總是啊，欠我的緣。」

文星沉吟著，終於還是說：

「我帶你去見我最小的妹妹，小了我二十三歲，今年才二十二。伊自小學做新娘嫁衣，手藝很好，亦會美容，十七、八歲就自己出來開店賣嫁妝，做禮服。雖然才讀小學，人卻聰明懂事。我一直擔心她碰不到可靠的男人，我的意思是……你們互相先見見再說，緣分這種事亦不能勉強。」

道三曾在蓮花強迫下，和好幾個女孩子在波麗路相過至少十次以上的親。不合意亦無他法。想到這裡，道三忽然緊張的對文星說道：

「見見可以，往後的事，倒不一定。這一點文星兄要明白才好。」

「笑話！你當你大哥是土匪不成？我是有新頭腦的開明人哪。」

三輪車停在橋頭不遠處，偌大一坎店面，大大幾個字掛在看板上：「花嫁嫁妝店」。

兩人一前一後走進店面，只聽裡面一個女聲出聲招呼：

「大兄，你們先坐坐，我忙完再來陪你們講話。」

道三心頭動了動，那聲音十分悅耳，倒有點和美津的近似。

然後，他看到玻璃櫃檯內，一位及肩長髮的女子，堆著笑在招呼著一對母女模樣的客人。

道三與她四目相接，只覺那女子大大的雙眼裡含著一種似曾相識的笑意，道三腳下一緩，心裡像被電輕輕觸擊到一般，那股電流，由內而外，剎那間竄流到全身，令他呆了一呆。

女子對他又笑了笑，輕輕說道：

「裡面請坐。」

道三和文星二人在店面盡頭的矮几旁沙發上坐了下來，不久，裡面轉出個十八、九歲的少女，端了茶出來。

文星笑吟吟招呼她說：

「阿蘭又長高了！現在幾歲啦？」

「嘿！蔡先生，說過幾次不能問女孩子幾歲的！」

文星大笑。隨即對道三介紹說是她妹妹蔡文玲僱來幫忙的女孩子，剛來時才十五、六歲。

阿蘭隨即過去接替文玲招呼客人，後者款款自櫃檯後走出，道三這才注意到，文玲的腰身很小，穿著連身洋裝，襯出婀娜的身段。

文玲未說先笑，埋怨文星：

「這麼晚！我以為要來帶我去吃飯呢。」

「開口閉口吃飯，查某囡仔，不怕被人笑？」

文玲甜甜笑對道三，似乎對他已十分熱稔似的：

「道三兄是自己人，才不要緊！」

道三嘿嘿傻笑幾聲，本來就拙於言辭的他，面對著愛嬌明媚的蔡文玲，更是不知該如何開口。

「妳走得開嗎？生意不管何時都這麼好。」文星逗著妹妹：「妳老是替別人辦嫁妝，自己呢？」

文玲即刻笑盈盈反擊哥哥：

「這不是大兄的責任嗎？」

「哈哈！」文星開懷大笑，指指道三：「怎麼樣？跟我形容的像不像？我可沒吹牛皮！」

道三臉熱熱的坐在那裡。文玲身上散發出一種類似黑砂糖的香味。是個清爽有幹勁的女人呢！道三不知不覺抬眼向她看去，正巧迎著她含笑的眼神。

道三心頭一震，忽然明白：原來自己要找的，竟然就是眼前這個女子！走了二十九個年頭，原來注定在這裡相等！

初見面似舊相識，莫非自己在前輩子就知曉她了？趕著來，在這輩子，又將伊攔住？

五天以後，道三穿著整整齊齊，腼腆的又來到蔡文玲的店口。前一天，道三才在電話裡頭和文玲約好這個時候見面。

他們坐三輪車過臺北橋到延平北路的第一劇場看電影，是吉永小百合主演的《愛與死》。身罹絕症的女主角，一對年輕戀人面臨死亡的深情。電影映演中途，文玲啜泣的聲音不斷傳入道三的耳中。

道三將自己漿洗得又挺又香的手帕遞了過去，文玲怯生生來接，兩人的手指碰了碰，道三有股要握住她的衝動，不過，最後仍將手縮了回來。

散場出來，兩人沿著延平北路往大橋頭走去，道三指指太平國小：

「我這裡畢業的，小時候最喜歡打棒球，當時我心目中的英雄，是住在我們同一條巷子的高班學長，他是我們學校的棒球明星。」

夜涼如水，秋風輕襲他們二人裸露在外的手臂，道三問道：

「冷不冷？」

文玲抬起頭，仰望著比她高出大半個頭的道三，帶著笑意搖搖頭。

兩人喁喁談著，像一點知心朋友在談心似的，沒有心障，不必防範，也無須造作，彷彿他們有著天長地久的一輩子可以傾訴一般。

第二年，丘道三過了臺灣人沒有「九新郎」的二十九歲，在冬尾正式迎娶蔡文玲。

蓮花忽然想起，自己與石頭的婚禮，不也選在冬尾？那不是三十五年前？石頭匆匆竟也過去了二十五個年頭！

22

丘道三和蔡文玲婚後，仍各自做自己的行當。道三落拓隨興，不是個有雄心大志的人，文玲卻很不相同。

嫁妝生意做了七、八年，她逐漸看出這一行的瓶頸。越來越多年輕人，對自己的婚姻擁有充分自主權，他們慢慢也不太講究古老的傳統，尤其是嫁妝那些禮俗。所以，傳統的嫁妝禮品店應該慢慢會式微，而為大型百貨公司所取代。相反的，對於結婚禮服、婚紗、敬酒和送客所要穿的長禮服，新人的自主性越來越高，要求也愈來愈嚴格。

文玲將原來的一坎店面，擴充為兩坎，隔壁新闢的賣場原來在賣毛線等針織用品，這些年時代改變，大型成衣廠大增，手織毛衣耗工費時，逐漸少有人織，所以生意大不如前。

文玲用十八萬買下那坎店面，重新裝潢，全部充做婚紗禮服的展示和賣場，嫁妝禮品則退居到角落一隅，聊備一格，萬一有客人要買再順便做點生意而已。

文玲原是學做婚紗出師的，手工又快又好，但她頗有新頭腦，為了時髦、多樣化、吸引人，她分別向好幾家設計廠批購成品，自己只管統籌經營與銷售，又聘了兩位店員和專門負責清洗、整理與熨平婚紗禮服的歐巴桑，把花嫁禮服店經營得有聲有色。

長途開卡車載運東西，又辛苦又呆板，而且很難寄望有什麼大發展。這一點，莫說文玲，連道三自己也很清楚。

結婚以後，道三飛揚的心漸漸沉潛，亦開始考慮到自己的出路，可惜除了開車之外，他實在甚少涉獵到其他行業，轉行談何容易？

而文玲在生意場上，無意間聽到三重較偏遠地方，有花農想要賣地，土地面積高達千坪以上。她即刻慫恿丈夫買下：

「現在價格買了划算，不買太可惜！你從前開車賺的錢，阿母應該都幫你存著，如果不夠，看姊夫和姊姊要不要合買？要嘛就先向他們借，我們慢慢還。」

道三很猶豫，不知買土地做什麼用？

「一坪四千元，買那一大片幹什麼用？如果有用，人家幹麼要賣？何況妳兄哥還賣掉臺北一坪三千元的土地去鹿港養鰻，人家現在可很成功。」

「道三，買地沒錯，你想想，人越來越多，而臺灣島這麼小，土地不會越生越多。東西少而要的人多，這東西一定會漲價的。我兄哥其實臺北也還有塊地沒賣，何況，鹿港養鰻，亦買了地，也是有根本呀。」

道三無可無不可，回家和蓮花商量，蓮花想想，說道：

「文玲在做生意，錢來錢去，像水一樣，不怕沒家用。買土地亦非壞事，就買吧！」

她吃過舊臺幣換新臺幣的虧，所以並不太會像舊式人般，抱著現金不放。

四千元一坪，一千坪算算要四百萬新臺幣。蓮花便向天成和秀子提議合買。

天成做餅生意，雖然仍舊收益不錯，然而隨著大廠餅家的上市，廣告大做，銷售管道大增，人們的生活和拜拜習慣都在改變，天成這種傳統餅家的生意也受到影響。

秀子已經不太補襪子，一心一意在照顧四個小孩——明智之後，她又產下一個女孩，小明珊，成為天成的最愛。

天成對自己的生意有極大的危機意識，蓮花向他提出合買土地的建議之後，他只考慮兩天，提出一個問題：

「可不可以再殺點價？」

結果，那塊一千出頭坪的土地，最後以三千八百五十元一坪的價錢成交，文玲也出了一小部分錢。

他們買地之後不久，臺北的公寓，開始以分層出售的方式，如雨後春筍般在市區建造起來。

臺北縣雖還不曾有什麼動作，但是，最少是有遠景的。

蓮花開始相信，自己的家道，恐怕會在這個媳婦文玲的身上，得到極有成績的發揚光大。道三的莽撞和漫無計畫，如今已不是蓮花的心病了。前者，由於年歲增加，慢慢沉潛；漫無計畫，則有文玲輔助，事實上已不構成問題。

那一天，是三月的第一個大禮拜，本來生意做十多年，連大禮拜也不肯休息的文玲，在婚後，為了配合家庭生活，現在一個月也休息兩個大禮拜天。道三如今也不天天出車了，卡車司機越來越多，待遇亦慢慢不是新貴，轉業已是遲早的問題了。

蓮花和文玲相偕自保安宮燒香回來，秀子把菜買回，三個女人撿菜的撿菜、洗切的洗切，忙著中午要招待美津的男朋友。

美津的男友原是她師範的學長，畢業後保送師大，現在在一所國中擔任教學組長的工作。

美津和他算是自由戀愛，兩人最少有五、六年的交往了。在蓮花眼中，二十五、六歲的大姑娘，已經算是「老小姐」，再不結婚就太遲啦。所以知道男方要來，非常興奮。

道三在客廳裡看報，蓮花則拿著菜豆在撿頭尾。蓮花舊話重提，又對道三提子嗣的事：

「文玲只顧做生意，你可別讓伊和人家學什麼避孕之類的事，早生早好，早清閒。」

道三心想，母親真是老了，越來越嘮叨。但嘴上卻開玩笑：

「阿母，包結婚，敢有包生子的？會生就生，您急也沒用呀。」

「哎呀，你這囡仔，怎說這款話？」

道三不答，將報紙翻了一面，又認真看了起來。

「一整個早上都在看報紙，真那麼好看呀。」蓮花嘀咕著，其實也沒有什麼惡意。

「借問——」

一個帶著一點點怪腔調的男人聲音，用一種怯弱、遲疑、探索的語氣詢問著。

蓮花抬頭向外望，來人背著光，只知是個相當高的男子，穿著西裝，其餘就看不清楚了。

道三把報紙放下，站起身子，向來人問道：

「找什麼人？」

「是，我找一位劉……是丘老太太，伊的名字叫蓮花。」

「是我阿母——」道三問道：「請問，您是哪裡？貴姓？」

「我姓劉。我是……」來人住了口，拿眼睛看向蓮花坐的地方：「不知道能不能進來講？時間太久，真是一言難盡。」

道三未及回答，卻聽蓮花用顫抖的聲音對道三說：

「道三，請客人進來。」

蓮花自椅上站起，轉了個身，側傍著門立好，兩眼一直沒有離開來客。

來客走進門坎，亦側身立在門邊，眼望著蓮花，問道：

「敢問，您是——」

「她是我阿母。」道三彷彿也意識到來客身分特殊，因此提著聲音，緊張的回答。

「阿母——」來客突然對著蓮花，雙膝跪下，仰著的臉龐流下兩行熱淚，說道：「我是進財，您不孝的兒子！」

蓮花什麼話也說不出，在她記憶深處的長子進財，只有七歲，每每她抱著進丁，搖搖晃晃、咿咿唔唔的唱著：

囡啊囡　囡囡睏
一暝大一寸
囡啊囡　囡囡惜
一暝大一尺

較大的進財，先是睜著大眼瞪著母親，慢慢的，眼睛漸漸變小，終至疲倦的闔上。

最後一次，劉茂生抱著進丁、拖著進財，硬生生將她母子拆散，算起來是三十五年前的舊事了。

眼前這中年人，這衣服考究，看起來非常斯文鬱卒的中年人，竟然是她朝思暮想的長子嗎？

「阿母——是我，進財！您忘記了嗎？」

蓮花忽然迸出哭聲，嚎啕著說道：

「我的心肝囝仔，我怎會忘記呢？」

道三見母親和這同母異父哥哥，一站一跪哭成一團，自己不覺也掉了眼淚。邊拭淚邊勸道：

「起來坐，起來坐，進財兄！」

道三伸手去拉進財，進財一站起身子，馬上大步跨向母親，母子倆抱頭痛哭。

這一哭驚動了屋裡大家，秀子、文玲、美津，還有明勇、明仁、明智、明珊全出來了。

見到蓮花和一陌生男子哭成一團，大家都楞在那裡，秀子問道：

「什麼代誌？」

「是進財兄。進財兄來相認。」道三趕緊解釋。

蓮花和進財母子哭過一陣，在大家又勸又拉之下，慢慢止住哭聲。

蓮花邊拭淚，邊抓著進財的手，問道：

「這幾十年來，過得怎樣？」

進財想到弟弟進丁，又是動容：

「進丁死了，在五歲那年得肺炎死去。」

蓮花再度流下眼淚：

「我知道，進丁死時來託夢，說他來世投胎再做我的兒子，不久，我就懷了道三——道三，這是我跟你講的大兄呀！」

道三對著進財笑笑，低聲叫道：「阿兄。」

「原來是小弟。」

進財沒想到蓮花知道進丁的死訊，又聽她講起進丁託夢的事，可見得母子連心，時空也割不斷。想起進丁臨死的種種，進財不禁也落了淚：

「進丁雖是過世三十年，但他臨死時的情形，我一點也不曾淡忘，他一直叫阿母、阿母……那邊那個，我們叫伊阿娘……我拉著進丁的手，不斷唱囡仔囡，一暝大一寸那首催眠曲給他聽，那是小時，阿母常唱的……進丁就在那情形下過世……」

一番描述，連沒見過進丁的眾人也都忍不住拭淚。

「我知道，進丁死沒幾天，道三的爸去問過你大伯，找到銀樓去問店員，才知道進丁死了……」

「我因此更恨阿爸。」進財拭了拭淚，說道：「若不是他就快回去了，我也不願回來。」

進財說茂生快回去，意指不久於人世的意思。原來一直在國外的進財，娶了美國妻子，也生下一個兒子，一直不曾回國，潛意識裡算是對他父親早年不義於蓮花阿母的報復。

直到不久前，茂生發現罹患肝癌，已經無救了，這才託人寫信叫進財回來。

雖是怨偶，但事隔這麼多年，蓮花已無恨意，淡淡問了一句：

「你阿爸的病，現此時怎麼樣？」

進財搖搖頭，嘆道：

「腹部積水，必須不款時抽水……他痛得受不了，一直叫我拜託醫生，讓他速死。」

聽到這樣的話，蓮花和秀子都嘆了口氣，蓮花指指秀子對進財說：

「秀子姊，小時候常帶你和進丁，記得吧？」

「怎麼不記得？」進財歡聲道：「時常惦念著呢。秀子姊一點也不老！」

「這張嘴，這麼會說！也難怪，是留美的博士呢。小時候看你老拖著鼻涕，想不到這麼會讀書。」秀子高興的「抖」他糗事。

後面一句話，把大家都惹笑了。蓮花趁機會介紹了文玲、美津和孩子們，又說：

「來得真巧，中午美津的朋友要來吃飯……你怎麼找到這裡來？」

「阿爸要我找您……說從前聽一個店員說，茂林阿伯替您做主，再婚了，所以他寫信叫我回來，讓我去找茂林阿伯。」

蓮花沒有想到，茂生老早就知道她再嫁的事情。

「阿爸希望見您最後一面。」進財懇切的說：「阿爸說，如果見不到您，他死不瞑目。」

蓮花覺得這話對她沒有絲毫意義。離緣三十多年，互相都不探頭，連彼此死活都不管了，現在又來講這些話做什麼？但是，她只淡淡說了一句：

「你阿爸的人就是這樣，一世人鴨霸，我管他瞑目不瞑目，我們的恩義，三十五年前就斷絕了。」

進財拍拍母親的手，勸道：

「阿母，我也恨他的，但看到他現在這個樣子，真是可憐……阿爸要親自向您賠不是，他害您吃很多苦，奪走了進丁和我……」

舊日的傷心歷歷在目、點滴在心。但是，她走過來了，什麼也沒有失去，包括她的兩個兒子。

「那邊那個，一打探到您的消息，直嚷著要親自來向您道歉，來求您去看阿爸……阿母……」

「看來，也是個大面神（意即厚臉皮）的查某哪。」蓮花說著，忽然想去會會那三十五年前奪夫搶子的煙花查某。

「阿母，阿爸真是快了，也許就在這幾日之間……您如果不去看他，這是天理，沒人會怪您，是他自作自受。但是，如果阿母去看他，他會安心的去，她和進財，都會感激的，阿母！」

蓮花眼望著遙遠的前塵往事，想起自己兩度婚姻，兩個男人，想起這一輩子的生離死別，不都過去了？她長嘆一聲，說道：

「人生，海海啊！」

那個下午，蓮花和進財，母子兩人坐了三輪車來到金源山銀樓。茂生知道自己時日無多，不肯住在醫院，堅持在兩天前回家。

蓮花隨著進財慢慢走進店面，她穿了件灰藍色旗袍，外罩一件文玲買給她的黑色短大衣，腰桿挺得很直。

病房在店面後面，據進財說，茂生怕黑，二十四小時點著大燈。

蓮花才堪堪走進房內，便看到床上的茂生瘦脫了形，兩頰凹陷，像變了個人。

坐在床頭的女人，應該就是那個叫阿婉的女人吧？

本來未生養子女，應該看起來比較年輕才對，但那阿婉，是否因抽菸和嚼檳榔太凶的緣故，鼻子以下，顯現出使用過度的瘺塌，而使伊整個人看起來十分衰老。

「蓮花姊，請坐，請坐！」阿婉急急站起，殷勤的趨前，像要示好，旋即又回頭，俯身到茂生眼前低聲告訴他：「蓮花姊來了。」

「蓮花——」

茂生掙扎著要坐起來，奈何一點力氣也沒有，又頹然躺下。

蓮花慢慢走近放在床邊的另一張椅子，彎身坐下，微微動容喊了一聲：

「茂生。」

床上的茂生全身因激動而抖動不已，他費了好大的勁才將激動壓制，艱苦而微弱、斷續的對被他遺棄的前妻說道：

「過去，……我做得……太絕了……教妳吃苦……」

往事不召自來，一件一件回到心頭。蓮花雖十分自持，仍忍不住掉下淚來，她很快拭去淚水，平和的說道：

「都是幾十年的舊事了，不必再提。若不是和你離緣，我不會嫁給石頭，過了十年好日子……現在，我也算子孫滿堂了，連秀子的女兒都快結婚……一切都是命，誰也不必怨誰。」

「妳……妳不恨我？不恨我……和阿婉？」

蓮花抬頭看看天花板上的那盞大燈，生命，其實像一盞燈似的，點的時候，有時有陣，每一盞都有寂滅的終點。

她收回眼光，看向茂生，平和的說道：

「人生海海啊，有什麼好恨的？」

她坐在那張椅子上，和三十多年前曾經共同生活過，而現在病危的男人相互睇視了一會兒。病人的眼光慢慢黯退、散漫，臉上因痛苦而扭曲起來。

蓮花不忍再看，悄悄站起，靜靜又對茂生投下最後一瞥告別的眼光，這才轉身離去。

阿婉微佝僂著身軀，在蓮花身側相挽留：「蓮花姊，不再坐？我去泡茶。」

蓮花揮揮手，說道：

「看顧病人已夠累了，不用勞煩。」

進財送她走出金源山銀樓，母子倆上了路旁候著的三輪車，一路無話。

蓮花想著自己這一生，愛愛恨恨、生生死死、來來去去、離離合合，像一齣齣戲，又像一場一場的夢，轉眼間，竟然走到了這一天。

她看看灰濛濛的暮春臺北天色，喃喃嘆道：

「人生，海海啊——」

一九九三年三月六日凌晨於臺北

後記

蓮花不是小說中的人物，蓮花是活生生、在我們從小到大的厝邊隔壁，隨處可以見到的上了年紀的婦女。

即使是年輕正當貌美，她們總也給遮上一層灰撲撲的顏色，站在傳統和男人的陰影下，看似柔弱，其實頑強地和命運用另一種非正統的方式拮抗著。

這些女人讓我感動。不是因為她們的遭遇，也不是因為她們的命運。而是自生到死，她們抱著一種宿命的全心全意去完成——不管完成的是多麼殘缺的一切。

她們習慣在婚後，也許十七歲，或者更年輕一點，剛剛才十六歲，便老氣的改梳龜仔頭，穿起素面大裍衫，和再變化亦永遠是一個款式的細褶婆婆裙……彷彿結婚就是一朵花的終結，一個有著美麗憧憬的少女一輩子的終結……然後，我們在一式的龜仔頭、大裍衫裝扮中，和她們自己一樣，忘記青春年華或自我這一類後現代的話題。

大約十年前，纏著小腳的外婆，以九十歲高齡過世。我的童年，有極大部分在梧棲和外婆共度過。她的逝世，正像她的一生一般，鮮人聞問，除了兩個女兒還貼心之外（但母親嫁在臺北，又有一大群孩子，對外婆，縱有孝心亦無餘力），可以說是十分孤苦的了。

我比從前的任何時候更常想到她，想到她卑微而苦命的一生。也想到她們那一代，那些我認識與不識的女人，那些比小說還曲折的人生。那些生於十九世紀最後數年或二十世紀頭幾年的油麻菜籽命的婦人們。

許蓮花就是我揣摩那個世代中典型婦女的一個人物。

她的一生，命運一件件、一波波，毫不客氣的把悲慘、傷害與生離死別丟擲給她。蓮花流淚、震驚、傷心，卻也不斷折招解招，毫不畏縮的走向每一個明天。

到了年老時，她證明「人不欺心、天不負人」的因果循環說確實誠信不誤。她知道人生儼然苦海，卻也能曠達的悟出「人生海海」的境界。

蓮花的一生，以及蓮花的生活態度，其實正是大多數中國女性堅韌、寬厚而綿遠的處世縮影。她們的故事，教人心疼而血脈賁張，卻也油然令人起敬。

女人，柔軟了許多世間的粗糙，包括人心。

我是用這樣的心境寫下《輾轉紅蓮》。做為對二十世紀前中國那些世代婦女的無限同情，也是對現今乃至往後那些新世代婦女的某種探問：女人，妳將走向哪裡？而今而後，女性火幻成蓮的途徑又將如何？

一九九三年六月寫於臺北

廖輝英作品集 21

輾轉紅蓮（增訂新版）

作者	廖輝英
責任編輯	蔡佩錦
創辦人	蔡文甫
發行人	蔡澤玉
出版發行	九歌出版社有限公司 臺北市105八德路3段12巷57弄40號 電話／02-25776564・傳真／02-25789205 郵政劃撥／0112295-1
九歌文學網	www.chiuko.com.tw
印刷	晨捷印製股份有限公司
法律顧問	龍躍天律師・蕭雄淋律師・董安丹律師
初版	1993（民國82）年7月10日
增訂新版	2015（民國104）年10月
定價	380元

書號 0110421
ISBN 978-986-450-018-5
（缺頁、破損或裝訂錯誤，請寄回本公司更換）

國家圖書館出版品預行編目資料

輾轉紅蓮 / 廖輝英著. -- 增訂新版.-- 臺北市：
九歌, 民104.10
336面 ；14.8×21公分. --
（廖輝英作品集；21）

ISBN 978-986-450-018-5（平裝）

857.7 104017827